열대식당

박정석 지음

시공사

연석에게

"All lust is grief."

–Buddhist proverb–

방콕의 어디에 있든 반경 100미터 안에
먹을 것이 반드시 존재한다.
지갑 두께와 상관없이 잘 먹을 수 있는 도시.
먹기에 좋은 시간은 낮보다는 밤이다.
공기는 덜 무겁고, 테이블과 식기들은
침침한 불빛 아래 덜 더러워 보이고,
씽Singha이나 창Chang 맥주는 술술 넘어간다.

첫 번째 식사

이 이야기의 시작은 역시 방콕Bangkok이다. 홍콩, 도쿄가 될 수도 있고 그보다 멀리 가서 런던이나 뉴욕, 이스탄불이나 요하네스버그, 혹은 부에노스아이레스가 될 수도 있겠다. 그러나 호주머니에 돈 몇 푼 없고 머릿속에는 뾰족한 계획이 없는, 떠나기 위해 옷 몇 벌 가방에 구겨 넣고 의기양양 대문을 나섰지만 막상 어디로 가야 할지 목적지를 알 수 없는 어리바리 풋내기가 인생의 비밀을 몸소 깨닫게 되는 최초의 장소는 어쩐지 방콕이어야만 할 것 같다. 정신머리, 돈지갑, 버지니티를 차례로 잃기에 적당한 그곳.

방콕. 태국말로는 크룽텝 마하나컨 보원 랏따나꼬신 마힌따라 아유타야 마하딜록 뽑놉빠 랏 랏차타니 부리롬 우돔랏차니우엣 마하싸탄 아몬삐만 아와딴사띠 사카타띠띠야 위쓰누깜 쁘라씻. 짧게 줄여서 크룽텝.

나와 같은 외국인은 그냥 방콕이라고 부른다. 이제 막 여행의 신

과일의 왕 두리안을 굳이 찾지는 마시라. 양파 냄새와 화장실 냄새가 섞인, 좋아하게 되기까지 시간과 노력, 돈이 필요한 과일이다. 이보다는 망고스틴이나 망고가 훨씬 맛있지만 이들 역시 제철이 있다. 태국에서 언제나 값싸게 먹을 수 있는 것은 수박, 바나나, 파인애플 정도. 모처럼 온 여행에서 이런 과일을 씹고 있다 보면 약간 슬퍼지기도 한다. 세상 남자 중에는 영화배우도 있는데 결혼 말이 오가는 것은 결국 알던 오빠나 학교 동창이라니.

세계에 발을 들여놓은 배낭족들이 난생 처음으로 매운맛-말 그대로 매운맛이다-을 보게 되는 곳은 이 도시가 되기 십상이다. 세계 각지에서 일광욕, 마사지, 쇼핑, 다이빙, 매춘, 성형수술, 그리고 식도락을 위해 몰려드는 명실상부 아시아 부동의 쾌락 캐피털.

바로 여기서 여행자가 태어나고, 무럭무럭 자라나고, 간혹 숨을 거둔다.

"나는 여태 방콕에 일곱 번이나 왔단 말이지!"

카오산 로드에서 마주친 솜털 뽀송한 20대 초반의 여행자들로부터 이런 말을 듣는 것은 일도 아닌 일이다. 아시아를 여행한다면 방콕은 운명처럼 절대 피해갈 수 없다. 인디아에 가든, 티베트에 가든, 몰디브에 가든, 혹은 더 멀리 중동이나 아프리카에 갈 때에도 이 도시는 오다가다 툭하면 들르게 되기 십상이다.

방콕에서 내가 주로 묵는 곳은 외국인들의 게토인 카오산 로드가 아니라 이보다 알려지지 않은 카셈산. 소위 중년들의 카오산이라고 불리는 지역이다.

 국립경기장 근처 도큐백화점 건너편 쪽으로 난 좁다란 골목. 거기가 바로 쏘이 카셈산 능이라고 이름 붙인 조촐한 여행자 거리다. 너덧 개의 중하급 숙소와 여행사, 식당들, 몇 개의 노점상들이 옹기종기 늘어서 있다.

 스타호텔. 어지간한 실용주의자라고 할지라도 아는 사람 마주치면 별로 자랑스러울 것 없을 듯한 허름한 여관이다. 카오산의 시끌벅적함을 피하고 싶은 여행자들, 숙박비 아끼려는 동유럽계 보따리 상인들, 어딘지 수상한 느낌을 솔솔 풍기는, 노란 털로 뒤덮인 몸뚱이에 산스크리트어 문신을 빽빽하게 새겨 넣은 늙수그레한 서양인들이 주 고객층이다.

 방으로 들어서면 곰팡내를 가리기 위해 사방팔방 뿌려놓은 독한 방향제 냄새가 코를 찌른다. 요 몇 년간 한 번도 세탁해본 적이 없는 듯 시커멓게 때가 난 커튼을 걷고 빽빽한 창문을 덜컥거리며 열자 눅눅한 훈풍이 밀려들어온다. 깊숙이 들이마셔본다. 알싸한 자동차 매연이 매운 양념처럼 듬뿍 섞인 이 도시 특유의 체취….

번식력 강한 나방이 몇 세대 알을 깠을 듯 우중충한 갈색 소파에 가방을 던져놓고 서둘러 바깥으로 나간다. 빨리 가야 한다. 늦게까지 하는 곳이 아니기 때문에.

목적지는 카셈산 골목 입구 버스정류장 앞. 간판이 붙어 있지 않은 어느 식당.

최고의 맛을 자랑하는 식당들 중 상당수가 이름조차 없다는 것은 아이러니하다. 제일 예쁜 여자는 엔터테인먼트 업계에서 이름을 떨치는 게 아니라 어느 산골 또는 어촌 구석에서 삼 남매의 어머니로 살아가고 있는 것처럼.

간판은 없지만 손님은 많다. 올 때마다 그렇다. 버스에서 내린 사람과 길을 걷다 들어온 사람, 그리고 비행기를 타고 찾아오는 나 같은 단골들 때문에 반노천인 식당은 언제나 흥청망청 몹시 붐빈다.

닦기가 무섭게 다시 지저분해지는 낡아빠진 테이블, 흉측한 플라스틱 의자, 행주인지 걸레인지 구별이 힘든 회색 천 조각을 손에 들고 팽이처럼 빙글빙글 테이블 사이를 누비는 여자들….

차분한 분위기의 위생적인 식당에 익숙해진 사람에게는 당장 뛰쳐나가고 싶은 광경이겠지만 오랜 시간 적은 돈을 가지고 밥을 먹어본 사람이라면 이곳이야말로 가격 대비 최고의 한 끼를 보장하는 보기 드문 식당임을 어렵지 않게 알아볼 수 있을 것이다. 음식 하나만을 위해 그 밖의 불필요한 모든 요소들을 과감히 제거해버린 실용주의자의 밥집. 주머니는 가볍지만 길에서 갈고닦은 입맛 하나만은 누구 못지않게 날카로운 가난뱅이 미식가를 만족시킬 수 있는 싸구려 식당.

그 자체로 살아 있는 유기체처럼 느껴지는 곳이다. 주문하는 사람과 주문받는 사람, 음식을 만드는 사람과 먹는 사람, 돈을 내는 사람과 받는 사람, 식당 속에서 돌고 도는 음식과 돈의 흐름은 오랜 시간 반복되며 자연스레 생겨난 리듬을 타고 언제까지라도 계속될 듯 힘이 넘친다.

비슷비슷한 얼굴과 덩치를 가진 여자들 너덧 명이 흩어졌다 모였다 바쁘게 일한다. 가마솥만 한 검은 웍Wok에서 빠지직 기름이 튀고, 큼직한 나무 주걱을 이용해서 뭔가를 재빨리 들들 볶는다. 구리구리한 피시소스 냄새가 확 풍기는가 싶더니 순식간에 팍붕파이댕(모닝글로리볶음) 완성, 몇 개의 접시에 나누어 담긴 채 각 테이블로 척척 날라진다. 식당 입구에서 끓고 있는 양은솥 뚜껑이 달그락거리며 자극적인 커리 향이 피어오른다. 탕탕탕탕 나무 도마에 뭔가를 경쾌하게 다져대는 소리….

기름기가 묻은 메뉴판을 펼친다. 크지 않은 식당이지만 주문 가능한 음식의 범위는 놀랄 만큼 넓다. 마술사가 자신 있게 들고 있는 검은 실크햇 속처럼, 머릿속에 떠올릴 수 있는 음식은 뭐든 다 있다. 식욕 해소를 위해 특별히 마련된 박람회장에라도 온 기분이다. 카오팟(볶음밥), 팟타이(볶음국수), 톰얌(새콤한 국), 깽쯧(맑은국)에서부터 꿰띠아오 눅친노아(완자국수), 반미남(에그누들), 뽀삐아톳(에그롤), 그리고 전문점에서만 먹을 수 있는 것이 아닐까 생각했던 수키야키까지 있다. 대부분 30~70밧. 비싸야 100밧 정도.

방콕에 도착, 첫 번째 식사에서 내가 주문하는 것은 정해져 있다. 카오팟 바이카프라오Khao Phat Bai Kaphrao.

매우 간단한 일품요리다. 요리라고 말하기도 뭣한, 태국인들이 하루 중 어느 때나 즐겨 먹는 심플한 덮밥. 맛난 음식을 만들기 위해 반드시 많은 시간과 화려한 재료가 필요한 것은 아니라는 간단한 진실에 대한 확실한 증명이 되는 대표적인 태국 음식. 몇 가지 재료만 들어갈 뿐이지만 하나하나 충실하게 제 몫을 한다. 2~3분이면 거뜬히 완성 가능하다. 세상의 모든 일들이 이렇게 쉽고도 결과가 근사하다면 얼마나 좋을까.

단맛이 강한 홀리바질Holy Basil에 씹는 맛을 내기 위해 닭고기 또는 돼지고기 약간, 거기에 프릭키누(쥐똥고추)를 송송 썰어 넣고 피시소스를 조금 뿌린 후 화력 센 불에 휘리릭 날렵하게 볶아 보슬보슬한 하얀 쌀밥 위에 살짝 얹어 내어준다.

작은 접시에 얌전히 담긴, 특별할 것 없어 보이는 덮밥이 내 앞에 놓인다.

후아.

평범한 겉모습과는 달리 폭탄처럼 강력한 맛이다. 뜨거운 불 맛과 이보다 더 거센 고추의 화끈한 위력이 입안 전체에 확 퍼져나간다. 오래간만의 자극적인 맛에 침이 폭발적인 기세로 터져 나와 침샘 부분에 얼얼한 통증이 느껴질 정도다.

비싼 재료를 사용할 수 없는 저렴한 식당에서 무엇보다 중요한 것은 식재료 간의 조화다. 미지근한 타액과 뒤섞이며 고추의 매운맛, 바질의 달착지근한 맛, 피시소스의 짠맛이 하모니를 이루면서 목을 타고 넘어간다. 마실수록 목이 마른 소금물처럼, 첫술이 그다음 한 술을, 다시 한 술을 부르는 격이다. 어서 다시 한 입, 그리고

길거리 식당의 음식은 매연, 먼지, 요리사의 손때와 땀방울 등 고급 식당에서는 넣지 않는
여러 가지가 들어가서 그런가, 더욱 맛있다.

또다시 한 입.

크지 않은 접시는 금세 바닥을 드러낸다.

아득한 곳에서 대양을 닮은 포만감, 나른한 만족감이 파도처럼
뭉클거리며 밀려오는 것도 잠시, 곧 거품처럼 사라져간다.

태국 음식의 1인분은 한국보다 양이 작다. 다행이다. 이제 시작이
고 끝은 아직 까마득하게 멀리 있다. 방금 도착한 사람의 눈에는 보
이지 않을 만큼 멀리. 그러기를 바란다.

여기는 크룽텝. 방콕. 아시아의 넘버원 쾌락 도시.

순전히 먹기 위해 방문하는 사람노 있다.

한밤중에 목이 말라 냉장고를 열어보니
한 귀퉁이에 고등어가 소금에 절여져 있네.
어머니 코 고는 소리 조그맣게 들리네.
어머니는 고등어를 구워주려 하셨나 보다.
소금에 절여놓고 편안하게 주무시는구나.
나는 내일 아침에는 고등어구이를 먹을 수 있네.

김창완의 노래 '어머니와 고등어' 중에서

왕후의 밥
왕후의 찬

1238년 세워진 태국 최초의 국가 수코타이 왕조.

유례없는 태평성대로 기록된 그 시절 남겨진 어느 비석의 다음과 같은 글귀에서 수백 년 전 음식 문화를 상상해볼 수 있다.

물에는 물고기가, 논에는 벼가 있네.

이로부터 400년 이상 시간이 흐른 뒤에도 상황은 변하지 않았다. 1687년 프랑스 외교관 시몽 드 라 루베르Simon de la Loubere는 태국을 방문한 후 이렇게 적었다.

시암Siam(태국의 옛날 이름) 사람들은 날마다 1파운드의 쌀과 말리거나 소금에 절인 생선 약간만으로도 아주 훌륭한 식사를 하고 있다….

쌀과 생선. 다시 몇 백 년이 흘러 마침내 21세기에 접어든 지금도 이 두 가지는 태국의 식생활을 설명하는 가장 중요한 키워드다.

아시아의 나라가 다 그렇듯 태국도 쌀이 주식이다. '밥 먹었냐(킨 카오)?'가 일상적인 인사말이다.

쌀에 대해서라면 태국인만 한 전문가도 없다. 쌀을 많이, 아주 오랫동안 먹어온 사람들이다. 세계에서 첫 번째로 논농사를 짓기 시작한 나라가 바로 태국이다. 날이 덥고 비가 많이 오는 기후라 쌀 재배에 이상적인 환경이다. 오늘날 미국에 이어 세계 제2위의 쌀 수출국이다.

쌀을 태국어로 카오^{Khao}라고 한다. 방콕을 비롯해 태국 중부에서 많이 먹는 것은 한국에서 흔히 월남미라고 부르는 카오자오다. 가볍고, 풀풀 날리고, 수분을 잘 흡수하는 특성상 덮밥용이나 볶음밥용으로 적당한 쌀이다.

기후가 남쪽보다 메마른 동북부와 북부 지방으로 가면 상황이 달라진다. 카오자오 대신 카오냐오를 많이 먹는다. 외국인들 사이에서 흔히 스티키 라이스^{Sticky Rice}라고 불리는 끈끈하고 묵직한 쌀이다.

카오냐오가 찹쌀이라고 하지만 한국의 찹쌀과는 식감이 많이 다르다. 상당히 굳은 질감의, 처음 먹으면 질겅질겅 씹느라 턱이 아플 정도로 존재감이 뚜렷하다. 최초의 이질감을 넘어서면 카오자오보다 단맛이 강하고 든든한 포만감이 느껴져서 좋아하게 된다. 주식으로도 많이 먹지만 잘 뭉치는 특성 때문에 바나나 잎으로 감싸서 찌는 요리와 디저트 등에도 광범위하게 쓰인다.

태국 동북부 지방을 여행하다 보면 카오냐오의 절대적인 인기를 실감할 수 있다. 메콩 강가 조그만 마을 팍촘^{Phak Chom}의 어느 식당에서 카오팟(볶음밥)을 주문하자 요리사이자 주인, 식당의 유일한 직원이기도 한 남자는 난처한 표정을 지었다. 시간이 한참 지나서야 음식이 등장했다.

"이게 뭔가요?"

"…카오팟입니다."

이게 카오팟이라고? 늘 먹던 부슬부슬한 볶음밥이 아니다. 차라리 주먹밥이라고 부르는 편이 옳겠다. 메추리알보다 조금 더 크게 뭉친 밥덩이. 축축한 물기가 느껴지는 딱딱한 덩어리가 대여섯 개 놓여 있다. 찰밥의 끈기를 어떻게든 없애보려고 물을 부어가며 주걱으로 열심히 으깬 결과 이렇게 되고 만 것이다. 태국의 동북부 지방은 그만큼 찰밥을 즐겨 먹는다. 풀풀 날리는 카오자오는 아예 준비도 해놓지 않은 식당이 많다.

밥 다음은 반찬. 태국 음식을 설명하는 두 번째 키워드는 바로 생선이다.

생선보다는 닭이나 돼지고기, 야채를 더 많이 먹지 않느냐고? 태국에서 무슨 음식을 먹든 생선은 빠짐없이 들어간다. 음식의 간을 피시소스로 맞추기 때문이다.

태국 요리의 짠맛은 모두 피시소스에서 나온다. 한국의 액젓과 유사한, 발효시킨 멸치를 걸러 만든 적갈색의 투명한 액체다. 태국의 어느 식당에 들어가나 테이블 위에는 이 피시소스가 놓여 있을 뿐 서양식의 소금과 후추 통은 외국인을 상대하는 식당에서나 볼 수 있다.

피시소스의 광범위한 사용은 콩으로 만든 장을 주로 쓰는 한국과 일본, 중국 등 동아시아 음식과 구별되는 태국 요리의 특징이다. 길고 긴 해안선을 가진 나라다운 선택이다. 소금을 간혹 쓰긴 하지만 피시소스에 비하면 매우 한정적이다.

액젓은 태국 부엌의 가장 중요한 양념이자 제일 소박한 반찬이 된다.
출근길 직장인들을 겨냥, 이른 아침부터 거리의 노점에서 반찬을 팔고 있다.
커리부터 오믈렛, 각종 볶음까지, 입맛대로 고를 수 있다.

　　새우도 많이 먹는다. 새우를 발효시킨 페이스트인 '카피'는 굳이 말하자면 한국의 된장에 해당한다. 태국식 커리에 필수불가결하게 들어가는 기본 재료다. 피시소스 냄새도 퀴퀴하지만 발효시킨 새우의 냄새는 그 이상이다. 귀국 선물로 모처럼 몇 병 샀다가 여행 가방 안에서 자칫 뚜껑이 열리기라도 하면 오랫동안 잊지 못할 결과를 초래할 수 있으니 조심하시라.

　　날씨가 건조하고 토양이 척박한 동북부와 북부로 가다 보면 야성적인 식재료들이 눈에 띄기 시작한다. 뱀과 각종 벌레들, 메콩 강에서 건져 올린 기괴하게 생긴 대형 물고기, 그리고 각종 야생동물들…

　　개구리 반찬쯤은 아주 흔하다. 물이 많은 나라이니 어디나 개구리가 많다. 시골뿐 아니라 방콕의 식당들에서도 즐겨 쓰는 식재료다. 논과 들, 산에서 폴짝거리는 개구리, 작지만 살이 단단하고 쫄깃한 고 작은 놈을 탕탕 몇 토막 낸 후 얇게 썬 마늘을 듬뿍 곁들여 바짝 튀겨 낸다. 닭고기와 비슷한 맛이지만 더욱 담백하고 씹히는 맛이 좋다.

태국의 이국적인 맛을 내는 일등공신은 주재료보다도 다양한 허브 등 부재료의 사용이다. 바질, 코리앤더, 레몬그라스, 블랙페퍼, 갈란갈, 라임, 진저, 타마린드, 터메릭… 이름과 향 모두 이국적인, 한국에서는 구하기 힘든 허브들을 듬뿍 넣는다.

이 나라 식탁에서 빠뜨릴 수 없는 또 하나의 식재료는 과일이다. 열대의 상징과도 같은 화려한 빛깔과 모양의 과일. 나뭇가지가 휘어져라 주렁주렁 매달린 과일들은 무더운 기후가 이 땅에 내린 자비로운 축복이다. 우기를 거치면서 실하게 맺힌 과일은 이글거리는 태양 아래 점점 맛이 진해진다. 파파야, 망고, 리치, 포멜로, 파인애플, 잭프루트, 스타프루트, 드래곤프루트, 두리안, 망고스틴, 로즈애플… 워낙 과일이 흔하니 그냥 먹는 것은 물론 요리에도 많이 들어간다.

그중 가장 싸고 흔한 것은 역시 바나나. 불에 구워 먹기도 하지만 밀가루 옷을 묻혀 기름에 튀겨낸 클루어이텃도 인기 있는 간식이다. 바나나 꽃-꽃이라기보다는 또 하나의 자주색 과실처럼 생겼다-은 죽순과 흡사한 맛으로 샐러드에 많이 쓰인다.

파인애플은 먹는 즐거움은 물론 보는 즐거움까지 준다. 오늘날 외국의 태국 식당에서 이국적인 맛과 시각적 효과를 동시에 내기 위해 파인애플의 속을 파내어 볶음밥이나 수프 그릇으로 사용하는 것은 하나의 불문율이 된 것 같다. 제철을 맞아 현지에서 맛보는 파인애플은 시큼한 맛이 전혀 느껴지지 않을 만큼 달디달다. 파인애플이 원래 이런 맛이었나 싶을 정도로 짜릿한 단맛이다.

그리고 파파야가 있다. 요리에 아주 많이 쓰이는 과일. 아직 익지 않아 푸른빛을 띠는 파파야는 과일이 아니라 야채로 사용된다. 태국에서 많이 먹는 일종의 샐러드인 솜땀Somtam의 주재료다. 완전히 익으면 주홍빛을 띠면서 과육이 멜론처럼 물러지는 이 과일은 파인애플, 수박과 함께 태국인이 가장 흔하게 먹는 과일 삼총사의 일원이다. 이 세 가지 과일을 한입에 먹기 좋은 크기로 썰어낸 후 소금과 고춧가루-그렇다. 이것이 태국인들이 과일을 먹는 방식이다!-를 조금 곁들여 비닐봉지에 넣어 파는 과일 장수들을 태국 길거리 어디서나 마주칠 수 있다.

음식은 그 지역에 속하지 않는 사람들이 가장 쉽게 접할 수 있는 고유문화다. 일국의 음식을 먹는 것은 그 나라를 알아가는 가장 빠르고 확실한 방법이다. 알아야 이해할 수 있고 이해하면 사랑하기

워낙 흔하니 튀겨도 먹고 구워도 먹는 바나나.

쉽다. 된장찌개와 김치를 먹어본 외국인이 그렇지 않은 사람보다 한국을 더 잘 이해하고 마침내 사랑에 빠질 가능성이 높은 것처럼.

콘타이(태국인)로 산다는 것은 두 가지 의미, 태국어를 말하고, 그 나라 음식을 먹는 것을 의미한다. 외국어 학습에는 많은 시간과 노력이 필요하지만 현지 음식을 맛보는 것은 그보다 쉽다. 늘 먹는 것 대신 새로운 것을 한 번쯤 시도해볼 마음만 먹으면 된다.

먹음으로써 이해하고 이해하기 위해 먹는다. 다행스럽게도 태국은 먹는 행위가 도전이나 과업이 아니라 즐거움인 곳이나. 처음이라 낯선 냄새가 두렵다면 다음 한마디를 기억하시라.

마이싸이 팍치(고수는 빼고 주세요)!

"거기가 내 고향인데 한 번 가봐. 좋은 곳이야."
오래전 치앙라이에서 만났던 태국 여자가 이렇게 말했다.
그 사람 이름은 잊었지만 고향의 이름은 내 머릿속에 남아 있었다.
그때 처음 들어본 지명이었다. 프래.
아주 조용한 도시.
언제나 오후 3시인 것처럼.

그 여자의
계란덮밥

치앙마이에서 남쪽으로 네 시간 떨어진 고도(古都), 프래^{Phrae}를 여행할 때의 일이다.

고즈넉한 도시다. 사람들은 수줍음이 많았고 길에는 쌈러(시클로)가 소리도 내지 않고 느릿느릿 지나다녔다. 모퉁이를 돌면 반드시 그래야만 하는 것처럼 사원이 있었다. 낮은 담장 너머로 꼭대기가 뾰족한 금빛 불탑이 햇빛을 받아 눈부시게 반짝거렸다.

아침 일찍 올드 시티 쪽으로 향했다. 식전이라 배고프던 참에 마침 밥집이 눈에 띄었다.

작고 허름한, 태국의 시골 어디서나 흔히 볼 수 있는 식당이다. 주방 역할을 하는 테이블 하나가 앞으로 나와 있고 그 뒤편으로 테이블이 두어 개 놓여 있는 것이 전부다. 포장해서 사가지고 가는 것이 아니라면 합석은 기본인 시스템.

식당이라고 부르기도 뭣한 이런 소박한 밥집은 일 년 내내 무더운 날씨 때문에 뜨거운 불로 요리하는 것이 고통스러운 남방 문화권에서 흔한 형태다. 인테리어와 서비스에 돈을 들이지 않은 덕분에 밥값을 싸게 유지, 집에서 직접 해 먹는 것보다 비싸지 않다.

주방 역할을 하는 것은 LPG 가스통, 풍로, 요리 재료와 도마를 올린 나무 선반 하나가 전부다. 소꿉장난처럼 단출하다. 크고 낡은 웍 앞에서 주인 겸 요리사로 보이는 여자가 서서 일하고 있다.

여자와 눈이 마주쳤다. 다부진 몸에 경계하는 듯 날카로운 눈매, 무뚝뚝한 인상의 50대 여인이다.

"Are you hungry?"

내가 인사를 건네자 뜻밖에도 여자는 영어로 묻는다. 외국인을 보기 힘든 지방 소도시에서 드문 일이다.

"What do you want? 카오팟(볶음밥)? 팟타이(볶음국수)? 카이찌어우(계란덮밥)?"

"영어를 잘하시네요."

내 칭찬 한마디에 요리사 여인, 단단한 껍질이 부서지듯 환하게 웃는다.

이런 길거리 주방장들의 솜씨는 볼 때마다 내 눈을 사로잡는다. 뛰어난 목수는 연장을 나무라지 않는다더니 기본 도구 몇 가지만 가지고 못 만드는 게 없다.

나무 도마 위에는 잘게 다져놓은 고기 조금과 푸른 채소 한 움큼이 올라 있고 그 옆 양은솥에는 하얀 밥이 가득 담겨 있다. 그리고 피시소스 등 몇 가지 양념들.

이것이 그녀가 가진 전부다. 보잘것없는 재료들을 요령껏 조합하

목조 주택이 늘어선 프래의 구시가지를 걷다가 간식을 만들고 있는 여자를 만났다.
쌀가루 갠 것을 얇게 부쳐낸 후 그 속에 설탕에 절인 코코넛을 넣어 크레페처럼 접는다.
얼마냐는 말에 한 손을 펴 보인다. 하나에 5밧.

태국 시골은 물가가 싸다. 볶든, 지지든, 얹든, 뭐든 도시락 하나 가득 20밧.

여 수십 가지 음식을 뚝딱뚝딱 만들어낸다. 요리를 넘어서서 신기에 가까운 손놀림이다.

"프래에 온 지 며칠이나 됐지?"

"치앙마이에는 언제 돌아갈 건데?"

"혼자 다니면 무섭진 않나?"

여자는 정신없이 손을 놀리면서도 연신 질문을 던진다. 어디서 영어를 배웠느냐고 묻자 빙긋 웃을 뿐 대답하지 않는다.

신뢰감을 주는, 어떤 고통스러운 일을 겪더라도 견뎌낼 만큼 심신이 강인한 사람만이 특권처럼 지을 수 있는 그런 미소다. 굵게 주름진 얼굴은 햇볕에 타서 완전한 갈색이고 웍의 손잡이를 단단히 움켜쥐고 있는 손은 두툼하고 거칠었다.

"뭘 해줄까? 아침을 먹으러 왔지? 일단 저쪽에 앉아봐."

시키는 대로 순순히 테이블에 앉았다. 배가 고팠다. 옆자리의 남자가 뭔가를 맛있게 먹고 있다. 같은 것을 먹기로 했다. 카이찌어우. 아침 식사로 그거면 되었다. 계란덮밥.

"카이찌어우 하나요."

여자는 고개를 끄덕인다. 요리 시작이다. 짧지만 온전히 나 한 사람만을 위해 바치는 시간. 주문을 받았으니 여자는 망설이지 않는다. 자동기계처럼 거침없는 손놀림이다. 한때는 길고, 가느다랗고, 툭하면 머뭇거렸을 연약한 손가락….

수십 년간 고된 일에 단련되면서 마침내 불에도 대지 않고 칼에도 베지 않을 듯 천하무적 억센 손으로 변해버렸다. 이런 간단한 요리뿐만이 아니라 백배 천배 어려운 일도 끄떡없이 해낼 수 있을 것 같은 믿음직한 손. 말썽꾸러기 자식 여럿 거뜬히 키워낸 엄마 손.

가스 불을 켜고, 물을 한 국자 웍에 휙 부어 이전 요리의 기름기를 씻어내고, 식용유를 뿌려 지글지글 달군다. 마늘 썬 것을 던져 넣어 재빨리 들들 볶는다.

치직, 요란한 소리와 함께 향기로운 마늘 냄새가 피어오른다. 탕탕 탕탕, 붉고 푸른 고추를 잽싸게 다진다. 계란 두 개를 한 손을 이용해서 순식간에 깨뜨린다 능숙한 솜씨로 후루룩 노른자를 풀어낸다.

잠시 풍로를 지켜보던 여자, 손을 뻗어 가스 불을 좀 더 키운다. 가물가물하던 푸른 불꽃이 확 일어난다. 몇 초간의 클라이맥스를 위한 사전 준비다.

이제 시간이 됐다. 더 이상 기다릴 이유가 없다. 웍이 충분히 달아오른 것을 확인한 여자는 치익, 그릇에 든 계란물을 단숨에 들이붓는다. 전광석화 같은 손길로 휘휘 몇 번 저어 부드럽게 만든다. 다음 순간, 뒤집는다. 치이익!

넋을 잃고 구경하는 나를 향해 조수인 듯한 또 다른 여인이 수줍게 다가와 얼음 냉수 한 잔을 내민다.

"워터 포 유…."

양념통도 슬쩍 내 앞으로 밀어다 준다.

"피시소스 포 유…."

마침내 요리사가 한 손에 접시를 들고 성큼성큼 다가온다.

"오믈렛라이스 포 유…."

아침밥이 내 앞에 놓였다. 얼굴을 가까이 대자 훈기가 확 올라온다. 한국이나 일본식 오믈렛의 얇고 매끄러운 계란지단에 비해 몇 배 두툼한 계란옷을 얹은 밥이다. 피시소스 때문에 빛깔이 탁해진 계란옷 속으로 붉고 푸른 칠리 조각이 반투명하게 비쳐 보인다.

숟가락을 꽂자 계란부침이 갈라지며 새하얀 쌀밥이 나타난다. 한 알 한 알 으깨지지 않고 쌀알의 모양이 고스란히 보존된, 이런 길거리 밥집에서 내놓는 것치고는 상태가 좋은 밥.

아직 뜨거운 계란덮밥을 후후 불면서 먹는다. 구리구리한 피시소스의 짭짤함과 폭신한 계란부침이 주는 구수한 감칠맛, 거기에 매끄럽고 달콤한 라이스의 맛이 함께 느껴진다. 간이 완벽하고, 재료 간의 조화가 어우러진 밥이다.

이렇게 간단한 재료로 어떻게 이런 맛을 내는 것이 가능할까. 아니, 어쩌면 이런 맛을 위해서는 반드시 재료가 간단해야만 하는 것인지도 모르겠다. 선명한 주황색을 만들기 위해서는 오직 두 가지, 노란색과 빨간색만 있으면 되는 것처럼. 더 이상의 색깔이 들어간다면 목표했던 주황색을 벗어나 점점 더 탁해지기만 할 것이다.

계란덮밥을 먹는 내내 그리운 느낌이 든 것 또한 계란과 쌀밥, 두 가지 식재료 때문이다. 단백질의 계란, 탄수화물의 쌀밥. 노란 계란말이에 새하얀 밥. 오래전 유년기를 떠올리게 하는 조합이다. 반찬 없는 날 계란 하나면 그럭저럭 한 끼 잘 때우던 시절도 있었다.

"엄마, 나 계란 먹을래."

어리광인 동시에 간절하던 한마디.

저 두 가지 재료의 조합에 마음이 반짝 기뻐지는 일은 더 이상 없다. 하얀 쌀밥은 몸에 좋은 현미에 밀려 언제부터인가 잘 먹지 않게 되었고 계란은 귀한 반찬에서 가장 값싸고 지루한 재료로 전락한

지 오래다. 저 두 가지를 가지고 이렇게 정성껏 요리해본 적이 여태 한 번이라도 있었나.

옛날에 젊디젊은 어머니가 그렇게 해주셨다. 오믈렛라이스 포 유.

"얼마예요?"

"20밧(700원)."

프래를 떠나기 전 다시 한 번 그곳에 갔다. 계란덮밥 못지않게 맛있는 카오팟을 먹었다. 길쭉한 밥알 한 알 한 알이 불과 기름에 완벽하게 볶아진, 최소한으로 들어간 고기가 감칠맛을 배가시키는 훌륭한 볶음밥. 그 재료가 왜 거기 들어가야만 하는지 이유가 뚜렷한 음식이다. 역시 20밧.

"저녁에는 메뉴가 더 늘어나. 치앙마이로 가기 전에 저녁 먹으러 한 번 오지 그래."

여자의 말에 그러겠노라고 대답했지만 그렇게 하지 못하고 그곳을 떠났다. 바쁠 것도 없는 일정이었는데 왜 그랬는지 모르겠다.

저녁 시간에 찾아갔더라면, 그 식당의 작은 도마에는 아침보다 더 다양한 재료가 올라 있었을 것이다. 늦은 시간에 들렀더라면, 하루 일과를 끝내가는 주인 여자와 더 긴 이야기를 할 수 있었을지도 모르겠다. 영어를 어디서, 누구에게 배웠는지 들을 수 있었을지도 모르지.

프래는 좋은 여행지였다. 아시아 굴지의 관광 대국이 되어버린 태국의 원형적인 옛 모습이 아직 상당 부분 남아 있다. 사람들은 친절하고 거리는 고요했다. 소박하지만 단정한 모습의 티크로 만든 2층 목조 주택들이 시간의 힘으로 밑동이 하염없이 굵어진 가로수와 나란히 늘어선 주택가. 그 사이를 여윈 노인들이 낡은 자전거를 타고 느릿느릿 지나다녔다.

그러나 그 도시에 다시 간다면 그건 그날 아침 먹은 계란덮밥 때문이다. 마음 고운 사람들과 평화로운 거리는 이따금 보았지만 그렇게 완벽한 아침 식사, 행복했던 유년기를 생각나게 한 음식은 그 전에도 이후에도 없었기 때문에.

그해 태국에서 많은 것을 먹었지만 그런 맛은 두 번 다시 볼 수 없었다.

먼 바다를 건너고 싶게 하는 것이 때로는 그렇게 조그만 일이라는 게 놀랍기도 하다.

모퉁이를 돌아설 때마다 사원이 나타났다.
금빛이 반짝이고, 사람은 없다.
나무 그늘에 앉아 세븐일레븐에서 충전한 인터넷을 이용, 스카이프로 집에 전화를 걸었다.
"지금 내 앞에 어느 분이 은은하게 웃으며 길게 누워 있는데 누군지 맞혀봐라."
그 미소가 너무 좋아 전화를 끊고도 한참을 보고 있었다.

좋은 곳은 발견되고 발견된 곳은 나빠진다는 믿음은
방콕의 '솜분시푸드'에는 적용되지 않았다.
방콕 여러 곳에 지점을 둔 해산물 식당인
이곳의 음식은 4, 5년 전보다 더 훌륭해진 느낌이다.
수족관에서 자라가 유유히 헤엄치고 있고 식당 앞에서는
새끼 돼지를 꼬치에 꿰어 굽고 있었지만
가장 안전한 선택은 역시 생선과 게 요리.
솜분시푸드의 명성을 악용, 솜분디시푸드 등 아류도 성행 중이다.
택시 잘못 타면 그런 곳에 가게 된다.

국수와 커리

솔직히 말해서 오늘날 태국 하면 떠오르는 것은 주로 쾌락적인 것들이다. 마사지, 쇼핑, 일광욕, 식도락, 매춘….

이 나라를 저렴하게 며칠 잘 놀다 올 수 있는 열대 휴양지로만 생각하는 사람들에게 뜻밖의 역사적 사실을 하나 말해둘 필요가 있을 것 같다. 주변국들이 하나하나 유럽 열강의 식민지로 추락하는 동안 명목상이나마 꿋꿋하게 독립을 유지한 유일한 국가가 바로 태국이라는 것.

독립? 자주성? 오늘날 너무나도 코즈모폴리턴한 국제도시 방콕의 모습, 반쯤 벌거벗은 서양인들과 태국 창녀들이 바글거리는 안다만의 휴양지를 생각하면 신기하게 느껴지는 사실이다. 밀려드는 외세에 굴복하지 않고 독립을 유지할 수 있었던 것은 태국 왕실이 탁월한 정치력 덕분이기도 했지만 강대국의 위협에 주변국과는 사뭇 다른 태도를 취한 것이 도움이 되었다.

다시 말해서 태국이란 국가는 현재는 물론 과거에도, 누군가로부터 지배받는 것을 싫어할지언정 자신과 다른 것이 섞여 들어오는 것에 대해서는 그다지 두려움이 없었던 것 같다. 외세를 오랑캐라 부르고 오랜 기간 쇄국정책을 고수했던 우리와는 달리 태국은 주변 강대국들의 영향을 능동적으로 받아들이고 단순한 수용의 차원을 넘어서서 자기 정체성의 일부로 삼아버렸다.

이것은 단순한 성향을 넘어서는 선택이었고 이런 선택은 다시 태국이란 나라의 성향으로 굳어졌다. 강대한 이웃인 인디아와 중국, 그리고 오세아니아의 교차로에 놓인 지리적 여건상 생존을 위해 이런 선택을 하지 않을 수 없었을 것이다. 배척이 아니라 흡수와 변형이다.

태국이 받아들여야 했던 가장 강력한 외세는 역시 빅브러더인 중국이다. 태국 음식의 대표적인 조리법인 재빨리 볶기, 이른바 스터프라이Stir Fry는 중국의 13억 인구가 날마다 즐겨 쓰는 가장 흔한 요리법이다.

중국의 영향권에 있는 나라답게 국수도 많이 먹는다. 아침부터 밤까지 어디서나 쉽게 먹을 수 있다. 유리로 된 쇼케이스에 하얀 쌀국수가 들어 있고 그 옆에 삶은 닭, 구운 오리, 돼지고기 등이 꼬챙이에 대롱대롱 걸려 있다면, 혹은 그런 고기 대신 동그란 회색빛 완자가 잔뜩 쌓여 있다면, 그리고 그 옆 커다란 들통에 펄펄 국물이 끓고 있다면, 그렇다면 백발백중 꿔띠어우(쌀국수)를 파는 식당이다.

국수 종류도 여럿이다. 국물이 있는 꿔띠어우는 꿔띠어우 남, 국물 없이 양념으로 비빈 것은 꿔띠어우 행, 그리고 센 불에 볶아낸

국수는 향신료가 들어가지 않아 외국인도 거부감 없이 먹을 수 있는 태국의 소울 푸드Soul Food.

것은 꿰띠어우 팟이라고 부른다.

국수는 폭에 따라서 다시 세 가지로 나뉜다. 손가락보다 더 넓은 센야이, 흡사 이탈리아의 에인절 헤어 파스타처럼 올이 아주 가느 다란 센미, 그리고 이 중간에 해당하는 센렉.

향신료를 적게 써서 담백하고 부드러운 맛의 꿰띠어우는 자극적 인 음식에 익숙하지 않은 외국인들도 쉽게 적응할 수 있다. 주문도 아주 쉽다. 국수의 종류만 지정해주면 나머지는 요리사가 알아서 한다. 미리 삶아낸 국수에 뜨거운 국물을 붓고, 고기와 완자, 그리 고 허브를 뿌려서 대령한다.

국수를 내주는 것은 요리사의 몫이지만 주문한 국수를 받았으면 이제부터 먹는 사람이 알아서 할 일이다. 태국의 국수는 먹는 이의 자유를 최대한 보장하는 민주적인 음식이다. 테이블 위를 살펴보면 네 가지 양념이 눈에 들어온다. 고춧가루, 피시소스, 설탕, 그리고 고추를 송송 썰어 넣은 식초.

국수를 파는 어느 식당이나 이 네 가지가 든 양념 통을 갖추고 있다. 어떤 곳에서는 피시소스에도 다진 고추를 넣어 매운맛을 가미한다. 맵거나, 짜면서 맵거나, 시면서 맵거나. 즉 네 가지 양념 중 세 가지가 매운맛을 증가시키는 역할을 한다. 태국인들이 얼마나 매운맛을 좋아하는지 알 수 있는 부분이다.

이 네 가지 양념을 모두 조금씩 넣는다. 설탕은 한국에서는 국수에 넣지 않는 양념이지만 태국인들은 설탕이 들어가야 맛이 나아진다고 굳게 믿으며 실제로 그 결과가 나쁘지 않다. 한 번 넣어보시라.

여기에 하나 더 등장하는 것이 조각낸 라임이다. 베트남에 지리적으로 가깝거나 과거 교류가 있었던 지역에서는 그 영향으로 푸른 상추와 바질, 코리앤더 등 신선한 허브를 한 접시 곁들여 내오기도 한다. 반찬처럼 따로 먹든, 뜨거운 국수에 고명으로 넣어서 반쯤 익혀 먹든, 먹는 이의 선택이다.

볶음국수인 꿰띠어우 팟 중에서 외국인들에게 가장 유명한 것은 역시 꿰띠어우 팟타이, 줄여서 팟타이를 들 수 있다. 야시장의 인기 메뉴이자 카오팟과 함께 입 짧은 외국인들이 일용할 양식이다. 이름부터 '태국볶음'이 아닌가. 새우, 숙주, 두부와 계란을 넣어 만든 달착지근한 볶음국수다.

태국의 야시장은 맛있는 팟타이를 맛볼 수 있는 최적의 장소다. 화르르 세차게 솟아오르는 푸른 불길 위에 우산을 뒤집어놓은 듯 초대형 웍을 걸어놓고, 배드민턴 채처럼 커다란 뒤집개를 이용해 수십 명도 먹일 만한 분량의 쌀국수를 한꺼번에 볶아내는 요리사의

달고 짜고 맵고 신 네 가지 양념. 국수를 받으면 그다음은 먹는 사람이 알아서 할 일이다.

묘기는 언제나 행인들의 눈길을 사로잡는다.

꾸띠어우에 이어 태국 국수의 두 번째 종류로 카놈찐이 있다. 쌀국수로 만든 소면이다. 꾸띠어우처럼 단면이 납작하지 않고 둥글다. 태국 남부 지방에서 인기 있는 국수로 주로 그 위에 커리를 올려서 절인 야채나 생야채를 섞어 함께 먹는다. 섞어 먹는 부재료의 종류가 매우 다양하며 그 각각의 맛과 향의 조화를 즐기는 것이 카놈찐만의 매력이다.

세 번째 국수는 바미라고 한다. 흔히 에그누들Egg Noodle이라는 이름으로 세상에 알려진 중국풍 밀가루 국수다. 지름 1.5밀리미터에 노르스름한 빛을 띠고 있다. 웬만한 국수가게에서는 꾸띠어우와 바미를 함께 파는 경우가 많지만 최고로 맛있는 바미를 먹을 수 있는 곳은 역시 완탕(태국말로 키어우라고 한다)을 함께 파는 중국식 식당이다.

마지막 국수 종류로 운센이 있다. 한국의 당면과 흡사하지만 훨씬 더 가느다란 무색 투명한 국수. 가장 널리 알려진 운센 요리로 얌운센(당면을 넣은 새콤한 샐러드)이 있다. 중국의 수프를 닮은 순한 맛의 태국 수프 깽쯧에도 단골로 투입되는 재료다.

중국에 이어 태국의 음식에 심대한 영향을 준 세력은 인디아다. 동쪽의 중국, 서쪽의 인디아. 그 사이에 위치한 동남아시아 국가의 음식들은 이 두 거대 세력의 범주 안에서 위도와 경도, 그리고 고도에 따라 조금씩 변주되고 있다고 보면 옳다. 인디아의 대표적인 음식은 바로 커리다. 태국에도 커리가 있다. 깽이라고 부른다.

태국에 무슨 커리? 이 나라의 길거리를 조금만 더 자세히 들여다보시라. 태국식 커리인 깽은 태국의 전 국민이 매일같이 먹을 만큼 사랑받는 음식이다. 형태와 맛은 다르지만 밥상에서 차지하는 의미와 중요성 면에서 한국의 찌개에 비견할 수 있다. 자주 먹고, 국보다 한결 국물이 적고, 맛은 진하며, 반드시 밥을 곁들여 먹는다.

도로 옆이나 골목에 자리 잡은 식당, 하얀 김을 내뿜는 커다란 양은솥이 있거든 뚜껑 속을 슬쩍 들여다보라. 강렬한 향기와 함께 푸르거나 노르스름한 커리가 끓고 있을 것이다. 이른 아침 출근길 양쪽에서 반찬을 파는 노점상들이 테이크아웃용으로 작은 비닐봉지에 조금씩 커리를 담아 쌓아놓고 팔기도 한다. 인디아 커리보다 자극이 덜하고 코코넛크림을 풍부하게 사용, 달착지근하고 부드러운 맛이 느껴진다. 커리 한 국자에 쌀밥 한 그릇이면 태국인이 사랑하는 아침 식사로 손색이 없다.

깽의 종류는 여러 가지다. 깽댕(레드커리), 깽끼어완(그린커리), 깽

페낭(페낭커리), 깽맛사만(모슬렘커리), 그리고 북쪽 버마의 영향을 받은 깽항레가 있다. 맛은 물론 냄새와 모양새에서 커리라는 용어 이외에는 달리 대체할 만한 영어 단어를 찾을 수 없는 음식들이다.

커리^{Curry}라는 단어의 기원은 타밀어인 Kari에서 왔다. Kari는 본디 소스를 의미한다. 오늘날 전 세계에서 커리라고 불리는 모든 음식은 일반적으로 인디아에서 비롯되었다는 것이 중론이다. 그러나 태국에서 즐겨 먹는 커리 중에서 인디아의 커리 파우더를 사용하여 만든 것은 오직 한 가지, 한국 여행자들 사이에서도 인기 높은 푸팟퐁기리$^{Puu\ Phat\ Phong\ Karii}$(토막 친 게를 커리 파우더에 볶은 것) 하나뿐이다.

이 푸팟퐁커리는 사실 태국의 고유한 요리가 아니라 중국 푸젠성에서 온 중국 음식이다. 방콕 시내에 몇 개나 분점을 두고 있는 솜분시푸드 등 푸팟퐁커리를 잘한다고 소문난 대형 식당들은 십중팔구 화교가 운영하는 중국 식당이다.

순수하게 태국 요리로 분류되는 음식 중에서 이름 자체에 Karii라는 단어가 들어가는 것은 한 가지, 깽커리까이$^{Kaeng\ Karii\ Kai}$다. 이것이 오늘날 인디아에서 먹는 커리에 가장 근접한 태국 음식이다.

사실 영어로 커리라고 번역하는 태국어 깽^{Kaeng}은 우리말 커리의 동의어가 아니라 국물이 있는 요리를 통칭하는 단어이다. 국을 뜻하는 한자어 갱(羹)에서 유래되었다는 설이 그럴듯하다. 예를 들어, 태국의 깽쯧은 커리처럼 맵거나 자극적인 음식이 아니라 중국풍의 맑고 순한 수프를 지칭하는 이름이다. 향료가 거의 들어가지 않아 담백한 맛을 낸다.

태국 음식에서 인디아의 영향은 음식 자체보다는 들어가는 재료,

즉, 시나몬, 정향Clove, 넛멕Nutmeg 등에서 찾을 수 있다. 인디아에서 건너온 이런 재료들을 써서 만든 태국 음식은 깽 두 가지, 즉, 앞서 언급한 깽커리까이와 깽맛사만이 있다. 깽댕과 깽끼어완 등 태국에서 즐겨 먹는 나머지 커리에는 이 재료들 대신 갈란갈, 레몬그라스, 칠리, 그리고 새우 페이스트가 들어간다.

따라서 들어가는 재료로 보나 맛 자체로 보나 태국 커리는 인디아의 커리에서 곧장 영향을 받은 아류작이라기보다는 신대륙에서 건너온 고추를 받아들인 두 나라가 이를 활용하는 과정에서 각자 독자적인 음식을 개발, 발전시켰다고 보는 편이 옳다.

오늘날 여행자들이 태국을 여행하며 느낄 수 있는 인디아의 영향은 커리보다는 야시장 등 사람들이 모이는 곳에서 성업 중인 인기 간식 로티Roti, 그리고 방콕 등 대도시에 산재한 인디안 식당에서 찾는 것이 빠를 것이다.

이들 두 사람을 보자 서울의 친구들이 생각났다. 볕 좋은 날 오후, 푸른 나무 우거진 거리 식당의 나무 테이블에 앉아서 후루룩 쩝쩝 구수한 국물에 쫄깃한 국수 한 그릇. 이렇게 알록달록 밝은 순간들만 착착 이어 모아 인생이라는 커다란 이불 한 장을 완성할 수 있다면.

방콕의 차이나타운.
땡볕 아래 인파를 헤치며 길을 걷고 있다가 갑자기 그런 생각이 떠올랐다.
랐다.
인구 1000명쯤 되는 핀란드의 고요한 호숫가 마을에서 수십 년간
유유자적 살던 사람을 어느 날 갑자기 이 거리 복판에 내려놓으면
어떻게 될까.

차이나타운에서
하룻밤

체크 인 차이나타운Check Inn Chinatown의 리셉셔니스트는 남자였다.

한눈에도 트랜스젠더다. 어깨는 떡 벌어졌고 팔뚝은 근육으로 두 툼하지만 단발로 기른 머리에 태도는 여자 중의 여자처럼 나긋나긋 하다. 긴 속눈썹을 깜박거리며 내가 쓴 숙박계를 훑어보더니 빨간 매 니큐어를 바른 새끼손가락을 입술 끝으로 가져다대며 중얼거린다.

"차이나타운에서 휴가를? 괴상도 하시지….."

그녀, 아니, 그의 말이 옳다. 방콕에서 휴가를 보내기 위해 차이나 타운을 찾는 사람은 아무도 없다. 그런 사람들은 주로 차오프라야 강변 호텔의 수영장에 드러누워 일광욕을 하거나 시암Siam 등 중심 가에 머물며 쇼핑몰을 돌아본다.

차이나타운 복판에 자리 잡은 중급 호텔 체크 인 차이나타운의 숙박객들은 비즈니스 때문에 이 지역을 방문한 사람들이다. 아시아 에서 가장 복잡한 도시 방콕에서도 최고로 복잡한 지역, 또한 가장

알록달록한 동네이기도 하다. 시끌벅적하고, 정리정돈에 젬병이며, 먹는 행위에 열정을 불사르는 중국인의 특성이 남김없이 발현된 지역이다.

전 세계 차이나타운이 모두 그렇긴 하지만 방콕의 경우 특히 더 혼란스러운 것 같다. 휠람퐁 중앙역과 이어져 있는 이 지역은 하루 종일 심각한 교통체증으로 꽉 막힌 채 부글부글 끓고 있다. 뭔가 사거나 팔아치우기 위해, 그리고 중국 음식을 먹기 위해 방문하는 곳이다.

중심이 되는 거리는 차로엔크룽^{Charoen Krung} 로드와 야오와라트 ^{Yaowarat} 로드다. 이 두 커다란 도로 양쪽으로 한자 간판을 내건 금은방, 은행들, 약방들, 전복과 상어지느러미, 제비집, 말린 생선 등 식재료를 파는 가게들, 크고 작은 식당들이 빽빽하게 들어차 있다.

하늘과 건물을 불규칙하게 찢어놓는 검고 굵은 전깃줄들, 거리 규모는 생각지 않고 우선 왕창 쏟아놓고 본 듯 와글거리는 행인과 자동차, 버스, 뚝뚝^{TukTuk}, 그 틈을 비집고 오만가지 물건들을 펼쳐놓

석류주스는 다른 과일보다 비쌌다.
한 잔에 2000원쯤 했다.
"왜 이렇게 비싸지?"
항의하자 청년, 씨를 발라내는 게 힘들다고 말한다.
말이 되는 설명.
비싸서 그런지 맛이 아주 좋았다.

고 열심히 호객하는 노점상들까지, 혼돈이 무엇인지 보여주기 위해 시범적으로 만든 것 같은 지역이다.

게다가 무덥다. 뜨거운 방콕에서도 제일 더운 것 같다. 이글거리는 태양빛에 섞여 각종 교통수단들이 서로 질세라 풍풍 뿜어내는 새카만 매연과 띠띠빵빵 클랙슨 소리, 어깨를 부딪치며 흘러가는 인파 때문에 더욱 무덥게 느껴진다. 이마에서 땀이 흐르고, 눈앞이 노랗고, 사람들은 어디론가 황급히 가고 있다.

문득 철학적인 의구심이 들 수밖에 없는 광경이다.

왜 이렇게 살아야 하나.

왜, 무엇 때문에 이렇게까지 시끄럽게, 혼란스럽게, 지독스럽게, 그럼에도 불구하고 살아가야만 하나.

사람은 무엇으로 사는가.

톨스토이가 소설을 통해 추구하던 그 대답은 방콕 차이나타운을 걷다 보면 바로 앞에 놓여 있다. 삶의 의미를 성찰하는 장소로 전쟁터가 너무 위험하고 병원이나 양로원, 묘지는 우울하다면, 그렇다면 차선책으로 가까운 차이나타운을 한 바퀴 돌아볼 일이다.

금은방과 은행이 많다. 중국인들은 뛰어난 장사꾼들이다. 그러나 차이나타운에 이보다 압도적으로 많은 것은 역시 식당이다. 중국인들은 먹는 것을 좋아한다.

그렇다. 식당이 단연 가장 많다. 음식 천지인 동네다. 먹지 않으면 죽는 존재가 인간임을 증명하는 것처럼, 눈을 두는 곳마다 반드시 무언가 먹을 만한 것들을 팔고 있다.

중국인 거리답게 아침 식사로는 죽을 즐겨 먹는다. 포리지, 콘지, 태국말로는 촉이라고 한다. 뜨거운 죽이 가득 담긴 공기를 한 손에 들고 후후 입으로 불어가며 손에 쥔 숟가락으로 조금씩 떠서 먹는다.

보다 중량감 있는 식사를 원한다면 빨갛게 구운 오리나 돼지고기를 꼬챙이에 대롱대롱 걸어놓은 집을 찾는다. 적당히 썰어 그냥 먹기도 하지만 국수나 밥, 죽에 넣어 먹는다.

딤섬집도 있다. 통통한 만두가 가득 든 대나무 통을 김이 오르는 찜통에서 연신 꺼내 든다. 각종 약재를 넣고 오래오래 끓인 차와 음료수를 파는 가게, 제비집수프를 파는 곳, 다양한 종류의 해산물이 헤엄치는 수족관을 바깥에 차려놓고 영업하는 해산물 식당도 있다.

상어지느러미 요리 전문점도 있다. 음식 값 저렴한 방콕이라고 해도 1인분에 최소 3만 원, 상어지느러미의 질에 따라 5만 원, 10만 원, 가끔은 20만 원도 넘어가는 최고급 요리다.

이런 진미를 먹기 위해서는 돈이 필요하다. 오늘도 사람들은 살기 위해 먹고, 먹기 위해 살아간다. 서울도, 방콕도, 여기 차이나타운도 마찬가지다. 이글거리던 태양이 저물고 마침내 땅거미가 깔려도 낮 동안 달아오른 혼란의 열기는 쉽게 사그라지지 않는다. 주변은 어둑해지지만 먹을거리를 파는 식당과 노점상들은 노란 전등 불빛 아래 낮보다 오히려 더 화려한 모습으로 변신한다.

밤이 돌아왔다. 잊고 있던 원초적 욕구가, 대낮의 더위에 눌려 사라졌던 식욕이 싱싱하게 되살아나는 시간이다. 사방에서 수레를 앞세운 상인들이 나타나고, 없던 테이블이 펼쳐지고, 축제처럼 사람들이 몰려와 그 틈을 채운다.

불야성. 한쪽에서는 열심히 물어뜯고 씹고 삼키고, 다른 쪽에서는 꼭 그만한 속도로 끓이고 볶고 튀겨낸다. 욕망과 에너지의 끊임없는 순환을 직접 두 눈으로 목격할 수 있는 생생한 현장이다.

국수, 볶음, 덮밥, 샐러드, 수프, 소시지, 꼬치구이, 튀김. 최근에는 일본식 초밥과 캘리포니아롤도 등장, 야시장 한구석 자리를 당당히 차지했다. 과일, 떡, 푸딩, 빙수, 냉차, 셰이크, 아이스크림 등 디저트도 있다. 닭, 돼지, 생선, 새우, 게, 조개, 각종 동물의 내장, 껍질, 날개와 다리가 떨어지지 않도록 조심스럽게 잘 볶아 바삭한 맛을 내는 곤충 요리도 있다. 접시에 올려, 비닐봉지에 담아, 꼬챙이에 꿰어, 신문지로 둘둘 싸서 신속하게 내어준다. 다음 손님!

이 열정적인 동네가 하루의 끝을 고하는 것은 자정을 훌쩍 넘어 새벽으로 가는 시간이다. 자는 둥 마는 둥 얕디얕은 잠이다. 짧고, 마지못한, 최소한으로 취하는 휴식.

새로운 해가 미처 떠오르기도 전에 성미 급한 이 거리는 소리로, 색채로, 냄새로, 열기로 다시 살아나기 시작한다.

먹기에, 만끽하기에 살기 위해 주어진 시간이 얼마나 짧은지 누구보다도 잘 알고 있는 것처럼.

먹어야 살고 살기 위해 먹는다는 말이 실감나는 차이나타운.
아침 식사로 촉(죽)을 많이 먹는 것 또한 중국답다.

하늘을 찌르는 고추라는 뜻의 프릭치파.
의미심장한 이름과는 달리 프릭키누만큼 맵지는 않다.

매운맛
VS
신맛

태국 음식은 흔히 단맛, 짠맛, 매운맛, 신맛의 네 가지가 조화를 이루고 있다고 한다. 이 중에서 외국인이 압도적으로 느끼는 두 가지는 매운맛과 신맛이다.

"우, 맵다. 생강이 많이 들어갔나봐. 집에서 먹는 영국 생강English Ginger은 이렇게 맵지 않은데….

맵다Spicy는 것은 우리말 뜻처럼 고추의 매운맛과 더불어 자극적인 맛이란 의미도 있다. 매운맛에 약한 서양인은 생강이나 후추만 많이 들어가도 자극적이라고 느끼지만 고추를 고추장에 찍어 먹는 것이 기본인 한국인에게는 이런 향신료쯤은 별 문제가 되지 않는다. 우리가 태국 음식을 먹을 때 주의해야 할 것은 생강이나 후추가 아니라 칠리, 그중에서도 아주 조그맣고 꽤 귀엽게 생긴 고추 프릭키누다.

1912년 미국인 윌버 스코빌Wilbur Scoville이 텍사스 A&M대학에서 고추의 맵기에 대해 실증적 실험–사람에게 직접 먹였다는 뜻이다!–을 실시했다. 그는 자신의 이름을 따서 스코빌 지수라는 수치를 고안해 매운 정도를 측정했다.

이 실험에 따르면 멕시코의 할라피뇨가 스코빌 지수 3500에서 4500, 태국 고추의 일종인 프릭치파가 3만5000에서 4만5000을 기록, 북미의 고추 타바스코와 맵기가 비슷한 것으로 측정되었다.

태국의 프릭키누는 이보다 훨씬 더 매워서 6만에서 8만의 수치가 나왔다. 그러나 이보다 한 수 위가 있으니 바로 인디아의 새눈고추Bird's Eye Chili. 스코빌 지수 무려 10만에서 12만5000을 기록했다.

이게 끝이 아니다. 쟁쟁한 고추들을 젖히고 맵기의 왕좌를 차지한 것은 멕시코의 유카탄 반도에서 자라는 고추 하바네로Habanero. 자그마치 스코빌 지수 30만이다. 10만 이상을 기록한 고추는 어차피 입이 얼얼할 정도로 엄청나게 맵기 때문에 각 고추 간의 우열을 가리기 어려웠다는 것이 주최 측의 솔직한 설명.

고추는 감자나 토마토와 마찬가지로 남아메리카가 원산지다. 아메리카를 발견하고 첫발을 디딘 포르투갈과 스페인에 의해 유럽을 거쳐 아프리카와 아시아로 전파되었다.

고추는 16세기에 태국에 처음 알려졌다. 태국 요리에 광범위하게 쓰이게 된 것은 이로부터 다시 100년이 더 흐른 17세기의 일. 토양과 기후가 잘 맞아 곧 태국 전역에서 풍부하게 재배, 그전까지 태국 음식의 매운맛을 담당하며 태국 고추(타이프릭)라고까지 불리던 후추를 대신하는 향신료로 자리를 굳혔다.

고추 종주국인 멕시코에서 기르는 고추 종류가 무려 90종에 달하는 것에 비해 동양의 고추 왕국인 태국은 소박하게도 10종 남짓한 고추만을 재배한다. 그중에서 가장 많이 먹는 것은 프릭치파와 프릭키누.

프릭치파는 태국어로 '하늘을 찌르는Sky-pointing 고추'라는 뜻이다. 길이가 5～10센티미터이고 날씬하게 생겼다. 의미심장한 이름과는 달리 프릭키누보다 덜 매워 두루 쓰인다.

주목해야 할 것은 이에 비해 크기가 아주 작은 프릭키누, 쥐똥Mouse Dropping 고추다. 1～2센티미터의 미니 고추로 정말 쥐똥처럼 생겼다. 맵기는 대체로 크기와 반비례하는데 이탈리아의 미니 고추인 페페론치노도 무지하게 맵지만 프릭키누도 만만치 않다. 한국의 청양고추보다 훨씬 더 맵다. 태국 음식의 가장 기본적인 양념인 프릭남플라(고추를 송송 썰어 넣은 피시소스)와 톰얌쿵 등의 요리에 필수적으로 들어간다.

매운맛이 태국 음식을 대표하는 맛일까.

후추나 생강만 먹어도 매워하는 서양인들은 그렇다고 대답하겠지만 매운맛에 익숙한 입에는 신맛이 더 강하게 다가올 때가 많다. 태국 요리는 대체로 상당히 시다. 매운맛은 고추를 많이 먹는 멕시코나 기타 남미 국가, 중국의 사천 요리, 한국의 일부 대중음식점에서도 쉽게 경험할 수 있으니 입안 가득 퍼지는 신맛이야말로 태국 음식만의 고유한 특징이라고 할 수 있다.

중국 음식이라면 신맛을 내기 위해 식초를 넣겠지만 태국 음식은 그 대신 라임을 많이 사용한다. 라임은 레몬보다 훨씬 작고 탁구공처럼 동그란 모양을 가진 초록빛 단단한 열매다. 라임즙은 태국 음

태국 음식의 신맛을 담당하는 라임.
레몬보다 작아서 쥐어짜기 쉽다.

식에 고추만큼이나 자주 들어가는 부재료다.

맵기만 하거나 시기만 한 태국 요리는 거의 없다. 마치 음과 양처럼 대부분 매우면서 시다. 이런 특징이 잘 구현된 대표적 요리로 얌 ^{Yam}을 들 수 있다. 샐러드와 유사한 형태의 음식으로 식당이나 야시장에서 식사를 주문할 때 빠지지 않고 들어간다.

얌은 밥에 곁들여 반찬으로 먹기도 하지만 술과 함께 안주(캅 클램)로도 즐겨 먹는다. 입맛을 돋우는 산뜻한 맛 때문에 본격적인 식사를 시작하기 전 전채로도 사랑받는다. 더위와 권태에 시든 혀의 감각을 번쩍 깨울 만큼 톡 쏘는 신맛이 감도니 그럴 만하다.

외국인이 가는 식당의 영어 메뉴에는 얌을 태국식 샐러드^{Thai Salad}, 또는 달고 신 샐러드^{Sweet and Sour Salad} 정도로 무덤덤하게 번역하고 있지만 실제로 이 음식은 태국 식당의 메뉴판 중 가장 많은 자리를 차지할 만큼 종류가 다양하다. 상큼한 맛에 뜨겁지 않기 때문에 무더운 기후에 잘 어울린다. 상추, 샬롯, 레몬그라스, 민트 등 야채와 고기를 적당히 섞은 후 피시소스, 고추와 라임즙을 듬뿍 뿌려 맛을 낸다. 새우와 오징어는 물론 메기 등 민물고기, 돼지고기와 쇠고기는 물론 어묵과 소시지까지, 내용물에 제한을 두지 않는 창조적이고 즉흥적인 음식이다. 밥과 수프, 볶음 요리 하나에 얌 한 접시면 언제 어디서나 골고루 잘 먹었다는 말을 듣는 태국식 식사가 된다.

유명한 태국 음식인 톰얌쿵(새우수프)도 가운데에 '얌'이 들어간다. 라임과 레몬그라스를 듬뿍 넣어 끓여 맵고 신맛을 자랑한다. 코를 뻥 뚫리게 하는 얼큰한 뒷맛이 한국의 김치찌개나 매운탕과도 일맥상통한다.

라임 이외에 태국 요리의 새콤한 맛을 담당하는 또 하나의 향신채는 레몬그라스다. 신맛은 적지만 레몬을 닮은 산뜻한 맛이 레몬풀이라는 이름에 잘 맞는다. 해외의 외국 식당 중 간판에 칠리란 단어가 들어가면 필경 멕시코 식당인 것처럼, 상호에 레몬그라스란 단어가 있으면 백발백중 태국 식당이다. 맵기로는 고추의 원조국인 멕시코를 당할 수 없지만 신맛은 국제적으로 인정받은 태국 요리의 트레이드마크임을 확인할 수 있는 대목이다.

라임을 워낙 많이 먹다 보니 태국 속담에 이런 말도 있다.

즙 없는 라임이 되지 마랏!

치앙마이 나이트바자에서.

5 ball's

With light
This is fixed price

99 B

e1 offert 35 balls, light with EU plug 179B)

135 ball's without Light 90B)
(Plug converter to Europe 20B)
(Plug converter to Australia 55B)
(Plug converter to England 85B)
special offer: 35 balls, light with EU plug 179B)
(Change the light to CE light for Europe
Plus 150B, total 249B)

얌의 비밀

태국 북부의 최대 도시 치앙마이^{Chiangmai}.

세계 각국에서 이곳을 찾아온 여행자들에게 가장 유명한 마켓은 화려한 공예품이 가득한 나이트바자와 선데이마켓이지만 현지인들이 즐겨 찾는 넘버원 시장은 따로 있다. 삥 강^{Ping River}에서 가까운, 이름도 경쾌한 와로롯^{Warorot}마켓.

갖가지 농수산물과 공산품들이 콘크리트로 된 2층 시장 건물을 꽉 메우다 못해 바깥으로 흘러넘쳐 행인들의 눈길을 잡아끄는 그곳. 하루가 끝나고 뉘엿뉘엿 땅거미가 깔리기 시작하면, 시장 속이 비어갈수록 바깥의 공디는 점점 더 빼곡해진다.

어둑해진 시장 앞 전구에 하나둘씩 불이 켜진다. 불빛에 이끌리듯 사람들이 모여든다. 장보러 왔던 시민들, 지나가다 들른 행인들, 흥미로운 이국의 풍광을 찾아 카메라를 메고 찾아온 외국인들….

저녁 시간을 맞아 음식을 파는 노점들이다. 싸게는 단돈 5밧에서 거대한 뷔페식당처럼 느껴지는 야시장.
족발도 뜯고, 직접 짠 오렌지주스도 마시고, 태국식
소시지인 싸이꺽도 먹는다.

10~20밧, 비싸도 어지간해서는 50밧을 넘지 않는 소박한 일상의 음식들.

현지인들 틈에 뒤섞여 족발덮밥 도시락 사고, 석쇠에 구운 싸이꺽(태국식 소시지)도 하나 산다. 얼음을 섞어 갈아낸 수박셰이크도 한 잔 사서 마시며 시장 구경을 한다.

스테인리스 통 수십 개에 반찬들을 담아 늘어놓고 파는 가게도 있다.

"얌? 얌?"

얌전한 인상의 머리 하얀 할머니가 단정하게 판을 벌인 반찬가게. 여러 반찬들 틈에서 아주 맛있어 보이는 얌을 발견한다. 호텔방 냉장고 깊숙이 넣어둔, 지금쯤 얼음처럼 차가워졌을 씽Singha맥주가 떠오른다. 매콤 새콤한 얌만큼 술안주로 좋은 것도 없다.

우리가 아는 샐러드와 흡사한 모양새다. 피시소스와 라임즙으로 버무린 얇게 썬 양파, 상추, 토마토, 고추, 코리앤더, 거기에다 흐물거리는 반투명한 젤리 형태의 무언가.

"저게 뭐지요?"

나는 그 흐물거리는 노란 것을 가리키며 묻는다. 아마 해파리겠
지. 해파리보다는 조금 더 하얀빛이 돈다. 꼬들꼬들한 식감이 연상
되는 반투명한 그것.

얌의 재료는 제한이 없지만 야시장에서 가장 인기를 끄는 것은
단연 얌탈레^{Yam Taleh}, 해산물을 넣은 얌이다. 새우, 오징어, 생선, 홍
합 등이 주로 들어간다. 갓 데쳐 미지근한 온기가 아직 남아 있는
매콤 새콤한 고것은 천상 맥주 안주다. 해파리를 넣은 얌은 아직 먹
어보지 못했지만 맛있을 것 같다.

"얌!"

영어를 못하는 할머니는 내 질문에 무조건 고개를 끄덕인다. 1인
분을 주문하자 커다란 주걱을 들어 인심 좋게 듬뿍, 해파리처럼 보
이는 노란 그것을 특히 넉넉하게 퍼서 봉지에 담아준다. 단돈 20밧.

발걸음도 가볍게 호텔로 돌아왔다. 비닐봉지에서 전리품을 하나
씩 꺼내 테이블 위에 펼쳐놓는다. 아직 따뜻한 기운이 남아 있는,

오랜 시간 푸욱 고아내 혀에 닿자마자 스르르 녹을 만큼 부드러운 족발덮밥, 그리고 입맛을 돋우는 숯불 향을 솔솔 풍기는 싸이꺽을 먹는다.

맥주를 딴다. 얌도 먹어야겠다. 아삭한 양파와 토마토, 상추, 그리고 꼬들꼬들해 보이는 하얀 젤리를 입에 넣고 힘차게 씹는다.

으.

희미하게 배어 있는 냄새가 아니었더라면 질겅질겅 씹으면서도 설마 그것인지 확신할 수 없었을 것이다. 재료의 창의성 면에서 한국에 결코 뒤떨어지지 않는 태국이긴 하지만 얌탈레를 주로 먹어온 나로서는 생각지도 못한 재료다. 하긴 라오스의 물방개튀김-딱딱한 껍질 속 살은 버터처럼 부드럽다-이나 캄보디아의 기니피그구이-질기다-에 비해 거부감을 느낄 것도 없다. 사실 이것은 한국에서도 많이 먹는 아주 대중적인 식재료가 아닌가 말이다. 서양인 관광객을 상대하는 식당에서는 절대 인기를 얻지 못하겠지만.

여러분, 시장에서 산 얌에 들어간 하얀 젤리의 정체가 무엇이냐하면, 솜씨 좋게 뼈를 제거해낸 닭발이다. 어떤 것은 가냘픈 발가락

콘캔의 야시장. 얌은 인기 있는 반찬이자 술을 부르는 안주.
제대로 태국 음식 한 상 먹었다고 말하려면 얌은 필수적으로 들어가야 한다.
야시장에서 얌탈레를 주문하자 여주인이 순식간에 만들어 가져다준다.
갓 데쳐낸 오징어에 아직도 따뜻한 기가 남아 있다.

이 고스란히 아슬아슬 매달려 있다. 깨끗하게 손질한 닭발을 반투명해질 때까지 충분히 삶은 후 실력 있는 외과 의사를 능가하는 솜씨를 발휘, 꼼꼼하게 뼈를 발라내고 나머지 재료와 골고루 무쳐 색다른 얌을 완성했다.

일전에 TV에서 〈대륙의 힘〉이라는 제목의 시리즈를 방영한 적이 있다. 중국 편에서, 닭발을 까는 장면이 나왔다. 산처럼 쌓여 있는 닭발 앞에 중국인들이 떼로 모여 앉아 무 껍질을 까듯 이빨로 까서 닭발 뼈를 제거하는 광경이었다. 어쩌면 태국도?

그건 그렇고, 가장 중요한 맛은 어땠느냐고?

음….

맛보다는 냄새가 훨씬 더 인상적이었음을 말해둘 필요가 있겠다. 정체불명의 흐물거리는 그것이 해파리가 아니라 닭발임을 즉각적으로 알아차린 것은 바로 그 특유의 강한 비린내 때문이었으니까.

한국에서 닭발을 먹을 때 왜 그렇게 하나같이 고추장 양념으로 범벅을 해서 굽나 했더니 모두 깊은 뜻이 있었던 것이다.

닭발은 역시 고추장 양념이 제일 맛있는 것 같다.

사원과 시장이 한데 뒤섞여 있는 치앙마이의 나이트마켓.

메콩 강의 작은 마을 팍촘에 다시 찾아갔다.
10년 전 머물렀던 강가의 게스트하우스.
그때 그랬던 것처럼 주인 남자가 명랑하게 맞아주었다.
나를 기억하지 못한다고 했다.
"나는 누구도 기억 못해요. 가족 말고는."
그가 설명한다.
"기억상실증에 걸렸거든요. 몇 년 전에 심장마비가 와서."
심장과 기억의 상관관계.
심장이 멎으면 기억이 몽땅 사라질 텐데, 멎었다 다시 뛰어서
일부만 사라진 것인지 모르겠다.
숙소는 예전과 변함없었다.
오키드가 만발해 있고, 오두막에 걸려 있는 해먹에 누우면
누런 강 저편 라오스가 손에 잡힐 듯 건너다보였다.

이산 음식을
아시나요

혹시 이산 음식이라고 들어보셨는지?

이산Isan은 태국 동북부 지방의 이름이다. 남북으로 상당히 길고 동서로도 결코 좁지 않은 이 나라에서 이산 지역은 음식에 있어 한국의 전라도, 또는 이탈리아의 시칠리아와도 흡사한 위치를 차지한다. 음식이 맛나다는 평가를 받는 지역으로 그 음식이 다른 지역까지 전파되어 전국적인 사랑을 받게 된 것도 유사하다. 다만 전라도와 시칠리아가 해산물과 농산물 등 각종 물산이 풍부하여 화려한 음식 문화가 꽃필 수 있는 토양을 갖춘 것과는 달리 이산은 강수량이 적고 토질이 매우 척박한 지역이다. 일자리를 찾아 타지로 떠난 이산인과 함께 음식이 전국으로 퍼져 나갔다는 점에서는 인도네시아 서수마트라 섬에서 유래된 파당 푸드Padang Food와도 일맥상통하는 점이 있다.

오늘날 태국에서 이산 음식이 누리는 인기는 요리 자체의 소박하고도 솔직한 맛과 함께 콘이산(이산인)들의 이주 덕분이다. 방콕을 비롯하여 현재 태국 중부에 살고 있는 인구의 상당수가 동북부 출신이다. 운전사, 노점상, 청소부 등 고단한 삶을 살아가는 서민들이 대부분이다. 더 나은 생활을 위해 고향을 등지고 도시로 떠난 콘이산들과 함께 아한이산(이산 음식)은 이제 태국 어디서나 쉽게 찾아볼 수 있다.

아시아 최대의 관광 대국 태국에서 이산은 가장 관광화가 되지 않은 지역이다. 바다가 없고, 수도 방콕에서 멀리 떨어져 있으며, 이렇다 할 볼거리가 없다는 이유로 태국을 방문하는 외국인들 중 단 2퍼센트만이 이산을 찾는다. 그러나 나머지 98퍼센트에 속한다고 해도 이 지역이 원산지인 다음 세 가지 음식에 대해서는 한번쯤 먹거나 들어본 적이 있을 것이다.

그중 첫 번째가 솜땀이다. 솜땀! 간단하면서도 놀랄 만큼 강렬하고 오묘한 맛을 내는 음식이다. 주재료로 덜 익은 파파야가 반드시 필요하기 때문에 한국에서는 제대로 된 솜땀을 맛보기 힘들다. 그리움을 참다못해 오이나 무 등 초라한 대용품으로 시도해봤다는 사람들이 있긴 하지만 만족스러웠다는 후기는 한 번도 접한 적이 없다.

외국인에게 가장 유명한 태국 음식이라면 톰얌쿵이나 카오팟, 팟타이가 있겠지만, 아마 그 음식들이 외국의 태국 식당에서 가장 인기 있는 메뉴겠지만, 태국인들에게 솜땀은 각별한 의미를 갖는 음식이다. 어쩌다 먹는 요리가 아니라 일용하는 음식이다. 아무리 맛난 톰얌쿵이라도 매일 먹는 사람은 없을 테지만 솜땀은 매끼 곁들여도 하등 이상할 것이 없다. 우리의 김치가 그런 것처럼.

솜땀은 한국의 김치에 해당하는 음식이다. 재료 측면에서도 매우 태국답다. 익지 않아 푸른 파파야를 채칼로 가늘게 썬 후 마른 새우와 방울토마토, 볶은 땅콩, 고추 등을 넣고 피시소스, 라임즙 등을 듬뿍 뿌려 콩콩 찧는다.

이 과정을 위해서는 손절구와 공이가 필수적이다. 푸른 파파야 채가 가득 쌓여 있고, 여인네가 절구에 뭔가를 넣어 열심히 찧고 있으면 100퍼센트 솜땀을 만드는 노점상이라고 보아도 옳다. 솜땀은 먹기 직전에 만드는 게 원칙이며 주문자의 요구에 따라 투입되는 재료를 일일이 조절한다. 소박하지만 개인의 까다로운 기호를 반영하는 음식이라니, 이 또한 김치와 유사한 면이 있다. 고추는 몇 개나 넣을지, 볶은 땅콩은 넣을지 말지, 설탕은 얼마나?

솜땀 제조에 여념이 없는 여인 앞에 늘어서서 말없이 차례를 기다리는 고객들. 태국의 길거리에서 흔히 볼 수 있는 광경이다. 경건한 침묵이 흐르는 장면이다. 전채이자 피클 역할을 충실히 수행하지만 가난한 이산인들에게 솜땀은 찹쌀밥에 곁들이는 가장 기본적인 반찬이기도 하다. 피시소스의 구리구리함, 고추의 알싸함, 땅콩의 고소함을 즐기며 다 먹어치우고 나면 끈끈한 밥을 손으로 뭉쳐 남은 국물에 찍어 먹는다.

휴대전화가 일반화된 요즘, 웬만한 솜땀 장수들은 모두 휴대전화로 주문을 받는다. 수레 하나로 이루어진 노점이지만 노련한 솜땀 장수라면 한 번에 수십 명 분량의 주문쯤은 거뜬히 소화해낸다. 콩콩! 쉼 없이 절구를 찧고, 파파야 채를 휘리릭 투입하고, 토마토와 고추, 땅콩 가루를 넉넉히 뿌린다. 다시 콩콩! 완성된 솜땀을 마치

대표적인 이산 음식, 솜땀. 푸른 파파야 채와 손절구가 보인다면 솜땀 만들어 파는 곳이다.

금붕어라도 담듯 공기와 함께 작은 비닐봉지에 가득 넣어 팽팽하게 부풀린 후 고무줄로 단단히 묶는다. 전화로 주문을 한 후 오토바이를 타고 찾으러 온 손님에게 의젓하게 내민다. 여기 있소, 당신의 솜땀!

두 번째 이산 음식은 까이양이다. 솜땀이 너무 맵거나 쿰쿰한 냄새를 풍긴다고 생각하는 사람이라고 해도 이 까이양을 싫어하기란 불가능하리라. '까이'가 닭을 의미하고 '양'은 불에 굽는 것을 뜻하니 즉, 닭구이라는 뜻이다. 이산말로는 삥Ping까이, 또는 까이삥이라고도 한다.

까이양은 이산의 상징과도 같은 음식이다. 이산 지역을 여행하던 나날들을 생각하면 가장 먼저 떠오르는 것은 누런 흙탕물이 고요한 벌판처럼 가득 펼쳐져 있던 메콩 강의 정경, 그리고 두 번째가 바로 그 강가 마을의 거리를 뒤덮던 이 까이양 향기다.

숯불에 익어가는 무양, 까이양만큼 유혹적인 냄새를 풍기는 음식은 세상에 없을 것이다.

빛이 사라지고 컴컴해진 거리를 걷노라면 서늘한 바람과 함께 어디선가 한 자락 설핏 풍겨오는 식욕 돋우는 냄새…. 코를 자극하는 바비큐 냄새다. 코에 신경을 집중하고 방향을 잡아 걸어가다 보면 결국 눈앞에 모습을 드러내곤 하던 석쇠 위 지글거리는 닭꼬치구이.

메콩 강가 마을이 붉게 물들면, 뜨겁고 먼지투성이인 이곳에서 가장 평화로운 시간이 열린다. 도로변 어디쯤에 소리도 없이 나타나 판을 벌이는 까이양 장수들. 한적한 시골 강변 마을의 평화로운 저녁 풍경을 완성하는 퍼즐의 한 조각이다.

새빨갛게 달아오른 몇 조각 숯에 지글지글 기름 떨어지는 소리와 함께 푸른 연기가 솔솔 피어오른다. 블랙페퍼와 마늘, 코리앤더 뿌리를 피시소스와 섞어 바른 고기가 구워진다. 세상 어디에도 이보다 더 강렬하게 식욕을 일으킬 냄새는 없을 듯….

소박하지만 푸짐하게. 이것이 이산 음식의 특징이다. 돼지고기를 써서 무양도 굽고, 닭과 돼지의 간과 창자도 굽고, 태국식 소시지-찹쌀이 들어갔다는 점에서 한국의 순대와 유사한-인 싸이껵을 굽기도 한다.

진짜 이산식 까이양은 닭 4분의 1마리를 넓게 펼쳐 대나무 꼬치로 고정한 후 호기롭게 구워내지만 도시에서는 한입에 먹기 편하게 조그만 크기의 꼬치로 변신한다. 그래도 여전히 말레이시아나 인도네시아에서 즐겨 먹는 유사 음식인 사테^{Sate}보다는 훨씬 관대한 크기다.

세 번째 이산 음식은 찹쌀밥이다. 까이양, 또는 무양에 솜땀을 곁들여가면서 찹쌀밥 카오냐오를 함께 먹는 것이 이상적인 조합이다. 풀풀 날리는 카오자오와는 달리 끈끈하게 달라붙는 카오냐오를 손가락으로 조금씩 떼서 작은 공처럼 동그랗게 뭉쳐 먹는다. 스튜나 수프에 빵을 찍듯 솜땀의 시큼한 국물에 찍어 먹기도 한다.

이 세 가지는 마치 세트 메뉴처럼 함께 먹기 때문에 한 노점상에서 모두 파는 경우도 있다. 아니면 십중팔구 근처에 자리 잡은 다른 노점에서 팔고 있거나.

이 밖에도 태국 전역에서 많이 먹는 또 하나의 이산 음식으로는 랍^{Laap}을 들 수 있다. 다진 고기에 다진 파, 라임주스, 피시소스 등을 섞어 만든다. 날고기에 라임주스를 가미해서 그 산^{Acid}의 힘으로 익히기도 한다. 남미의 세비체^{Ceviche}(날해산물과 라임즙을 섞은 샐러드의 일종)와 일맥상통하는 조리법이다.

이산 음식들을 가장 맛있게 먹을 수 있는 곳은 거리의 노점이다.

"아니, 길에서 사 먹는 것은 위생에 문제가 있지 않나요?"

확실한 것 하나는, 수많은 태국인들이 오늘도 삼시 세끼 길에서

저녁에 다시 가자 다 팔리고 없었다. 메콩 강의 물고기들.

소금을 쳐서 볶은 벌레인데 짭짤하고 바삭한 것이 맥주 안주로 괜찮을 듯하다.

만든 음식을 먹으며 살아가고 있다는 사실이다. 매연과 소음이 자연스러운 향기와 배경음악인 듯 거리에 놓인 식탁 앞에 앉아 평온한 얼굴로 식사에 열중하는 사람들.

위생 문제를 떠나서 태국의 많은 음식들은 본래 길거리에서 태어났다. 남방계 국가들이 모두 그러하듯 이 나라 또한 의식주의 상당 부분이 야외에서 이루어진다. 음식도 본디 바깥에서 만들었다. 태국의 전통적인 부엌은 집 뒤 마당 한쪽에 위치한다. 벽을 세우고, 외부와 차단하는 문을 달고, 공기를 밀폐시킨 후 에어컨을 돌리는 것은 최근 들어 시작한 일이다.

길에서 쉽게 사 먹을 수 있는 솜땀과 까이양 등을 메뉴에 포함시킨 고급 식당은 매우 드물다. 그래도 실내에서 식사하기를 선호하는 사람들을 위해 마침내 이산 음식을 전문으로 파는 프랜차이즈 식당이 등장했다. 이름 하여 '란 솜땀느아'. 솜땀과 카오냐오 등을 파는, 위생적인 환경에서 에어컨을 틀고 영업하는 식당이다.

프랜차이즈 식당과 길거리 식당. 어디가 더 맛있는지 각각의 장소에서 한 번씩만 먹어보면 답을 알게 될 것이다.

어둠이 내리면 메콩 강가 마을에 하루 중 가장 평화로운 시간이 열린다.
전구가 켜지고, 밥하는 연기가 여기저기 피어오르고, 숯불구이 냄새가 풍긴다.
현재가 아니라 과거에 와 있는 듯한 기분이 든다.

태국 어느 시골의 전통적인 노천 부엌.

미\스터 폼의
저녁 초대

장소는 치앙라이, 때는 송끄란(혹서기에 비를 기원하며 태국 전역에서 여는 물 축제)이 임박한 4월 어느 고요한 오후.

"오늘 저녁은 우리 집에서 먹읍시다. 평소 우리 식구 먹듯 차릴 테니…"

미스터 폼[Pom]─본명은 태국 이름이 보통 그러하듯 무지무지 길다─의 초대를 받았다. 그가 누군가 하니 내가 머물던 게스트하우스의 주인이다. 방콕에서 은행원으로 다년간 근무하다가 나이 든 어머니를 모실 겸 고향인 치앙라이로 돌아와 인근 학교에서 영어 교사로 근무하며 부업으로 게스트하우스를 열었다.

정결하고 아늑한 숙소지만 아직 잘 알려지지 않아 투숙객은 방콕에서 내려온 태국 청년 오우, 독일인 크리스, 그리고 나 이렇게 세 명이 전부였다.

우리는 폼 씨의 제안을 감사히 받아들였다. 여행자라면 누구나 은근히 꿈꾸던 순간이 아닐까. 현지인의 집에 초대받아 현지인처럼 식사하기!

크리스는 과묵한 인상의 덩치 큰 독일인이다. 벗어지기 시작한 성긴 금발에 얇은 입술, 금테 안경을 끼고 목소리는 나직하고 차분했다. 슈투트가르트 출신의 공무원이다. 여행 경력이 상당하고 태국에도 이미 몇 번이나 와봤음에도 현지인들 가는 식당이나 시장에서는 사 먹지 않는 것을 원칙으로 삼고 있었다. 영어 메뉴를 갖춘 식당에서 스파게티나 샐러드, 햄버거 등 주로 서양 음식으로 식사를 하고 태국 음식으로는 톰얌쿵과 카오팟, 팟타이 정도만 먹어봤다고 했다.

"바가지를 쓸 것도 그렇고, 어떤 음식인지 말도 잘 통하지 않고, 그리고 무엇보다도 식당의 위생 상태가 어떤지 믿을 수 없잖아."

"하지만 태국은 음식으로 유명한데, 전혀 안 먹으면 좀 아쉽지 않겠어?"

"태국 식당은 독일에도 흔해. 태국 이민자가 많거든. 값도 싸고…."

치앙라이 시장은 활기차고 재미난 곳이다. 함께 몇 번이나 시장에 갔지만 크리스는 사진을 좀 찍을 뿐 그 많은 먹을거리에 전혀 흥미가 없었다. 불량식품 먹지 말라는 엄마의 말을 마음속 깊이 간직하고 어른이 된 모범생처럼.

"그래도 칸톡 디너는 해봤지. 그 정도는 경험해봐야 할 것 같아서."

칸톡 디너Khan Tohk Dinner. 치앙마이 등지에서 외국인들이 많이 가는 디너쇼를 뜻한다. 나무로 된 마룻바닥에 양반다리를 하고 앉아 나지막한 둥근 밥상-한국의 소반과 흡사한-에 차린 태국 음식을 먹으며 앞에서 펼쳐지는 전통 공연을 구경하는 식으로 진행된다.

칸Khan은 밥이나 찬을 담는 공기, 톡Tohk은 밥상을 뜻하니 칸톡 디너는 말 그대로 소반에 차린 태국식 저녁 식사가 되겠다. 1953년 치앙마이의 대학교수 크라이시 니만해민Kraisi Nimanhaemin이 외국인 지인들을 위해 고안해낸 것이 시초다. 그 후 북부 지방을 대표하는 문화상품으로 뿌리를 내렸다. 한복 입은 여인들이 부채를 들고 덩실덩실 춤을 추는 무대 앞에서 구절판이나 신선로 등을 맛보는 한국의 디너쇼와 흡사하다.

물론 태국 북부의 보통 가정에서 이렇게 먹지는 않는다. 현지인들의 저녁 식사는 이보다 훨씬 소박하고 격식이 없다. 시골에 가면 밥상 대신 마룻바닥에 신문지 한 장 깔고 음식을 놓은 후 빙 둘러앉아 먹는 것이 일반적이다.

폼씨와 가족이 사는 집, 게스트하우스 옆에 지어놓은 큼직한 목조 가옥으로 들어가자 바닥에 이미 신문지가 펼쳐져 있고 음식이 준비되어 있다. 수줍어하는 우리를 가족들이 손을 잡고 끌어다 바닥에 앉힌다.

"태국에 와서 이렇게 많이 차린 식사는 처음이야."

크리스가 작은 소리로 말했다. 나도 마찬가지다. 혼자 여행하다 보면 자칫 식생활이 단순해지기 쉽다. 시장에서 조금씩 사다 먹거나 아니면 식당에서 한 가지, 기껏해야 두어 가지 시키는 것이 전부다. 나누어 먹을 사람이 없으니 보통 일품요리 위주로 때우게 된다.

오늘은 다르다. 만찬이 펼쳐져 있다. 각자 밥통에서 찹쌀밥을 넉넉히 퍼 담았다. 얌운센, 생선튀김, 닭구이, 생선찌개, 쇠고기로 만든 랍, 돼지고기볶음, 모닝글로리볶음….

"꽤 매우니 우선 조금씩 먹어봐요."

폼 씨가 말한다.

"외국인용으로 고추를 아예 안 넣을 수도 있었지만 그걸 바라지는 않을 것 같아서….'

"아, 물론 그건 절대 바라지 않지요."

내가 말한다.

"나도 그건 바라지 않아요."

옆자리의 크리스도 말한다. 폼 씨가 걱정스럽게 그를 보는 것이 자존심을 건드린 것 같다. 모처럼 현지 문화 체험의 기회를 맞아 그동안 소극적이던 태도를 바꾸어 한 번 제대로 태국 음식에 도전해 볼 결심을 한 것이다.

전형적인 태국 중산층의 가정집이다. 거실 벽에는 자락이 긴 황금색 도포를 걸친 푸미폰 국왕의 젊은 시절 전신사진이 붙어 있고 텔레비전에서는 태국의 스포츠 스타 파라돈 스리차판^{Paradorn Srichaphan}의 예전 경기 장면이 흘러나왔다. 우리 앞에는 맛있어 보이는 태국 음식들이 가득했다.

폼 씨는 노련한 호스트였다. 분위기를 띄우는 방법을 잘 알고 있었다. 우선 술부터 돌렸다. 우리가 가지고 간 태국 럼 쌩쏨에 콜라와 얼음을 타서 건배를 한 후 식사를 시작했다.

"이거 아주 먹을 만한데!"

서툰 젓가락질을 하면서 크리스는 진심으로 말하는 것 같았다. "아로이(맛있어요)! 아로이 막막(아주 맛있어요)!"

독일에서 경험했던 태국 요리와는 많이 다르다고, 훨씬 너 맛이 좋다고 했다.

"당연하지. 거기선 고추나 향신료를 충분히 넣지 않을 테니까. 자고로 어떤 음식이든 현지에서 현지 재료로 만들어 먹어야지 외국에서 먹는 음식은 진짜가 아닌 겁니다."

폼 씨가 말했다. 그의 말대로 몇몇 음식은 꽤 매웠다. 나라면 몰라도 독일인에게는 너무 매운 게 아닐까.

다행인지 불행인지 크리스는 끄떡없었다. 괜찮냐고, 어떠냐고 사람들이 물을 때마다 연신 웃음 띤 얼굴로 엄지손가락을 치켜들었다.

장하다, 크리스! 하긴 모든 서양인들이 매운맛에 약한 것은 아닐 테니까.

흥겨운 저녁이다. 술잔이 계속 비워지고, 다시 채워지고, 곧 또 비워졌다. 크리스는 생각보다 정말 잘 먹었다. 후한 인심에다 맛있는 음식, 진짜 현지인처럼 식사하고 있다는 흐뭇함에 모처럼의 알코올까지, 그는 평소와는 다른 사람이 된 것 같았다. 내 입에도 꽤 시고 매운 톰얌쿵을 한 사발 훌훌 잘도 들이켰다.

멋진 파랑(외국인, 그중에서도 서양인을 일컫는 태국말)! 어쩌면 너무 맛있어서 매운 것은 잠깐 잊어버렸는지도 모른다. 그럴 때가 가끔 있다. 압도적인 맛이 다른 모든 것을 가려버리는 순간.

폼 씨의 부인과 처형이 직접 요리한 음식들이다. 고추가 안 들어간 음식이 없다. 매콤 새콤한 얌운센, 하나만으로도 충분히 매운 프릭키누를 몇 개나 쫑쫑 다져 넣어 입에 넣기도 전에 화끈한 기가 훅 끼치는 솜땀, 남프릭(고추 넣은 간장)에 푹 찍은 야채….

워낙 매운 것을 잘 먹거나 좋아하는 편은 아니다. 배가 고팠던 참에 열심히 먹었지만 어느 순간 갑자기 입안이 얼얼했다. 후아.

이마에 맺힌 땀방울이 흘러내려 눈동자를 찔렀다. 음식 때문이기도 하고 날씨 때문이기도 했다. 엄청나게 더웠다. 옆자리의 크리스도, 그리고 방 안의 다른 사람들도 모두 땀을 뻘뻘 흘리고 있었다.

때는 마침 혹서기의 중심을 통과하는 4월. 해가 떨어진 지 오래지만 낡은 선풍기 한 대가 덜덜거리며 돌아가는 집 안은 작은 창문을 완전히 열어놓았음에도 찜통처럼 무더웠다. 그리고 매운 음식 특유의 가혹한 열기….

모두들 얼굴이 벌게졌다. 덥다는 말은 아무도 하지 않았다. 뭔가에 홀린 것처럼 다들 끊임없이 먹어댔다. 개들 여러 마리에게 사료를 주면 서로 경쟁하느라 평소에 혼자 먹던 것보다 훨씬 더 많이 먹던 모습이 생각났다.

나도 계속해서 젓가락을 놀렸다. 온몸에 흐르는 땀이 더위 때문인지 음식 때문인지 알 수 없었다. 이 정도쯤이야. 이렇게 생각하려 했다. 아직은 괜찮다. 아직은.

"이것도 먹어봐요. 맛있어."

폼 씨의 아내가 생선 요리를 권한다. 꾸덕꾸덕 말려 기름에 한 번 튀겨낸 후 소스를 끼얹어 조린 가루파(농어과에 속하는 납작한 생선)다. 한입 먹어보니 어이쿠, 매워! 고추를 얼마나 넣었는지 무지 맵다. 아, 매워라!

"그긴 많이 매워. 안 먹는 게 좋을걸."

생선 요리를 향해 손을 뻗는 크리스에게 이렇게 말했는데 듣지 못한 것 같았다. 잔에 남은 쌩쏨을 한입에 털어 넣더니 젓가락을 곧장 생선으로 가져갔다. 양념과 함께 듬뿍 뜯어 입에 넣고 힘차게 씹었다.

워낙에 매운 요리였다. 크리스, 갑자기 턱이 멈췄다. 불그스름한 얼굴이 갑자기 심하게 꿈틀거렸다.

"오, 마이 갓!"

독일인의 맞은편에 앉아 있던 태국 청년 오우가 입을 벌렸다.

"큰일났네!"

나는 크리스를 돌아보았다. 다문 입이 꿈틀거리고, 파란 눈이 커지고, 이마에서 구슬땀이 흘러내렸다. 우-우-우! 후하후하!

"물 가져와!"

폼 씨가 다급하게 말했다. 그렇다! 물! 물이 필요해!

크리스, 물 밖으로 나온 물고기처럼 앉은 자리에서 마구 펄떡거렸다. 쥐똥고추를 정통으로 씹은 것 같다. 술기운과 오기에 힘입어 겨우 눌러오던 매운 기운이 코 깊숙한 곳 가장 예민한 부분을 한 방 얻어맞고 폭발한 것이다. 이 일을 어쩌나.

"물! 물! 물 더 가져와! 어서!"

크리스가 안경을 벗어던지자 푸른 눈에서 눈물이 줄줄 흘러내렸다. 욕설이 터져 나왔다.

"으아악! 죽이게 맵네Blooody Hooot!"

어디 불이라도 난 것처럼 물잔을 줄줄이 대령했다. 선풍기를 독일 사람 쪽으로 돌리고, 폼 씨의 늙은 어머니는 어디선가 대나무 부채를 가져다 허둥지둥 부쳐댔다. 폼 씨의 아이들은 난생처음 보는 희한한 풍경에 놀라 불이라도 난 듯 폴짝폴짝 뛰어다녔다. 눈물 콧물 줄줄 흘리며 펄펄 뛰는 키 190센티미터의 서양인을 보는 것은 아마 처음일 테니까.

크리스의 태국 음식 문화 체험은 그것으로 끝났다. 물을 다섯 컵쯤 연달아 들이켰으니 뱃속에 뭔가 더 들어갈 자리가 있을 리 없다. 술 때문에 피곤하다며 서둘러 자리를 떠났다. 술은 무슨.

"파랑치곤 아주 잘 먹던데. 진짜 잘 먹었지. 마지막에 그렇게 되긴 했지만."

호스트인 폼 씨가 빈 접시를 치우며 중얼거린 말이다. 웃음을 참는 소리가 들린 것 같았지만 뒤돌아선 덕분에 그가 어떤 표정을 짓고 있는지는 볼 수 없었다.

태국인의 고추 사랑은 서양인의 시각에서 보면 자학에 가까운 취향이다. 태국인들 스스로도 그 사실을 잘 알고 있다. 태국에 온 외국인이 뭔가 음식을 주문할 때마다 "매울 텐데 고추 뺄까요?" 하고 묻는 것을 잊지 않는다. 이 질문에 가만히 있으면 고추는 아예 넣지 않을 수도 있으니 본토의 맛을 즐기는 분은 참고하시라.

일 년 내내 태양의 열기에 시달리다 보니 입안의 열기쯤은 별것 아니라 여기게 된 것일까. 혹은 이열치열의 원리를 맹신하는 것일까.

참는 것을 넘어서서 마침내 즐기게 된 것인지도 모르겠다. 어쩌면 콘타이(태국인)의 유전자에 새겨진 형질일 수도 있다. 길거리 솜땀집에서 나로서는 한두 개도 힘겨운 쥐똥고추를 무려 대여섯 개도 더 넣도록 주문하는 용감무쌍한 사람들.

다음 날 아침, 마당에서 크리스와 마주쳤다. 어제의 고통은 사라지고 평온한 모습이다.

"이제 좀 괜찮은 거야?"

내가 슬쩍 물어보았다.

"그래도 칸톡 디너보다는 인상적인 경험이었지? 음식도 다 맛있었고. 한두 가지가 약간 맵긴 했지만. 안 그런가?"

내 말에 그는 곧장 짧은 욕설을 내뱉었다.

물론 얼굴은 활짝 웃고 있었다.

마이뺀라이(괜찮아요)!

농카이의 어느 식당 앞에서.
메콩은 누렇고 고요한 강이다.
그 분위기 그대로,
농카이는 국경마을임에도
유유자적한 느낌이 가득했다.

처음으로 자전거나 악기를 고를 때 이렇게 말한다.
"너무 비싼 것은 필요 없고, 너무 난이도가 높은 것도 안 되고, 이 정
도면 딱 좋겠어요."
태국도 그렇다. 초보자들의 천국이다.
그 기억을 잊지 못하는 베테랑들의 천국이기도 하다.

퓨전 푸드

12월 31일.

밤이 화려한 방콕.

이 도시에서 새해를 맞는 카운트다운을 하기에 최고의 장소는 어디일까.

높을수록 잘 보일 테니 가급적 높이 올라가는 게 좋겠다. 인구밀도가 높은 방콕에는 고층 건물이 많다. 그중에서도 월드트레이드센터 옆에 새로 지은 초고층 호텔 센타라월드, 그 꼭대기에 위치한 레드스카이를 가기로 했다.

전용 엘리베이터로 갈아타고 54층에 내리자 레스토랑 겸 바의 입구가 나타난다. 멤버 전용 클럽처럼 고급스럽고 비밀스러운 분위기다.

검은 슈트를 차려입은 건장한 직원들이 작전이라도 수행하듯 무전기를 든 채 입장객을 통제한다. 그 너머가 54층의 야외석. 천상처럼 높디높은 공간에 마련된 송년 파티장이다.

별처럼 반짝이는 유리 램프를 올려둔 테이블에 토끼귀가 달린 헤어밴드를 쓴 사람들이 앉아 즐겁게 웃고 있다. 거의 전부 외국인들이다.

"저녁 식사는 1만2000밧, 샴페인은 3300밧입니다."

이 나라의 GNP를 생각할 때 놀라운 가격이다. 각각 한국 돈으로 45만 원, 12만 원이다. 샴페인 한 잔에 12만 원!

12월 31일은 일 년 중 최고의 대목이다. 방콕의 호텔마다 기분 내고 싶은 외국인들로 바글거린다. 다들 돈 좀 쓸 각오가 되어 있는 상태다.

"샴페인만 마시면 테이블에는 못 앉습니다. 스탠딩 파티지요."

엉덩이 붙일 자리 하나 주지 않고 평소 가격의 몇 배를 받는 곳은 센타라월드 호텔만이 아니다. 역시 초고층에 위치하여 환상적인 전망으로 소문난, 이런 종류의 슈퍼 스카이라운지의 원조 격인 시로코^{Sirocco}와 버티고 그릴 앤드 문 바^{Vertigo Grill and Moon Bar}도 마찬가지다. 연말 분위기에 편승, 모처럼 온 여행지에서 기억에 남을 만한 시간을 보내고픈 여행자들의 심리를 정확히 파악해 받을 수 있을 만큼 최대한도로 받아내려고 한다. 내일이면 불가능하기에 오늘, 바로 오늘이 끝나기 전에 어떻게든 1밧이라도 더.

쿵쿵 최신 음악이 흐르고, 거품을 일으키며 황금빛 샴페인이 콸콸 부어지고, 발치 아래 까마득히 멀리 보이는 사바세계에서 붉고 하얀 불빛들이 고요하게 빛난다. 사람들은 은빛 나이프를 날렵하게 휘둘러 조그만 것을 더욱 조그맣게 잘라내어 입안으로 가져간다.

라 테이블 드 티^{La Table de Tee}. 영국에서 공부한 젊은 요리사 티^{Tee}가 방콕 살라댕 로드에서 운영하는 태국과 영국의 퓨전 레스토랑. 작고 소박한 실내는 소문을 듣고 찾아온 외국인들로 가득 찬다.

천상이 아니지만 천상에 가까운 이곳.

오늘날 방콕은 도쿄에 이어 아시아 최고 수준의 파인 다이닝을 자랑하는 도시다. 태국에서 가장 호화로운 프렌치 식당인 오리엔탈 호텔^{Oriental Hotel}의 르 노르망디^{Le Normandie}. 와인 값이 도쿄의 특급 호텔에 비해 결코 싸지 않다. 이보다 실속 있게 프렌치 음식을 즐기고 싶다면 르 뱅돔^{Le Vendome}이나 더 리플렉션스^{The Reflexions}로 가면 된다. 르 노르망디의 3분의 1도 안 되는 가격에 무난한 와인 리스트를 갖추고 있고 가격 대비 맛도 훌륭하다.

방콕에서 제일 흔한 서양 식당은 역시 이탤리언이다. 중국 식당만큼이나 자주 눈에 띈다. 먹을 만한 피자와 파스타, 샐러드를 파는 가게들이 거리 곳곳은 물론 크고 작은 백화점과 쇼핑몰에 반드시라고 해도 좋을 만큼 몇 개씩 입점해 있다. 톰얌쿵 피자와 파인애플

방콕은 다른 나라 음식을 먹기에도 좋은 곳이다.
파라곤 1층 이탈리언 식당의 비프카르파치오 샐러드.
월드트레이드센터 내 일식 뷔페.
르 스파이스 Le Spice의 점심 세트.

피자 등 로컬의 입맛을 충실히 반영한 메뉴도 있다. 유명한 에노테카 이탈리아나 Enoteca Italiana도 방콕에 분점이 있다.

방콕은 명실상부 아시아에서 가장 국제적인 도시다. 노점상에서도 간단한 영어가 통하고 인디안과 터키, 이집트, 레바논 식당은 물론 멕시코와 브라질, 아르헨티나 식당도 성업 중이다. 입국한 여행자들의 국적만큼이나 다양한 식당들이 존재한다. 모처럼 이 도시로 날아든 여행자들이 자국 음식이 그리워 일정보다 빨리 태국을 떠나는 일이 생겨서는 안 될 테니까.

그중에서도 일본 식당의 약진이 두드러진다. 경제적 부를 기반으로 문화적 영향력을 전 세계로 확장한 일본의 음식은 오늘날 태국에서 대단한 인기를 누리고 있다. 날생선의 보관이 쉽지 않은 무더운 이 나라에서 소득이 높은 계층은 물론 중산층에게까지 대중화되었다는 것은 특히 주목할 만한 사실이다.

방콕 어느 백화점과 쇼핑몰을 가나 젠Zen과 후지Fuji 등 일식 체인점이 있다. 사시미와 스시, 덴푸라와 소바, 우동 등 단품 메뉴는 물

론 뷔페도 판다. 방콕뿐만 아니라 지방 도시의 소박한 야시장에까지 컬러풀한 초밥 뷔페가 등장하여 인기를 끌고 있으니 태국의 식도락 문화에서 오늘날 일본 음식이 차지하는 위치를 실감할 수 있다.

태국인의 일식 사랑은 어디에서 온 것일까. 익숙하게 간장병을 기울여 종지에 적당히 따른 후 초록빛 고추냉이를 휘휘 풀고 능숙하게 젓가락을 놀려 스시를 집는다.

스시보다 먼저 태국인의 마음을 사로잡은 일본 음식은 수끼Suki다. 이름에서 알 수 있듯 일본의 스키야키를 연상시키는 이 음식은 스시와 마찬가지로 MK 등 체인점 형태로 발전, 대중적인 사랑을 받고 있다. 사실 이름과는 달리 일본의 스키야키에서 곧장 영향을 받은 것은 아니다. 이산 지방에 특유의 전골 요리, 찜쪽이라고 불리는 음식이 따로 있기 때문이다.

아시아 국가마다 이런 형태로 끓여 먹는 음식이 하나쯤 있는 것 같다. 한국의 신선로, 중국의 훠궈, 몽골의 샤부샤부, 싱가포르의 스팀보트, 베트남의 핫팟…. 테이블 위에 불을 올리고 냄비를 건 후 신선한 재료를 팔팔 끓는 국물에 슬쩍 넣어 익혀 먹는다.

찜쪽 대신 수끼라고 하면서 에어컨 바람 나오는 깔끔한 체인점에서 팔기 시작한 것은 일본 문화와 관련하여 수요를 창출하고자 한 마케팅 전략으로 보인다. 오늘날 수끼는 현지인뿐만 아니라 이 나라를 방문한 외국인도 즐겨 찾는 대중적인 음식이다.

그러나 태국에서 아무리 맛이 좋다고 해도 매끼 수끼를, 스시를, 또는 피자를 먹는 사람은 아무도 없다. 가장 많이 먹는 것은 역시 태국 음식이다. 하루에 최소한 두 끼, 아니면 세 끼, 간식을 포함하면 네 끼 이상 밖에서 사 먹는다. 식당에서도 먹지만 식당까지 갈 필요가 없다. 태국의 거리는 거대한 식당 그 자체다. 지금 서 있는 곳에서 반경 100미터 이내에 반드시 먹을 것이 존재한다. 차 한 대 지나가기도 빠듯한 골목을 요령껏 비집고 판을 벌인 노점상, 하필 버스정류장 옆에 자리 잡아 치지직 요리 소리에 빵빵 클랙슨 소리 섞여드는 노천 식당….

뭔가를 먹기에는 너무 좁고 혼잡해 보이지만 파는 사람이나 먹는 사람 모두 그럭저럭 어떻게든 꾸려나가는 삶에 익숙하다. 담벼락에 바짝 붙어, 지나가는 자동차를 용케 피해, 나무 아래 좁은 그늘 안에 간신히 테이블이 펼쳐지고 의자가 놓인다.

바로 그곳에서 매콤한 커리가, 불 맛 확실한 볶음이, 달착지근한 냄새 황홀한 숯불구이가, 그 자체로 완벽한 한 그릇 국수, 볶음밥, 국밥, 덮밥이 먹어줄 사람을 기다린다. 비싸야 100밧을 넘지 않는, 그러면서 든든히 배를 채워주는 일용할 양식들.

인디아의 특징이 매사가 힘들다는 것이라면 태국의 매력은 쉽다는 것이다. 매춘, 쇼핑, 마사지, 성형수술…. 그중에서도 가장 쉬운 것은 역시 먹는 것이다. 몇 푼 있으면, 눈만 돌리면, 손짓만 하면 눈과 코, 그리고 혀를, 마침내 위장을 만족시킬 수 있다.

뜨거운 태양이 위력을 잃어가는 늦은 오후, 나는 콘캔Khon Kaen에 있다. 이산 지방의 수도 역할을 하는 소도시다. 별 특징 없는 콘크리트 건물들이 늘어선 블록을 몇 개 지나 계속해서 걸어가자 점점 행인들이 많아진다. 그들을 따라가자 어느 순간 휘황한 불빛에 휩싸인 야시장이 나타난다. 제대로 찾아왔다. 도시의 심장.

어둠이 내리고 소소한 욕망들은 거대한 식욕 뒤로 자취를 감춰버렸다. 긴 거리 양쪽으로 포장마차들이 빽빽하게 들어서고 그 사이로 차량 통행을 막은 채 100여 개의 테이블이 놓였다.

멀리, 검푸른 하늘이 새빨간 석양빛과 뒤섞여 야시장은 이제 천상의 연회장처럼 호화로워졌다. 아라비안나이트의 동남아시아 버전 같다. 관대한 어둠의 장막이 귀퉁이가 부서진 나무 테이블과 플라스틱 의자를 가려 더 이상 누추하지 않다.

모두가 초대받은 파티다. 테이블에 앉아 다들 환하게 웃고 있다. 하루 중 이렇게 넉넉한 시간이 없다. 이미 먹고 있거나 이제 막 먹으려고 한다.

사방팔방으로 음식들이 포진해 있다. 맛의 바다. 전채에서 디저트에 이르기까지 몇 발짝 걷지 않고 풀코스로 해결 가능하다. 손짓으로 눈짓으로 먹고 싶은 것을 사들인다.

바쁜 중에도 친절하다. 상냥하지 않은 상인이 어쩌면 단 한 사람도 없다. 나를 향해 웃고, 손짓해서 부르고, 무엇이 무엇인지 알려주고, 어떻게 먹는지 웃으면서 가르쳐준다. 가장 맛있는 부위를 능숙하게 뜯어 소스까지 찍어 내민다. 입만 앙 벌리면 된다.

세상에 이렇게 쉬운 곳이 또 있을까.

어린 시절 배고픔에 마음이 급해진 내 말을 선선히 들어주던 어머니처럼, 긴 이야기 듣기 전에 우선 먹을 것부터 내주고 보던 그때 그 사람처럼, 이 소박하고도 풍요로운 땅은 고마움을 지나서 미안할 만큼, 미안함을 넘어서 결국 조금 슬퍼질 만큼 그렇게 너그럽다.

태국. 옛 이름으로는 시암.

타이Thai는 자유라는 뜻이다.

콘캔의 야시장.
도시의 모든 사람들을 먹이고도 남을 만큼 음식이 넘치던 그곳.

치앙마이. 금빛 사원과 맛있는 음식, 툭툭이 마사지와 쇼핑.
아시아 최대의 관광대국인 태국이 여행자들 주머니를 훑는 방식은 워낙에 정교하고 세련되어서,
고통조차 그 즉시 느끼지 못한다.
귀국 후 신용카드 명세서를 받기 전까지는.

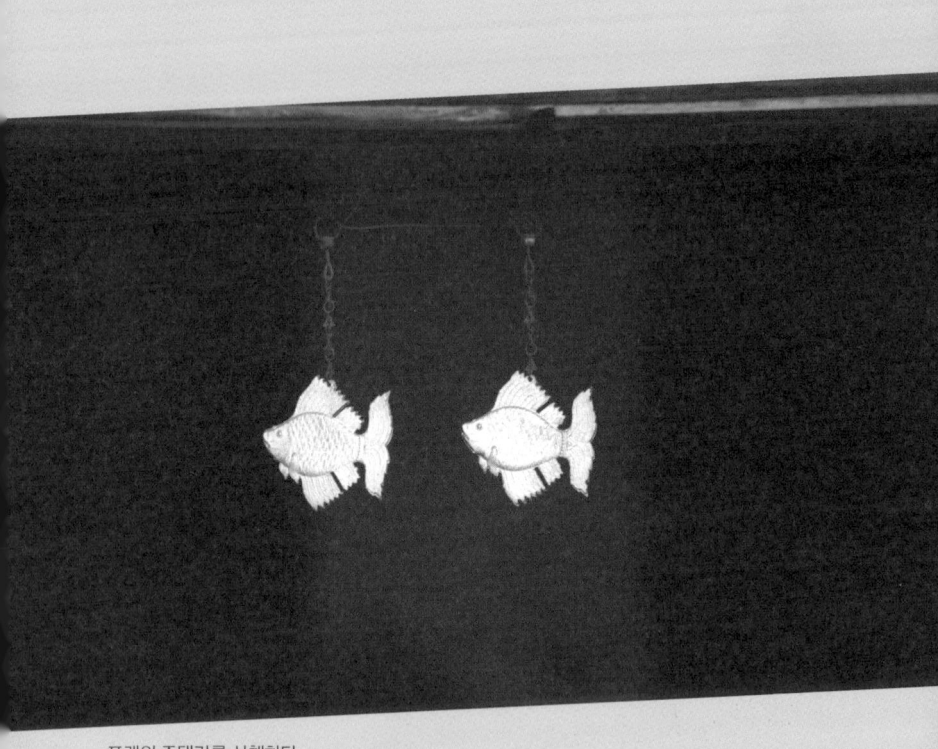

프래의 주택가를 산책하다.
바람 한 점 없는 오후. 풍경이 반짝거린다.

팍촘의 오두막에서.
메콩 강을 따라 작은 마을들이 점점이 들어서 있다.

태국 맥주의 대명사인 씽.
1934년 태국 귀족에 의해 레서피가 만들어진 전통 있는 맥주로 홉의 맛이 강하게 느껴진다.
나의 선택은 이보다 저렴하고 알코올도수 높은 칼스버그의 비어 창.

치앙마이의 한국식 불고기식당에서.
태국이 미소의 나라임을 깨닫지 못했다면 베트남에 가보시라.

동남아시아에서 몇 번 얻어맞을 뻔했는데, 모두 베트남에서였다.

동남아시아와
중국 사이

태국에서 한 시간 걸려 비행기를 타고 날아가든지, 라오스나 캄보디아, 중국을 가로질러 열 몇 시간 덜컹덜컹 버스로 육로 이동을 하든지, 국경을 넘었으니 이제 베트남이다.

태국에서 가까우니 비슷한 것을 상상했다면 조금 놀랄지도 모르겠다. 명심하시라. 베트남은 지리적으로, 이념적으로, 그리고 사람들의 표정과 태도에서, 태국보다는 중국에 여러모로 더 가까운 나라다.

척박하고, 시끌벅적하고, 사람들은 거칠고 단단하다. 중국과 맞닿아 있는 북쪽으로 올라갈수록 더욱 그렇다.

베트남에 처음 도착한 곳이 남부가 아니라 북부 지방이라면, 그리고 마침 그때가 11월에서 2월 사이라면, 그렇다면 두툼한 스웨터와 함께 두툼한 마음, 즉 웬만한 일에는 상처받지 않을 만한 대인의 너그러움을 준비하는 것이 좋겠다. 우리가 익히 알던 동남아시아와 베트남 하면 오토바이의 물결부터 떠오른다.
제비 새끼들에게 모이를 나누어주는 어미 새처럼 음식을 분배하고 있는 시장 상인.
베트남에서 맥주는 아직 남자들만의 음료.

는 사뭇 다른 기후, 그리고 확연히 다른 눈빛과 성정을 가진 사람들과 마주치게 될 테니까.

베트남은 남북으로 매우 긴 나라다. 오른쪽은 바다를, 나머지 3면은 이웃 나라들을 차례로 접하면서 1700킬로미터에 걸쳐 뻗어 있다. 위도에 따라, 그리고 고도에 따라 기후가 변하고 재배 작물도 달라진다.

북부인과 남부인은 성격이 다른 만큼 먹는 것도 다르다. 일반적으로 북부는 음식이 짜고, 중부는 스파이시하며, 남부 음식은 단맛이 강하다고 알려져 있다.

북부에서 가장 큰 도시인 하노이. 베트남의 정치 중심지인 이 도시의 겨울은 동남아시아의 더운 날씨를 기대했다면 흠칫 놀랄 만큼 쌀쌀하다. 아침저녁은 물론 빛나는 태양이 중천에 뜬 한낮에도 바람이 차갑다.

솜옷에 털모자로 무장한 사람들이 거리를 활보하고 뜨거운 커피가 반갑게 느껴진다. 쌀쌀한 것은 겨울 날씨뿐만이 아니다. 돛을 넓

게 펼친 로맨틱한 전통 목선을 타고 하롱베이의 절경을 유유자적
돌아보면서, 여행자들은 동남아시아 끝자락에 위치한 이 나라가 여
전히 사회주의 국가임을 깜박 잊는다.

베트남인은 터프하다. 1000년의 중국 지배, 100년의 프랑스 지배
를 겪어내고 미국과의 지난한 전쟁에서 마침내 승리를 거뒀다. 이
어서 사회주의 체제를 겪으면서 현재까지 살아남은 사람들. 그들이
오늘날의 베트남인들이다.

강인한 사람들이다. 좋은 의미와 나쁜 의미가 공존하는 강인함이
다. 미소의 나라 태국을 떠나 불굴의 전사의 나라 베트남에 오신 것
을 환영합니다!

조심하시라. 시장 개방 후 자본주의의 거센 물결에 휩쓸렸지만,
이제 이 나라의 종교는 불교나 사회주의가 아니라 돈이라고 말할
만한 상황이 되어버렸지만, 베트남인에게는 아직 손님이 왕이란 인
식이 존재하지 않는다. 노점이나 시장 상인의 모습을 보고 신기한
마음에 무심코 카메라를 들이댔다가는 갑작스러운 삿대질과 함께

엄청난 욕설이 폭포처럼 쏟아질지도 모른다.

혹시 이런 상황에 맞닥뜨리게 되면 농담이라 생각지 말고 즉시 카메라를 거두시라. 인내심을 잃은 여인이 국자나 부지깽이를 들고 뛰어나와 힘껏 후려갈길지도 모르는 일이니까. 베트남인들의 터프함은 느긋한 동남아시아를 생각하고 찾아온 사람들을 종종 화들짝 놀라게 한다.

싸늘한 겨울과 팍팍한 사람들을 견디게 하는 건 다름 아닌 맛난 음식이다. 여행의 즐거움을 현지 음식을 맛보는 것에서 찾는 사람들에게 베트남은 아주 훌륭한 여행지다. 중국 요리보다 훨씬 담백하고, 태국 요리처럼 시거나 맵지 않으면서, 불과 기름을 적게 쓰고 푸른 채소를 풍부하게 사용하는 베트남 요리는 웰빙이라는 21세기 개념에 맞추기라도 한 것 같다. 느억맘^Nuoc Mam (피시소스)의 찝찔하고 구리구리한 냄새에 마비된 콧속을 톡 쏘는 듯 청량하게 자극하는 박하의 푸른 향기. 전혀 어울리지 않을 듯한 이 두 가지의 결합이야말로 베트남 음식의 특징을 설명하는 주요 키워드다.

값도 물론 아주 저렴하다. 1인당 국민소득이 1000달러가 채 안 되는 나라다. 현지 물가는 믿어지지 않을 만큼 싸지만 외국인에게는 이중물가제가 적용될 때가 많다. 쌀국수 한 그릇이 현지인에게는 7000동, 외국인에게는 최소 2만 동에서 시작하는 식이다.

관광지에서는 현지인의 열 배, 스무 배를 부르는 경우도 흔하다. 비행기를 타고 바다를 건너온 것만으로도 외국인 여행자는 엄청난 부자니까. 핀란드처럼 교통범칙금을 경제 수준에 따라 차등적으로 부과하는 나라도 존재하니 이중물가제가 제3세계만의 해악은 아니

국수를 먹기 전 나무젓가락과 수저를 휴지로 빡빡 힘주어 닦는 것 또한 중국과 닮았다.

하노이 동쑤언 마켓의 분짜 파는 집. 숯불에 구운 고기를 식촛물에 담그며 쌀국수, 야채와 함께 먹는다.

라고 할 수밖에.

　베트남에서 먹는 것은 중요하다. 살아남기 위해서는 우선 먹어서
배를 채워야 한다. 뭐든, 어떻게든. 그래서 이 나라에는 다음과 같
은 격언도 있다.

　말을 배우기 전에 먹는 법부터 배우라 Hoc An Hoc Noi.

달랏. 뒷골목에도 오토바이의 물결은 피해갈 수 없다.
애들은 착하고 순진해보이는데
베트남 어른들은 좀 무섭다.
달랏 시장에서 현지에서 생산된 와인 한 병을 산 후
거스름돈을 이미 받은 것을 깜박 잊고 왜 안 주냐고 물어
봤다가 얻어맞을 뻔했다.
어찌나 사납게 달려들며 큰소리로 욕을 퍼붓던지 근처
상인들이 다 모여들어 구경했다.

일 년 중 가장 큰 명절인 설날.
재운을 상징하는 노란 꽃들이 베트남 전역을 뒤덮는다.

베트남의
음식들

섞이지 않으면 발전이 없다. 모든 문화가, 식문화도 마찬가지다.

베트남을 처음 간 사람은 언어 표기를 위해 영어 알파벳을 쓰는 것 말고는 중국의 변방과 대체 무엇이 다른지 혼란을 느낄 것이다. 사람들의 생김새가, 언어의 성조가, 건축물의 모습이 모두 중국을 빼닮았다. 1000년이나 지배를 받았으니 그럴 수밖에.

베트남의 음식만 해도 그렇다. 젓가락, 국수, 두부, 기름을 두르고 볶기stir fry가 모두 중국으로부터 왔다. 쇠고기는 유목민인 몽골에서, 커리와 각종 향신료들은 인디아의 영향을 받은 이웃 캄보디아로부터, 발효된 새우 페이스트와 레몬그라스, 민트, 바질과 고추 등은 태국과 라오스에게서 받아들였다.

오랜 중국 지배는 베트남 전역에서 뚜렷하게 감지할 수 있지만 그 영향력이 가장 강력하게 느껴지는 곳은 역시 중국과 맞닿아 있는 북부 지방이다. 피시소스만큼이나 간장을 많이 쓰며 신맛을 내기 위해 라임이나 타마린드보다 식초를 많이 사용한다. 매운맛을 위해 고추보다 후추를 많이 쓰는 것 또한 중국의 영향이다.

오래오래 끓여 국물을 내는 요리법Simmering도 중국에서 유래했다. 몇 시간 이상 뼈와 고기를 푹 고아 완성하는 퍼Pho는 베트남의 북부 지방을 대표하는 요리라고 할 만하다.

세계 전역에서 베트남 국수라는 이름으로 사랑받는 퍼. 그중에서 쇠고기를 넣은 쌀국수 퍼보Pho Bo는 하노이가 본산이다. 향긋한 민트와 부위별로 주문 가능한 고기 고명이 뒤섞여 황홀한 맛을 낸다. 길거리 식당에서 먹으면 한 그릇에 1달러를 넘지 않는다.

북부를 대표하는 또 다른 음식으로 분짜Bun Cha가 있다. 하노이 거리를 거닐다 보면 쪼그리고 앉아 숯불 위에 석쇠를 올려놓고 바비큐를 하는 모습을 쉽게 볼 수 있다. 석쇠에 구운 고기를 시큼한 식촛물에 담가 푸른 야채, 그리고 쌀국수와 함께 먹는 것이 바로 분짜다.

북부를 떠나 중부로 내려오면서 음식은 보다 정교하고 화려해진다. 중부의 음식을 설명하는 키워드는 궁중 요리다. 그 중심이 바로 옛 수도인 훼Hue.

베트남 음식을 말할 때 투덕Tu Duc이라는 이름의 왕을 빼놓을 수 없다. 19세기 중반 중부 지역을 지배한 응우옌Nguyen 왕조의 왕이었던 그는 입맛이 몹시 까다로운 미식가였다. 왕의 식사는 평민 음식과는 반드시 달라야만 한다고 생각한 그를 위해 궁중 요리사들은 아이디어를 짜내어 무려 2000가지가 넘는 요리를 개발해냈다. 식탐많고 입 짧은 왕 투덕은 한 상에 수십 가지 음식을 차려 먹기를 원했고 같은 요리를 일 년에 두 번 이상 먹지 않았기 때문이다.

중국보다 기름과 불을 적게 쓰는 베트남 음식을 요리하기 위해서는 재료의 신선함이 무엇보다 중요하다.

　베트남 중부는 전통적으로 남부만큼 물산이 다양하거나 풍부하지는 않았다. 평범한 재료를 이용하여 맛있는 음식을 만들기 위해서는 남다른 정성과 창의력이 필수적이다. 중부 지방 음식들이 대개 그렇다. 특별할 것 없는 재료지만 세심하게 준비되고 정교하게 완성된다. 고급 호텔의 식당에서 화려한 궁중 요리를 맛볼 수도 있지만 중부의 특징이 느껴지는 몇몇 음식은 길거리에서도 쉽게 찾아볼 수 있다.

　'한입거리'로 해석할 수 있는 반^{Banh}이 그것이다. 베트남어로 반이란 본디 한 손에 쥐고 한 번에 먹을 수 있는 여러 음식들의 총칭이다. 프랑스식 바게트인 반미도 반에 속하고 월남쌈인 반꾸온도 반의 일종이다. 그러나 중부 지방의 반은 이들과는 종류가 다르다.

　궁중 요리의 영향을 받아 만들어진 중부 지역의 반은 베트남식 떡이라고 부르는 게 적당할 것 같다. 찹쌀가루 반죽에 각종 재료로

소를 넣고 바나나 잎으로 감싸서 찌거나 구워낸 것을 의미한다.

반을 먹기에 가장 좋은 시간은 한밤중이다. 훼와 호이안Hoian의 컴컴한 밤거리, 어디선가 딱딱 나무 막대기 두들기는 소리가 들려온다. 음식으로 묵직한 바구니 두 개를 걸대 양끝에 매달아 어깨에 짊어지고, 또는 소쿠리에 담아 자전거 뒷자리에 싣고 거리를 누비는 장사꾼들.

지나가는 음식 장수를 불러 반을 하나 산다. 방금 쪄내 아직도 뜨끈한 그것이 손에 뿌듯하게 쥐어진다. 바나나 잎과 가느다란 밀짚을 이용, 고 작은 것을 꽁꽁 정성껏도 싸맸다. 뜨겁고 쫄깃한 찹쌀밥 속에 달착지근하게 양념한 찐 콩이 씹힌다. 하나에 단돈 200원, 옛날 궁중의 맛을 동전 하나로 맛보는 셈이다.

중부 지방의 음식을 설명하는 또 하나의 키워드는 스파이스다. 중부 사람들은 매콤한 음식을 좋아한다. 이런 취향이 반영된 대표적 요리가 분보훼Bun Bo Hue. 베트남 북부 산악 도시인 사파Sapa에서 최남단 메콩델타 마을에 이르기까지, 어디를 가나 분보훼를 팔고 있을 만큼 전국적으로 인기가 높다. 쇠고기나 돼지고기를 삶아 국물을 낸 쌀국수다. 고추를 많이 넣어 한국의 육개장처럼 국물이 빨갛고 맛이 얼큰한 것이 특징이다.

남부로 내려오면서 본격적인 열대기후의 영향권에 들어오게 된다. 태양은 뜨겁고 바람은 후끈하다. 메콩델타의 세상. 축복받은 땅이다. 물에서는 물고기가, 논에서는 벼가, 밭에서는 푸른 채소가 쑥쑥 자라난다. 베트남 전역에서, 세계적으로 보아도 가장 비옥한 지역으로 꼽힌다.

달랏 시장 코코넛 셀러.

　그 풍요로움 때문에 남부의 물산과 음식은 다른 지방보다 크기가 크다고 알려져 있다. 남부를 대표하는 음식 중 하나인 반세오^{Banh Xeo}를 봐도 그렇다. 웬만한 접시보다 더 커다란 쌀 전병을 반으로 접어 속을 가득 채운 일종의 크레페다. 과거 이 지역을 지배했던 크메르의 영향이 느껴지는 음식이다. 인디아 남부에서 즐겨 먹는 도사^{Dosa}와도 흡사하다.

　베트남 남부에서는 일 년 내내 풍부하게 나는 허브와 야채, 과일을 이용해서 고이^{Goi}(샐러드)를 많이 만들어 먹는다. 그린파파야, 생김새와 맛이 자몽과 유사한 포멜로, 파인애플, 바나나 꽃 등이 인기 있는 재료다.

　코코넛도 많이 먹는다. 베트남 음식 중에서 코코넛밀크가 들어가는 음식은 대개 남부 음식이라고 보아도 무방하다. 코코넛밀크를 듬뿍 넣어 순하고 달콤한 베트남식 커리를 만든다. 디저트를 만들

때에도 많이 쓰인다. 남부의 명물인 코코넛캔디는 메콩델타의 마을 벤째$^{Ben Tre}$의 작은 공장에서 만들어진다. 메콩델타 투어에 참가한 관광객들이 자의 반 타의 반 구입하게 되는 주요 쇼핑 품목이다.

강이 있으니 물고기가 있다. 메콩델타에서는 민물고기를 많이 먹는다. 생긴 모습을 따서 '코끼리귀'라고 불리는 생선은 이 지역 가정의 밥상에 가장 흔하게 오르는 물고기다. 이보다 고급인 '뱀머리 물고기'는 쇠고기보다 킬로그램당 훨씬 비싼 값에 팔린다.

"뱀처럼 생긴 물고기, 진짜 많이 먹었죠. 나 어렸을 때에는."

메콩델타 최대의 도시 깐토$^{Can Tho}$. 내가 묵은 민박집 주인이자 투어 가이드인 미스터 헝^{Hung}(아주 흔한 이름이다. 깐토에서만 세 명의 미스터 헝을 만났다!)이 말한다.

"이젠 너무 비싸서 반찬으로는 못 먹고 약으로 먹어요. 예전에는 반찬으로 자주 먹었는데."

뱀처럼 생긴 물고기뿐 아니라 진짜 뱀도 많이 먹는다. 불교 신자가 많긴 하지만 시장 개방 이후 베트남인들의 의식을 지배하는 가장 강력한 이데올로기는 종교가 아니라 자본주의다. 종교적 금기가 없다시피 한데다가 맛과 실용성을 중시하는 사람들이니 오늘날 이 나라의 부엌은 세계 어느 곳 못지않게 컬러풀하고 실험적이다. 다음은 깐토의 한 식당에서 펼쳐본 메뉴의 일부다.

De Xao Ian
인디안 스타일로 볶은 염소고기. 8만 동.

Luon Nuong Muoi O
소금과 고추를 뿌려 구워낸 뱀장어. 10만 동.

Muc Xao Bong Cai
콜리플라워와 함께 볶아낸 메기. 7만 동.

Ran Chien Gion
바싹 튀긴 뱀고기. 시가.

Oc Luoc Gung
생강 넣고 삶은 달팽이. 3만5000동.

Ech Xao Bun Nam
쌀국수와 버섯 넣고 볶은 개구리. 7만5000동.

Chuot Nuong Moi
구운 쥐. 4만8000동.

(1만동은 약 600원이다.)

메콩델타 투어를 위해서 가이드 집에서 숙박했다.
아침저녁을 함께 먹었는데 그는 늘 웃통을 벗고 있었다.
티셔츠는 집 밖으로 나갈 때만 입는다고.
가만 보니까 집 밖으로 나갈 때라고 해서 반드시 옷을 입는 것은
아니었다.
관공서 갈 때나 입는 듯.

밥
VS
국수

"다섯 명의 소년이 두 개의 막대기를 가지고 하얀 물소 떼를 검은 동굴 속으로 몰아넣는 것. 이게 무엇일까요?"

이상은 음식과 관련된 베트남의 전통 수수께끼다. 정답은 젓가락으로 밥 먹기.

베트남은 미국과 태국에 이어 세계 제3위의 쌀 수출국이다. 쌀. 밥. 라이스^{Rice}. 베트남어로는 껌^{Com}.

베트남에 가서 가장 많이 보게 될 음식 관련 단어를 하나 꼽자면 그것은 단연 껌이다.

쌀. 많이 생산하고 많이 먹는다. 삼시 세끼 먹는다. 쌀식초$^{Dam\ Gao}$를 만들고 술$^{Roau\ Can}$을 빚는 것은 기본 중의 기본.

베트남에선 죽을 짜오^{Chao}라고 부른다. 태국식 죽인 촉과 흡사한, 아시아 각국에 이런 형태의 음식은 다들 하나씩 있는 것 같다. 금방 배 꺼지는 죽보다는 역시 든든한 밥이 좋다. 껌땀$^{Com\ Tam}$은 일종의

119

돼지고기 바비큐 덮밥이다. 피시소스와 설탕으로 짭짤하고 달착지근하게 양념한 고기를 숯불에 구워 밥 위에 얹어준다. 오이와 파 썬 것을 약간 곁들이고 맑은 국물 한 그릇을 곁들인다. 베트남 도시나 마을의 골목길을 걷다 보면 이른 아침부터 어디선가 바비큐의 자극적인 냄새가 폴폴 풍기는 것을 감지할 수 있다. 새벽부터 숯불돼지구이를 즐기는 나라. 껌땀은 베트남 어디서나 먹을 수 있는 대중적인 한 끼 음식이다.

볶음밥은 껌찐Com Chine이라고 한다. 중국식 밥이라는 뜻이다. 태국이나 인도네시아만큼 많이 먹지 않는다는 점에서 기름기를 그리 좋아하지 않는 베트남인의 기호를 엿볼 수 있다. 껌찐보다는 껌땀이나 껌디아Com Dia의 인기가 높다.

껌디아는 껌땀과 더불어 베트남 길거리에서 쉽게 접할 수 있는 서민들의 식사다. 백반의 가장 소박한 형태라고 보면 옳다. 몇 가지 반찬을 골라 접시에 밥과 함께 담아 먹는 한 접시 밥을 뜻한다. 껌판Com Phan이라고 해서 각각의 그릇에 제대로 담은 반찬이 나오는 식사도 있긴 하지만 베트남 서민들은 껌디아면 충분하다고 여기는 것 같다. 소박한 밥집을 의미하는 '껌빈전'에서 간단한 껌디아 한 끼는 1달러, 비싸야 2달러를 넘지 않는다.

쌀을 소비하는 방법에서 여기까지는 태국 등 다른 나라들과 다를 바가 없다. 베트남의 쌀 사랑이 한 단계 더 나아간 것은 쌀을 가루 내어 만든 수많은 음식들이다. 쌀국수가 대표적이지만 라이스페이퍼 또한 베트남 식문화의 상징이라고 할 만하다.

라이스페이퍼. 라이스래퍼Rice Wrapper라는 단어가 더 어울릴 것 같기

아침부터 무슨 돼지 바비큐인가 싶지만 껌땀은 베트남인들이 아침 식사로 즐겨 먹는 음식이다.
간장 대신 액젓으로 양념을 했지만 한국의 돼지갈비와 흡사한 맛이다.

600원짜리 밥이지만 맛은 물론 비주얼도 충실하다.

라이스페이퍼 만드는 작은 공장을 견학했다.
새로 알게 된 사실 하나는 쌀가루에 값싼 타피오카 전분을 상당량 섞는다는 것.
생산가를 낮출뿐더러 쫀득한 탄성이 생긴다.

도 하다. 베트남어로 반짱 Banh Trang 이라고 한다. 태국 등에서도 베트남의 영향을 받아 만들어 먹긴 하지만 이렇게 식문화의 중심에 놓이지는 않는다.

베트남의 마을마다 라이스페이퍼를 만드는 가내수공업 형태의 조그만 공장들이 있다. 밀가루처럼 곱게 빻은 쌀가루에 물과 소금, 그리고 전분을 적당한 비율로 섞어 반죽을 만든다. 주로 타피오카 전분을 첨가한다. 전분은 무게당 가격이 쌀가루보다 훨씬 저렴하기 때문에 비용을 낮추면서 완성된 라이스페이퍼에 적당한 탄력과 끈기를 더해 찢어지는 것을 막아주는 역할을 한다.

라이스페이퍼 만들기는 간단하지만 숙련을 요하는 작업이다. 장작으로 불을 지핀 부뚜막에 커다란 철판을 얹어 달군다. 묽은 쌀가루 반죽을 붓고 빠른 손놀림으로 휘휘 최대한 얇고 둥글게 모양을 잡는다. 살짝 익으면 훌렁 걷어내어 격자무늬-그래서 라이스페이퍼에는 이런 무늬가 있다-로 짠 발에 널어 말리면 완성이다.

이것을 기계로 잘게 썰어내면 쌀국수가 되고 동그랗거나 네모나게 자르면 각종 음식을 싸 먹는 데 쓰이는 라이스페이퍼가 된다.

우리가 익히 아는 월남쌈 말고도 라이스페이퍼의 용도는 무궁무진하다. 어떤 라이스페이퍼는 전분과 수분의 함유량을 조절해서 물에 적시지 않고도 재료를 감쌀 수 있을 만큼 탄력이 뛰어난 것도 있다.

작은 사각형으로 잘라 마치 한국에서 김으로 하듯 야채와 고기를 싸 먹는다. 왜 라이스페이퍼로 싸 먹을까 분명한 이유가 없는 듯한 음식도 싸 먹는 것을 즐긴다. 라이스페이퍼로 싸기만 하면 뭐든 맛이 향상된다고 믿는 것처럼.

반짱을 이용해서 만든 음식 중에서 시각적으로 가장 아름다운 것을 꼽자면 역시 반꾸온^{Banh Cuon}(라이스페이퍼롤)이다. 베트남의 대표적인 음식, 우리가 월남쌈이라고 알고 있는 바로 그것.

반꾸온은 즉석에서 만들기도 하고 미리 만들어서 보관했다 내주기도 한다. 긴 대나무 막대 양쪽 끝에 바구니를 매달아 재료를 넣어 어깨에 메고 다니면서 반꾸온을 만들어 파는 여인들도 있다.

이동식 간이식당이다. 길가 적당한 곳에 자리를 잡고 쪼그리고 앉은 여인, 라이스페이퍼를 펼쳐 나무젓가락으로 하나하나 재료를 놓고 돌돌 야무지게도 말아준다.

무엇을 넣는가는 만드는 사람 마음이지만 쪽파와 상추, 데친 새우는 거의 언제나 빠지지 않고 들어간다. 실크처럼 얇아 반투명하게 비치는 하얀 쌀피 속으로 초록빛 상추, 그리고 포인트처럼 올린 동그란 분홍빛 새우. 롤의 꽁무니에 파란 쪽파의 끝이 맵시 있게 빠져나오게끔 마는 것이 요령이다.

언제 보아도 아름다운 모양새의 음식이다. 베트남 음식이 이웃 나라의 음식들과 달리하는 것은 바로 이 지점인 것 같다. 입으로 가져가기 이전에 눈을 감동시키는 음식. 라이스페이퍼는 마치 여인의 하얀 베일처럼 가련하고 서정적인 느낌을 준다.

밥을 제외하고 가장 많이 먹는 쌀 음식은 단연 국수다. 밀가루로 만든 중국식 에그누들인 미^{Mi}도 있지만 베트남 하면 역시 쌀국수다. 세계에서 쌀국수를 가장 많이 먹는 나라.

오늘날 전 세계로 퍼져 나간 베트남 음식점의 간판 메뉴도 바로 이 쌀국수다. 가장 유명한 '퍼'는 단면이 사각인 납작한 쌀국수를 넣어 만든 수프를 뜻한다. 닭을 넣은 퍼가$^{Pho\ Ga}$도 많이 먹고 해산물을 넣은 퍼하이산$^{Pho\ Haisan}$도 먹지만 퍼 하면 역시 쇠고기로 만든 퍼보$^{Pho\ Bo}$가 대표적이다.

쌀쌀한 하노이의 겨울날, 하얀 국수 위의 얇게 썬 쇠고기 고명을 뜨끈한 국물로 익혀가며 먹는 이 도시 특산의 퍼보는 베트남 미식 여행에서 손꼽히는 별미라고 할 만하다. 태국 요리에 바질을 많이 쓴다면 베트남에는 박하, 즉 민트가 있다. 진하고 구수한 쇠고기 맛과 함께 듬뿍 얹은 박하의 상쾌한 향기가 절묘하게 어울린다.

납작한 퍼와는 달리 단면이 둥근 쌀국수인 분^{Bun}도 많이 먹는다. 쌀가루 반죽을 기계로 가늘게 뽑아 끓는 물에 넣어 익힌 국수 가락을 뜻하는 이것은 소면처럼 가늘고 둥근 단면에 길이가 25센티미터로 통일된 것이 특징이다. 국수로도 먹지만 밥처럼 고기 등 음식을 올리거나 해서 먹기도 한다. 훼의 명물인 분보훼Bun Bo Hue는 분을 이용한 대표적인 국수다.

이외에도 남부 지방에서 많이 먹는 후티어우Hu Tieu는 한국의 당면을 꼭 닮은 면발을 쓰고 중부 지방에서 많이 먹는 미꽝Mi Quang은 노란색 우동을 닮은 면에 고기나 새우, 야채, 과자 등을 올리고 국물을 자작하게 부어 먹는다. 호이안의 명물인 까오라우Cao Lau는 쫀득한 수제비와 같은 느낌의 굵은 면이 특징이다. 돼지고기와 민트 등을 넣어 역시 국물을 적게 잡아 비비듯 먹는다.

베트남인들의 국수 사랑은 간혹 이 나라의 주식이 밥일까 국수일까 혼동이 될 정도다. 태국도 국수를 많이 먹지만 베트남에 비할 바는 아니다. 베트남의 도시나 마을의 길거리에서, 간혹 밥집보다 국숫집이 더 많이 보이는 것 같다. 밥이 주식이고 국수가 별식이라는 개념은 세계 다른 곳이라면 몰라도 이 나라에서는 통용되지 않을지도 모르겠다.

밥과 국수. 어떤 것이 먼저일까.

"둘 중에 어느 게 더 중요하냐고요? 그걸 정말 몰라서 묻는 거예요?"

호치민 시에서 메콩델타 깐토로 가는 버스에서 만나 친구가 된 형은 맑은 눈을 가진 총명한 인상의 20대 프로그래머. 내 궁금증을 풀어줄 적임자였다. 질문을 듣자 이이가 없다는 표정으로 되묻는다.

"베트남인이라면 누구나 똑같은 대답을 할 거예요. 너무나 당연한 이야기거든요. 오죽하면 이런 속담까지 있겠어요? '밥에 질리면 국수로 눈을 돌린다.' 유부남이 부인을 두고 다른 여자에게 한눈을 팔았을 때 말하는 속담이지요!"

그것으로 의문은 풀렸다. 조강지처는 밥.

어쩌다 밥과 결혼했다 하더라도 입맛 때문에 걱정할 일은 없을 것 같다. 어떤 것을 얼마나 자주 먹든 밥과 국수가 서로 다툴 일은 없을 테니까!

베트남만큼 국수를 많이 먹는 나라가 또 있을까.
"국수야? 밥이야? 어떤 게 주식이야?"
내가 묻자 베트남 청년 형^{Hùng}은 어이없어한다.
"밥이 조강지처고, 국수는 첩이에요."
은유적인 대답이다.

"베트남에서 먹은 것 중에서 뭐가 제일 맛있었지?"
내가 묻자 예상치 않았던 대답이 돌아왔다.

혼혈 샌드위치

이질적인 문화를 무리 없이 수용하기 위해서는 창의력이 필요하다. 상대방의 문화가 넘쳐 들어오는 것을 거부할 힘이 없을 경우에는 더욱 그렇다.

가난하던 옛날 미군부대에서 흘러나온 햄과 소시지는 단백질에 굶주린 한민족이 어떻게든 수용해야만 하는 귀중한 영양원이었다. 한 번도 접해보지 못한 엄청난 느끼함을 기어코 중화하기 위해 그 무렵 한국인들은 신 김치를 이용했다. 오늘날 우리가 즐겨 먹는 별식이 된 부대찌개는 대한민국의 슬픈 근대사가 녹아 있는 역사적인 음식이다.

여행의 목적을 식도락에 두는 여행자들이 점점 늘어나고 있다. 베트남은 음식이 싸고 맛나기로 소문난 나라다. 범국민적 사랑을 받는 음식을 하나만 들자면 퍼가 되겠지만 이 나라에서 먹어야만 제 맛을 느낄 수 있는 음식은 그 밖에도 많다.

전 세계 베트남 식당들이 필수 메뉴로 갖춰놓는 스프링롤(춘권)인 짜조도 그렇고 코스로 먹을 수 있는 훼의 궁중 요리, 하노이의 명물인 개고기도 별미로 꼽힌다. 그러나 베트남 미식 여행을 떠나며 조언을 구한 지인에게 내가 추천한 것은 요리라고 부르기에는 너무 초라한 음식, 제대로 된 식당에서는 절대 찾아볼 수 없는 길거리 음식이다. 바로 베트남식 샌드위치인 반미$^{Banh Mi}$.

"길거리에서 많이 파는데 아마 500원쯤 할 거야. 눈에 띄면 한 번 먹어보도록 해요."

서쪽 인디아에서 출발해 버마에서 타이, 캄보디아, 라오스를 지나 마침내 베트남에 이르기까지 강대한 인디아의 영향력이 차츰 약해지고 동북쪽에 놓인 거대한 중국의 세력이 점차 강해지는 것을 혀끝으로 느끼는 것은 즐겁고도 신기한 일이다. 중국과 태국, 라오스와 캄보디아 등 이웃 세력 말고도 베트남의 음식 문화에 지대한 영향력을 행사한 또 하나의 국가가 있었으니 멀고 먼 유럽의 프랑스. 오늘날 베트남 요리는 와인과 가장 잘 어울리는—어쩌면 유일한—아시아 음식이다.

라 빌라$^{La Villa}$, 라 베르티칼$^{La Verticale}$, 라 카마르그$^{La Camargue}$, 라 바르디안$^{La Bardiane}$, 그린 탄제린$^{Green Tangerine}$…. 하노이와 호치민의 중심가에는 다양한 가격대의 프렌치 식당들이 산재해 있다. 전통이 오래된 곳은 뜻밖에도 드물다. 개방 이후 몰려드는 세계 각국의 관광객을 위해 우후죽순처럼 생겨난, 프랑스 식민 시절의 과거를 맛보고 싶어 하는 외국인의 로맨틱한 욕망을 채워주려는 목적으로 최근 몇 년에 걸쳐 급조된 식당들이다.

소피텔 메트로폴 호텔의 우아한 테이블.
베트남 요리는 와인과 잘 어울리는 유일한 아시아 음식이다.

베트남식 샌드위치 가게.
프랑스식 빵에 베트남식 재료.
어울리지 않는 이 둘을 융합시키는 마술을 부리는 것은 느억맘, 즉 베트남식 멸치액젓이다.

19세기부터 약 100년간 베트남을 점령했던 프랑스의 영향은 디너의 가격대가 베트남인의 평균 월급을 훌쩍 넘어서는 고급 프렌치 식당이 아니어도 길거리에 즐비한 소박한 가게들에서 쉽게 찾아볼 수 있다.

프랑스인이 베트남에 들여온 것들 중에 맥주, 아이스크림, 카페오레, 그리고 바게트가 있다.

그중에서 바게트. 프랑스의 상징과도 같은 길쭉한 모양의 담백한 빵이다. 오늘날 베트남 어느 시장에 가나 한 귀퉁이에서 이 빵을 산더미처럼 쌓아놓고 파는 것을 볼 수 있다.

30센티미터가 좀 안 되는 길이의 바게트다. 빵집도 아니고 시장통에 쌓아놓고 파는 바게트. 그러나 우습게 보는 것은 금물이다. 프랑스 본토 바게트의 그저그런 아류가 절대 아니다. 겉은 바삭하고 속은 아주 부드럽다. 서울의 웬만한 빵집에서 파는 바게트보다 훨씬 훌륭하다면 믿으시겠는지. 한 개에 100원 이하.

반미는 이 바게트를 이용하여 만든 샌드위치다. 오늘날 베트남 길거리에서 찾아볼 수 있는 프랑스 식민 시절의 가장 뚜렷한 흔적이다. 미국에 햄버거가 있다면 베트남에는 반미가 있다. 베트남 어디를 가나 길모퉁이에, 나무그늘 아래, 시장 입구에서 반미를 만들어 파는 이동식 가게를 볼 수 있다.

반미를 먹어보자. 우선 재료를 담은 유리 상자를 얹어놓은 노점을 찾아야 한다.

저기 하나 보인다. 반미 장수는 친구와 잡담하다가, 허리를 굽히고 또깍 발톱을 깎다가, 혹은 샌드위치 재료를 손질하다가 손님이

베트남식 제사상.
고난의 역사가 베트남의 실용주의와 절충주의를 낳았다. 1000년의 중국 지배와 100년의 프랑스 지배는 베트남의 일부로 녹아들어갔다. 조상님, 와서 바게트 좀 드세요.

다가오면 주문을 받는다.

준비되어 있는 재료들로 즉시 만들기 시작한다. 무딘 칼로 쓱싹 쓱싹 빵가루를 날리며 바게트를 옆으로 가른다. 아래위로 얇게 버터를 바르는 것까지는 프랑스식과 다를 바가 없다. 스타일이 달라지는 것은 그다음부터다. 우리가 알고 있는 일반적인 햄 대신 베트남식 기름투성이 햄 조각을 끼우거나 돼지고기의 어느 부위로 만들었는지 정체가 모호한 파테를 잼처럼 마구 바른다. 조금 불안해지기 시작한다.

좀 더 고급으로 가면 숯불에 구워낸 돼지고기를 잘게 썬 것, 또는 토마토소스에 부글부글 조려낸 고기 완자를 넣기도 한다. 저게 과연 바게트에 어울릴까?

상추, 그리고 고수도 약간 집어넣는다. 얇게 썬 오이 몇 조각과 베트남 요리의 단골 재료인 푸른 쪽파를 첨가한 후 마지막 비법처럼 뭔가를 듬뿍 뿌려 완성한다. 구리구리한 냄새 물씬 풍기는 피시소스, 느억맘이다.

바게트에 쪽파로도 모자라 멸치액젓이라니, 얼마나 괴상망측한 맛이냐고?

"대체로 다 맛있었어요. 하지만 그중에서도 제일 맛나게 먹은 것은…."

베트남 식도락 여행을 무사히 마친 지인이 귀국했다. 하노이의 유명 국수집인 포 24, 가격 대비 뛰어난 뷔페 음식으로 이름난 브러더스 카페, 달착지근한 가물치 요리로 전국적인 명성을 얻은 차카라봉 등을 계획대로 방문, 식사를 했다고 한다.

영광의 1위를 차지한 것은 바로 반미.

프랑스가 자랑하는 바게트의 맛에 베트남 향기 짙게 풍기는 동양적 재료가 절묘하게 녹아들어 그야말로 환상적인 맛이었다고.

"노점에서 사다가 하루에 두 번씩 먹었어요. 너무 맛있어서, 아예 식당은 가지 않고 이걸로 때워버리고 말까 고민한 적도 있었다니까요."

이쯤이면 혼혈 샌드위치의 맛에 대한 설명은 충분히 되었으리라. 베트남의 과거를 이해하기 위해 놓쳐서는 안 되는 식도락 경험이다.

요리의 기본은 재료의 특징을 이해하고 균형을 맞추는 일이다. 반미는 한국의 부대찌개가 그런 것처럼 프랑스와 베트남의 절충점을 찾아서 맛의 특징이자 장점으로 삼아버린 음식이다.

정치인보다 요리사가 몇 배 더 평화주의자일 수밖에 없는 이유를
더 이상 설명할 필요가 있을까.

베트남 음식은 태국 음식보다 미묘하고 우아하다.

달랏의 유서 깊은 카페 퉁^{Tung}.

달랏에서

달랏^{Dalat}은 호치민 시에서 비행기로 한 시간쯤 떨어진 도시다. 버스로 가려면 일곱 시간 이상 걸린다. 고통의 구간이다. 구불구불 심한 산길을 오르고 또 올라가야 한다.

달랏은 고도 1475미터에 자리 잡은 산악 마을이다. 일 년 내내 서늘한 상춘의 기후 덕분에 식민 시절 사이공의 뜨거운 열기를 피하고자 하는 프랑스인들의 휴양지로 발전했다. 프랑스풍 빌라를 짓고 유럽풍 타운을 건설했다. 오늘날 달랏은 신혼여행 등으로 베트남인들이 즐겨 찾는 인기 관광지다.

베트남의 음식 문화를 거대한 팔레트에 비유할 때 가장 컬러풀하고 활기찬 곳은 역시 남부 지방이다. 모든 것이 풍부한 땅. 그 중심이 달랏이다. 남부의 식생활이 지금처럼 풍요로울 수 있는 것은 상당 부분 달랏 덕분이다.

강렬한 햇볕, 고원 지역다운 서늘한 공기, 그리고 기름진 토양으

웬만한 한국 빵집의 바게트보다 나은 맛을 자랑하는
베트남의 100원짜리 바게트.
과일의 왕 두리안. 중세 투사들이 휘두르던 무기처럼
생겼다.
달랏은 베트남의 와인 생산지. 레드, 화이트, 로제,
스파클링, 모두 있다. 한 병에 2~3달러.

로 달랏은 남부는 물론 중부 지방에까지 각종 농산물을 공급하는
식자재의 탱크 역할을 하고 있다. 전 세계에서 재배되는 거의 모든
농작물을 재배할 수 있다. 베트남의 다른 지역에서는 강수량과 기
온, 토질이 맞지 않아 키울 수 없는 것이라도 여기서는 가능하다.

농부들의 천국이다. 이런 곳이라면 농사지을 재미가 절로 날 것
같다. 부슬부슬 검고 기름진 흙 사이로 줄기가 긴 아티초크, 커다랗
고 통통한 당근, 토마토, 감자, 상추, 마늘, 콜리플라워는 물론이고
민트, 바질, 타임 등 허브들, 수박, 복숭아, 자두, 살구, 딸기, 사과,
아보카도와 같은 과일에 이르기까지, 달랏산 작물들은 중부나 북부
에서 자란 것들보다 유난히 잎사귀가 크고 알이 굵고 줄기가 굵고
탐스럽다.

이런 농산물들이 총집결되는 곳은 달랏의 센트럴마켓이다. 말 그
대로 타운 한복판에 자리하고 있다. 아주 커다란 시장이다. 파는 사
람과 사는 사람들이 바글거리고 그 사이에서 갖가지 작물들이 오간
다. 달랏의 심장이라 해도 과언이 아닐 만큼 활력이 넘친다.

　동트기 한참 전. 아직 캄캄한 새벽 4시경부터 시장 옆 공터에는 커다란 트럭들이 부릉부릉 시동을 건다. 꽃과 야채, 허브와 과일 등을 산더미처럼 싣고 호치민과 냐짱^Nha Trang 등지로 출발할 준비를 한다.

　하루 종일 거래가 이어진다. 쇼핑뿐 아니라 먹기에도 좋은 곳이다. 시끌벅적한 1층을 거쳐 2층으로 올라가면 음식을 파는 식당들이 모여 있는 소박한 푸드코트가 펼쳐진다. 껌땀^Com Tam, 퍼가^Pho Ga, 퍼보^Pho Bo, 껌디아^Com Dia, 후티어우^Hu Tieu 등 메뉴가 붙어 있다. 유리 케이스 너머로 먹고 싶은 것을 찾아 손가락으로 가리키면 곧 음식이 준비된다.

　달랏의 이색적인 명물로 와인이 있다. 베트남 전역에 공급되는 달랏 와인. 시장 앞에 늘어선 수많은 잡화상 어디서나 팔고 있다. 화이트와 레드 와인 모두 생산되며 병당 2~3달러, 맛은 그럭저럭.

　시장은 저녁이 되어 어둠이 내려도 활기를 잃지 않는다. 하나둘씩 전등이 켜지면서 시장 앞 공터에 음식 장수들이 나타나 영업을 시작한다.

고지대인 달랏의 밤은 춥다.
어둠이 내리면 시장 주변에 전등불이 켜지면서 낮에는 없던 음식 장수들이 등장한다.
훈훈한 김을 내뿜으며 조개탕 끓이는 노점이 판을 벌이고, 베트남식 크레페인 반세오를 바삭하게
구워낸다.

시장과 주변 거리를 이어주는 긴 계단에도 층층이 장사꾼들이 늘
어선다. 철판 앞에 쪼그리고 앉아 능숙한 솜씨로 반세오를 만들어
파는 소녀, 대야와 양동이에 각종 조개들을 종류별로 늘어놓고 고
객이 원하는 방식으로 끓이고 볶고 구워 조리해주는 여인, 바게트
샌드위치를 만들어 파는 남자, 말린 오징어를 구워서 파는 할머니,
고구마를 노릇노릇하게 구워 파는 여인까지. 저마다 특성화된 먹을
거리를 내세워 행인들을 유혹한다.

바깥에서 먹기에 바람이 너무 싸늘하다고 느끼면 시장을 떠나 근
처 식당에 간다. 고도가 높아 밤이면 꽤 추워지는 달랏. 이런 날씨
에는 라우lẩu만 한 것이 없다. 아시아 어느 나라에나 하나씩 있는 전
골 형태의 음식이다. 핫팟, 스팀보트, 스키야키, 수끼….

베트남의 라우는 중국의 핫팟에 기원을 두고 있다. 부글부글 끓

는 국물에 고기와 야채, 해물 등을 넣어 즉석에서 익혀 먹는다. 뜨끈한 국물에 향신료를 많이 넣지 않아 담백하고 여러 야채들을 듬뿍 먹게 되니 건강해지는 느낌이다. 라임과 레몬그라스, 마늘을 잔뜩 넣고 끓이다 보면 막힌 코가 뻥 뚫릴 만큼 꽤 얼큰하게 변한다. 추운 겨울날 움츠러든 몸을 녹이기에 아주 적당한 음식이다.

라우 전문점을 찾아갔다. 두툼한 스웨터에 점퍼, 모자까지 쓴 사람들이 옹기종기 앉아 있다. 테이블에 앉으니 어린 베트남 처녀, 육수가 든 조그만 냄비를 가져다 내 앞에 내려놓는다. 삼발이 아래 연료에 불을 당겨준다.

한국에서 샤부샤부에 익숙한 사람으로서는 새로울 것 없는 과정이다. 쟁반에 수북하게 나온 배추와 허브 등 야채와 함께 고기, 새우 등을 넣어 살짝만 익혀 먹는다. 마무리는 베트남답게 돌돌 말린 새하얀 쌀국수가 등장, 국물에 끓여 먹음으로써 식사를 마친다.

달랏 식도락의 또 다른 즐거움은 커피다. 주변의 산에서 커피를 많이 재배한다. 시내에는 커피콩을 파는 전문 상점이 많고 카페도 많다. 선득한 바람이 불어오는 아침, 사거리에 오토바이를 세운 채 지나가는 외국인을 향해 "사이트싱Sightseeing?"을 외치는 프리랜서 관광 가이드들의 손에도 하얀 김이 피어오르는 종이컵이 하나씩 들려 있다.

보지 않아도 알 수 있다. 차가운 공기를 뚫고 어디선가 익숙한 향기, 밀도 높은 커피 향이 풍겨오면 거기가 바로 커피를 파는 곳이다.

신선한 허브들이 뿜어내는 이국적이고 알싸한 냄새에 송이가 킁

직한 빨간 장미와 글라디올러스의 농밀한 향기, 차가운 밤공기에 떠도는 초콜릿 향을 닮은 커피 향까지, 시각과 미각은 물론 후각적인 자극으로 충만한 곳이다. 달랏.

달랏의 뒷골목 어느 국수가게에서 만난 여학생들.
하얀 아오자이 교복을 입고, 손에는 국수 그릇을 들고, 깔깔 웃으면서 내 쪽을 쳐다본다.
카메라를 들어 올리니 부끄러운지 먹는 것을 멈춘다.
미안해, 하도 예뻐서 찍지 않을 수 없었어.

동남아시아와 커피라니, 어쩐지 어울리지 않는 것 같지만 베트남은
인도네시아와 함께 세계적인 커피 생산국이다. 진한 커피 한 잔으로
힘차게 하루를 여는 동네 아저씨들.

베트남의 커피 타임

우선, 거기 자리에 앉으시라.

어디라도 상관없다. 하노이 소피텔 메트로폴^{Sofitel Metropole} 호텔의 우아한 프렌치 카페, 풀을 먹여 빳빳한 하얀 리넨 깔린 테이블 앞의 쿠션 푹신한 의자가 아니어도 괜찮다. 1950년대 사이공 지식인들의 아지트였던 달랏의 전통 있는 카페 퉁^{Tung}의 구식 소파여도 좋다. 호치민 시의 혼잡한 거리, 간판도 붙어 있지 않은 허름한 현지 카페의 플라스틱 꼬마 의자일 수도 있겠다.

종업원이 다가온다. 커피를 한 잔 주문해야겠다. 블랙커피를 원하면 카페 덴^{Caphe Den}, 밀크커피를 원하면 카페 쓰어^{Caphe Sua}를 시킨다. 무더운 날이라면 아이스커피인 카페 다^{Caphe Da}가 좋겠다. 다^{Da}는 얼음이라는 뜻이다.

베트남을 처음 방문했다면, 이 나라의 커피 문화에 뜻밖에도 깊은 인상을 받게 될지도 모르겠다. 동남아시아와 커피, 사회주의와

베트남식 커피를 만들기 위한 필수품인 1인용 커피 메이커 핀ꜛ을 컵 위에 얹는다.
베트남은 특히 인스턴트커피의 재료인 로부스타 종의 세계 최대 생산국이다.

커피는 어쩐지 어울리지 않는다고 생각했다면 더욱 그렇다. 바글거리는 시장통을 걷다가 느억맘 듬뿍 넣어 만든 각종 반찬들의 쿰쿰한 냄새 사이로 언뜻 초콜릿을 닮은 강렬한 커피 향을 맡고 흠칫 놀라 주위를 두리번거리게 된다. 비슷한 차림새의 행인들과는 어울리지 않는 귀족적인 누군가의 뒷모습을 목격했을 때처럼.

베트남에서 커피는 상당히 중요한 음료다. 스타벅스는 없지만 굳이 필요도 없을 만큼 현지 카페가 많다. 현지에서 생산한 커피콩을 이용한 커피를 판다.

많이 재배하니 많이 마시는 것일까. 매년 60만~70만 톤의 커피를 생산하는 베트남은 오늘날 인도네시아와 더불어 아시아의 2대 커피 대국이다. 브라질과 함께 세계 최대의 커피 생산국으로 알려져 있다. 1857년 프랑스 선교사에 의해 남부 지역의 가톨릭교회에서 처음 커피 재배를 시작, 기후가 적당한 중부와 남부의 서늘한 고

원 지역을 중심으로 퍼져 나가 지금에 이르렀다.

베트남은 특히 인스턴트커피의 원료인 로부스타^{Robusta}(아라비카보다 값이 싸고 풍미가 약하다) 종을 세계에서 가장 많이 생산해낸다. 한국이 커피를 수입하는 제1의 교역국이기도 하다.

종업원이 다가와 커피를 테이블에 내려놓는다.

이게 뭘까….

늘 마시던 대로 찻잔에서 찰랑거리는 검고 향기로운 액체가 아니다. 처음 보는 물건이다. 작은 커피 잔 위에 은빛 알루미늄 또는 스테인리스로 만든 동그란 용기가 올라가 있다.

이것이 바로 핀^{Pin}이라고 부르는 베트남 특유의 1인용 커피 메이커다. 베트남 여행을 갔던 사람들이 G7 브랜드의 인스턴트커피와 더불어 귀국 선물로 사가지고 오는 인기 아이템이다. 커피 가루를 넉넉히 넣고 뜨거운 물을 부은 후 나머지는 중력의 힘에 맡기는 소박한 드리퍼.

시간만 흐르면 된다니, 느리지만 확실하다. 세상의 모든 일들이 이랬으면 좋겠다. 은빛 핀의 바닥에 검고 뜨거운 액체가 맺히더니 방울방울 떨어진다. 손가락에 잡힐 듯 진한 향기가 피어오른다.

아직 조금 더 기다려야 한다. 인내심을 가지시라.

기다려야 한다. 우리가 해야 하는 것은 그것뿐이다. 커피 떨어지는 속도가 점점 느려져 똑똑, 똑, 똑, 마침내 완전히 멎게 될 때까지.

이제 다 되었다. 다 내려왔으니 마셔도 된다. 드립이 완료되었음에도 불구하고 커피 잔은 겨우 반이나 찼을까 말까 할 정도다. 이것이 베트남 사람들이 커피를 마시는 방식이다. 에스프레소처럼 강한 맛의 커피.

밀크 대신 달콤하고 진득한 연유를 넣는 것 또한 프랑스의 영향이다. 찻잔 밑바닥에 묵직하게 깔린 하얀 연유를 스푼으로 휘저어 검은 커피와 섞어 마신다.

연한 아메리카노가 익숙한 외국인들 중에는 뜨거운 물을 청해서 희석해 마시는 사람도 있다. 그러나 여기는 베트남. 집에서와 똑같은 것을 원했다면 애초에 멀리 떠나올 필요가 없는 것이다.

베트남은 중국의 영향으로 차도 많이 마신다. 차 인심이 후하다. 어느 카페에 들어가 무엇을 주문하든 뜨거운 차가 한 주전자 딸려 나온다.

커피와 차. 두 가지를 번갈아 마신다. 전혀 다른 향이 감도는 두 가지 액체. 입안에 남은 잔향을 지우고 다음 한 모금을 새롭게 느낄 준비를 한다. 다시 한 번 입을 헹구고….

베트남의 커피타임은 풍요롭다. 커피 한 잔 시켰을 뿐인데 테이블이 가득 찬다. 커피 잔, 핀, 찻주전자, 물잔…. 아이스커피를 시키면 조합이 더욱 복잡해진다. 얼음을 넣은 유리잔까지 추가된다. 좁은 테이블 위가 몇 개의 컵과 주전자로 빠듯해져 제법 격식을 갖춘 티파티라도 벌인 것처럼 풍성한 분위기를 연출한다. 단돈 300원에서 1000원으로 즐길 수 있는 여유로운 오후의 휴식이다.

커피 잔 속으로 검은 방울이 소리 없이 떨어진다. 고요하고 평화롭다. 뜨거운 물에 봉지 커피를 털어놓고 휘저어 곧장 마실 때에는 존재하지 않던 시간이다.

더운 물이 스며들며 검고 부드러운 커피 가루가 어느새 묵직해진다. 바닥에 깔린 하얀 연유에 검은 액체가 방울방울 섞어들며 서서히 퍼져 나간다. 흑백만 써서 그린 추상화를 연상시킨다. 향기로운 그림이다.

개방과 더불어 모든 것이 엄청난 속도로 변화하고 있는 베트남에서 이렇게 느리게 커피를 내리는 예전의 방식이 아직도 지켜지고 있다는 것은 반가운 일이다.

마술을 주도하는 것은 잔 위에 얹은 은빛 핀이다. 뜨거운 물이 커피 가루를 적시며 아래로 아래로 내려가는 그 작은 내부는 베트남 거리를 장악한 오토바이 떼의 요란한 굉음과 매캐한 매연으로부터 완벽하게 격리된 초미니 우주처럼 느껴진다.

향기와 침묵으로 가득 찬 세계. 오토바이가 발명되기 이전, 그보다 훨씬 더 전에 존재하던, 지금보다 평화롭고 느린 시대의 한 조각.

다시, 커피를 한 잔 주문한다. 핀을 얹은 찻잔이 딸깍 테이블 위에 놓인다.

은밀한 시간이 시작된다. 기다리기만 하면 된다.

하나, 둘, 셋….

게으른 사람이 시간을 세듯 한 방울씩 떨어지던 커피 방울이 점점 느려져 이윽고 완전히 멎을 때까지.

호이안의 유명한 식당 '모닝글로리'의 가지볶음.

궁극의
쾌락 보트 투어

쾌락!

베트남이란 국명을 듣고 즉시 이 단어를 떠올리는 사람이 있다면, 아마 그는 다음 둘 중의 하나일 것이다. 1960년대 베트남전 당시 지금의 호치민 시, 미군부대의 주둔지로 전 세계에 이름을 알렸던 사이공^{Saigon}에서 흥청망청 유흥의 밤을 보낸 적이 있는 사람이든가, 아니면 개방 이후 냐짱의 마마한 투어에 참가해 잊지 못할 하루를 보낸 적이 있는 여행자든가.

마마한 투어는 유명하다. 이미 오래전부터 베트남을 여행한 사람들 사이에서 소문이 자자했다.

"안 하면 후회할걸. 베트남에서 2주일 머무는 동안 단연 제일 잘 먹은 식사였다니까."

냐짱은 베트남의 대표적인 리조트 타운이다. 무이네^{Mui Ne}와 같은 세련된 매력은 없지만, 호이안처럼 아기자기 예쁘지도 않지만, 탁

트여 시원한 해변이 있는 냐짱은 여전히 여행자들이 꾸준히 찾아드는 곳이다. 그들 중 상당수는 마마한 투어 때문에 이곳을 찾는다.

하노이에 하롱베이 투어, 호치민 시에 메콩델타 투어가 있다면 냐짱에는 마마한 투어가 있다. 베트남의 3대 투어로 꼽아도 손색이 없는 프로그램이다. 냐짱을 방문한 여행자라면 필수 코스처럼 거쳐 가는 투어다. 순전히 이 투어에 참가하기 위해 냐짱에 오는 사람이 있을 정도다.

마마한 투어가 무엇이냐고?

"배를 타고 바다에 나가서 실컷 먹고 마시고 노는 것인데, 떡 벌어지게 차린 점심상에 갖가지 열대 과일도 무제한, 음료수도 무제한, 게다가 헤엄쳐서 바다 한가운데 떠 있는 바Bar에 가면 와인까지 얼마든지 마셔도 공짜라고!"

오, 전부 사실이다. 젖과 꿀의 땅 대신 냐짱 앞 바다에는 맛난 베트남 음식과 술이 철철 넘쳐흐르는 보트가 둥실 떠 있다. 마마한 투어에 참가했던 사람치고 좋았다고 말하지 않는 사람은 여태 한 명도 보지 못했다.

모두가 만족한다. 그립게 추억한다. 베트남의 푸른 바다 위에서 둥둥 떠다니며 흘려보낸 풍요롭고 흥겨운, 행복했던 여름날의 오후에 대해서.

"솔직히 말해서 식당에서 돈 주고 그저 그런 밥을 사 먹느니 매일 그 투어에 참가하는 게 낫지 않을까 싶을 정도였어. 푸짐한 점심에 과일, 술까지 다 합쳐서 단돈 7달러라니!"

그렇다. 7달러. 마마한 투어의 핵심은 가격 대비 효능에 있다. 하루 종일 실컷 즐기는 비용이 단돈 1만 원도 되지 않는다는 것. 식사는 물론 스노클링과 일광욕, 음주까지 모든 것을 7달러에 제공한다.

이 전설적인 쾌락 투어의 창시자인 베트남 여인, 일명 마마한은 아쉽게도 이미 사라지고 없다. 지금 냐짱에서 성행하는 보트 투어는 그 뒤를 이어 다른 여행사들이 내놓은 유사 상품들이다. 아직도 원조의 이름을 따서 마마한 투어로 통한다. 거리에 즐비한 여행사들 중 어디에서 얼마를 주고 투어 신청을 하든 내용은 결국 대동소이하다.

명목상 일정은 냐짱 근처에 흩뿌려진 섬들을 돌아보는 것이지만 투어의 진짜 목적은 별 볼 것 없는 관광이 아니다. 참가자들이 진실로 원하는 것은 인생을 즐기는 일이다. 수영복만 걸친 상태에서 신나게 춤추고 마시면서 돈 걱정은 하지 않고 행복에만 집중하는 투어.

아침 8시쯤 냐짱을 출발, 오후 5시가 되어 돌아올 때까지 쾌락은 쉬지 않고 계속된다. 태양, 바람, 나신에 가까운 젊은 몸뚱이들, 이국적인 음식….

분위기가 무르익어갈 무렵 풍덩! 먼저 바다에 뛰어든 현지인 가이드, 투어 참가자들을 배에서 뛰어내리도록 유도한다. 바다 저쪽에 미리 띄워둔 바-튜브로 만든 일종의 부유물-로 헤엄쳐 오게 해서 와인을 제공하는 것이 마마한 보트 트립의 하이라이트다.

이 나라가 사랑스러워지는 순간이다. 팍팍한 사람들, 이중물가제, 불만스러운 위생 상태… 모두 아스라이 사라지고 여행 오길 잘했다는 생각에 저절로 미소가 떠오른다. 혼자 식당에 가서는 절대 시킬 수 없는 여러 가지 음식들이 푸짐하게 차려지고 색색의 열대 과일도 종류별로 다듬어져 잔뜩 나온다.

먹다 지치면 바다에 첨벙 뛰어들어 스노클링을 하거나 다른 나라에서 온 여행자들과 국제적인 친교의 시간을 갖는다. 서먹서먹하던 사람들은 어느새 와자지껄 웃고 떠든다. 배가 떠나갈 듯 볼륨을 높게 틀어놓은 비트 강한 음악에 벌떡 일어나 춤을 추는 사람도 있다.

지치면 수영복 바람으로 그늘에 누워 꾸벅꾸벅 낮잠을 잔다. 파란 하늘에 태양이 반짝거린다. 벌거벗은 몸을 기분 좋게 조여오는 소금기와 피로감….

시장 개방이 되었다고는 하나 곳곳에서 사회주의의 회색빛 느낌이 뚜렷한 베트남. 이 나라의 해변에서 이렇게 쾌락으로 충만한 시간을 보내게 될 줄이야.

마마한 투어는 꿈이자 환상이다. 무거운 배낭을 메고 낯선 곳으로 날아든 세계의 청춘들이 상상하는 파라다이스. 머릿속에 막연하게 존재하던 천국의 모습을 가장 베트남적인 방법으로 구현해낸다.

행복해라. 공짜라는 이유로 욕심을 내어 먹은 음식들, 파도를 헤치면서 허푸허푸 바다 위에 뜬 채로 입에 급히 털어 넣은 싸구려 와인, 모두 만족스럽기만 하다. 바로 이런 순간을 위해 살아가고, 여행하고, 투어에 참가하는 것이다.

행복해, 행복해, 행복해!

행복해라. 다음 날 아침 눈부신 햇살과 함께 숙취로 쪼개질 듯 아픈 머리를 감싸 쥐고 졸린 눈을 뜰 때까지.

풍부한 과일이야말로 열대에 내린 가장 큰 축복.

© 김동환

깐토Can Tho 시내 중심에 있는 메콩 레스토랑.
외국인이 몰리는 세 가지 이유.
영어 메뉴가 있고, 음식 값이 싸고, 맛이 괜찮다.
설날을 앞두고 거리가 시끌벅적하다.

맥주가 흐르는 땅

커피에 이어 베트남인들, 특히 남자들이 선호하는 음료는 맥주다.

"참 판 참Tram Phan Tram !"

맥주잔을 들어 올릴 때 하는 말이다. 단숨에 마셔요!

시장 개방 이후 식생활과 관련해서 베트남 남성들이 누리게 된 최대의 축복은 바로 이 맥주다. 부드러운 하얀 거품 아래 황금빛으로 부글거리는 짜릿한 액체.

이제 이 나라에 맥주는 예전처럼 드물지 않다. 호텔에서, 식당에서, 가게에서, 길거리에서, 가정에서, 사람들이 모이는 곳이면 어디든 맥주가 넘쳐흐른다. 맥주잔을 손에 들고 호탕하게 외친다. 참! 판! 참!

베트남에서 맥주는 남자들을 위한 음료다. 수입은 저고 돈 나갈 곳은 많으니 이렇게 바깥에서 돈 주고 사 마시는 사치품은 고되게 일하는 가장들의 전유물이다. 더구나 보수적인 베트남 사회에서 여

시장 개방과 자본주의가 가져다준 선물 중 하나인 맥주.
이제 베트남 거리에서 맥주를 즐기는 서민들의 모습은 더 이상 낯설지 않다.

자의 몸으로 알코올을 공개적으로 들이켜는 일은 금기 사항이다. 정숙한 여인들을 위해서는 맥주가 아니라 커피나 사탕수수주스와 같은 건전한 음료가 기다리고 있다.

베트남에는 태국의 씽Singha이나 창Chang, 필리핀의 산미겔San Miguel 같은 전국적인 맥주가 없다. 대신 사이공 비어, 333, 라루La Rue 등 지역별로 다양한 맥주가 존재한다. 캔으로도 있고 병으로도 마실 수 있다. 그러나 여행자들의 뇌리에 이보다 더 강렬한 인상을 남기는 것은 거리 곳곳에서 팔고 있는 생맥주, 이른바 비아호이Bia Hoi라고 불리는 프레시 비어다.

비아호이에서 가장 인상적인 것은 맛이 아니라 가격이다. 맛은 어떨까. 큰 기대는 갖지 않는 것이 좋다. 아사히 생맥주에 비할 바는 아니다. 물처럼 묽고 약한 필스너Pilsner의 일종이다. 모든 단점을 지워버리는 것은 가격이다. 몇 년 전 베트남의 훼 어느 구석에서

300cc에 단돈 200동(120원) 하는 비아호이를 마신 적이 있다.

주인 양반, 드럼통처럼 생긴 통에 매달린 호스에서 맥주를 콸콸 따라 내준다. 120원이란 값도 놀랍지만 더 놀란 것은 주인이 내민 유리잔 속에 담겨 있는 얼음이다.

베트남에서는 맥주에 얼음을 넣어 먹는 것이 조금도 이상하지 않다. 냉장고를 갖추지 못한 가게가 많아 맥주를 차갑게 유지하는 것이 힘들기 때문이다.

이 대신 잇몸이랬다고, 냉장고는 없지만 아이스박스 속에 얼음이 있다. 잘게 부순 얼음을 유리잔에 채운 후 맥주를 부어 내준다. 원시적이지만 1분만 기다리면 확실하게 차가워진다. 밤이 되어도 열기가 식지 않는 무더운 여름밤, 미지근한 맥주는 용서할 수 없는 죄악이다. 이를 극복하기 위한 베트남식 방법은 얼음 채운 맥주다. 참! 판! 참!

비아호이는 길거리 식당, 값싼 식당의 전유물이다. 1인당 국민소득이 1000달러가 되지 않는 베트남에서 이보다 비싼 술은 서민을 위한 것이 아니다.

날이 어두워지면 거리 여기저기 술집들이 문을 연다. 꼬마 의자에 쪼그리고 앉아 맥주잔을 기울이는 남자들. 각종 꼬치구이와 생선포를 바짝 말려 구운 것, 젓국으로 버무린 파파야 샐러드 등 소박한 안주와 함께 즐기는 휴식의 시간이다.

떠들썩하게 웃고 있는 사람들 옆 테이블 한 자리를 차지하고 앉는다. 구두닦이 청년이 흙이 떨어지든 말든 탁탁 구두끼리 부딪히며 호객하면서 지나가고, 주인은 비아호이를 넘칠 듯 채운 유리잔을 나른다. 식욕 당기는 냄새를 풍기며 돼지갈비가 구워지고, 하얀 김과 함께 핫팟이 보글보글 끓어오른다. 풍요로운 밤이다.

"참! 판! 참!"

내가 카메라를 꺼내자 옆 테이블의 노인들이 맥주잔을 높이 들어 멋지게 포즈를 취해준다. 위하여!

허름한 차림에 갈색 얼굴에는 깊은 주름이 가득하지만 미소는 그보다 더 당당하고 환할 수가 없다. 맥주잔을 들고 옆 사람과 잔을 쨍 부딪친다. 왁자지껄 웃음이 터진다. 다른 테이블에서도 연달아 건배가 터진다. 즐거운 밤이다.

죽지 않으면 강해진다는 말이 있다. 길고 힘든 세월을 건뎌내고 보상처럼 주어진 소박한 행복을 만끽하는 사람들이다. 공산주의 시절이든, 돈이 종교가 된 지금이든 이들의 삶은 여전히 고단하다. 그래도 비아호이가 있어 다행이다. 살아 있어 다행이다.

웃고 있는 노인들을 향해 나도 맥주잔을 들어 올렸다.

강인한 사람들에게 축복을.

메콩델타 투어를 위해 가이드의 집에서 사흘간 숙박했다. 강 옆에 지은 집이다. 배를 타고 수로를
따라 형성된 마을을 돌아다녔다. 옆집 노인이 우리를 초청, 직접 빚은 술과 과일, 북어로 파티를
벌였다. 웃고 마시고 떠들며 즐거운 시간. 별이 가득한 하늘 아래 컴컴한 수로를 따라 다시 배를
타고 집으로 돌아왔다.

호이안의 일본식 다리.

구 어메타운
호이안

　대한민국 맛의 고향이 전라도이고 일본의 부엌이 오사카라면, 베트남 식도락의 1번지는 어디일까.

　여행자들이 찾아가기에는 호이안이 적당할 것 같다. 음식 맛이 좋은 것은 기본이고 길쭉한 베트남 국토의 딱 중간쯤에 위치하고 있으니 지리적으로도 남부나 북부 어느 한쪽으로 치우치지 않는 대표성을 지닌다. 이 나라에서 식도락 하면 빼놓을 수 없는 응우옌 왕조의 옛 수도 훼에서도 가까우니 정통성도 확보된다.

　세상에서 음식이 맛있는 동네들을 살펴보면 대개 다음 두 가지 조건을 갖추고 있다. 하나, 물산이 풍부할 것. 둘, 이질적인 문화가 섞이는 지점일 것.

　호이안 또한 이 두 가지 요건을 훌륭하게 충족시킨다. 농산물은 물론 남지나해를 끼고 있으니 온갖 해산물이 풍부한 것은 두말할 나위가 없다. 한국에서도 많이 수입하는 새우, 생선, 게 등이 지천으로 잡힌다.

외세로 말하자면 호이안처럼 여러 세력의 영향을 받은 곳도 드물 것이다. 이웃인 중국을 필두로 일본, 포르투갈, 네덜란드, 그리고 프랑스의 영향까지 두루 받았다. 수백 년간 인도차이나 무역의 중심지로 황금 시절을 누린 항구도시다. 프랑스가 베트남을 점령한 후 해상 거점을 좀 더 북쪽인 다낭Da Nang으로 옮길 때까지, 호이안은 국제무역항으로 번영을 누렸다.

이후 중심에서 밀려나며 퇴락하고 말았지만 덕분에 전쟁의 포화를 피할 수 있었다. 구시가지 전체가 하나의 거대한 박물관처럼 본래의 모습을 온전히 간직하게 된 것도 이 때문이다. 흉측하게 얽힌 검은 전깃줄과 오토바이를 빼면 옛날과 달라진 게 거의 없다.

오랜 세월의 궤적들이 겹겹이 내려앉은 도시. 역사성을 인정받아 1999년 유네스코 세계문화유산으로 지정되었다. 고풍스러운 외관을 해치지 않도록 건물의 높이와 개축 방법 등을 법률로 지정, 정부의 통제를 받고 있다.

이 예쁜 마을이 오늘날 베트남에서 가장 먹기 좋은 곳이 된 것은 호이안 곳곳에 산재한 800여 개의 옛 건물들이 큰 몫을 했다. 이제 호이안은 외국인 관광객들로 북적거리는 중부 제일의 관광도시다. 처음 방문했던 10여년 전에도 사람이 많았지만 지금은 그보다 몇 배는 더 많다. 단체 투어를 온 노인 관광객들이 부쩍 늘어난 것이 이채롭다.

고색창연한 구시가는 2.5킬로미터, 한 바퀴 천천히 도는 데 한 시간 남짓 걸린다. 멋있는 건물이 더 많은지 맛있는 식당이 더 많은지

여윈 노인이 메고 가는 저 어깨의 걸대. 앞뒤로 가득 차면 들어 올리는 것조차 힘들 만큼 무겁다.

호이안을 점령했던 여러 세력의 흔적이 그 시절 남긴 건축물을 통해 도시 곳곳에 남아 있다.

호이안은 먹기에 좋은 마을이다. 고풍스러운 집을 개조해서 만든 식당이 한 집 건너 하나씩 있다. 작은 구시가지가 식당과 양복점, 기념품 가게들로 꽉 차 있다.

우열을 가리기 어려운 산책길이다.

오래된 건물 속에 아늑하게 자리 잡은 식당들. 하나같이 멋있고 다 맛있어 보인다. 파스텔색 벽에 고풍스러운 나무로 된 현판, 콜로니얼 스타일의 창틀…. 밤이 되면 식당마다 입구에 내건 중국풍 등그스름한 등에 환하게 불이 들어와 작은 달이 걸린 듯 운치 있다.

어둠 속에서 호이안은 색색의 불빛과 역사의 후광에 감싸여 이 세상에 속한 곳 같지 않은 느낌을 풍긴다. 머나먼 과거에서 시간을 거슬러 잠깐 찾아온 어떤 환영.

감상은 그만하고 이제 먹을 시간이다. 어느 식당에 들어가볼까.

선택이 힘들 정도로 식당이 많다. 여행자들을 위한 정보 사이트 트립어드바이저닷컴www.tripadviser.com에 등록된 호이안의 맛집만도 120개를 넘어선다.

베트남 음식을 파는 식당만 있는 것은 아니다. 사무라이 키친Samurai Kitchen이라는 이름의 일식집도 있고 철판구이를 전문으로 하는 사쿠라 레스토랑Sakura Restaurant도 있다. 커리와 로티를 파는 인디안 레

스토랑 가네시^{Ganesh}도 평판이 좋다.

화이트 마블 마운틴^{White Marble Mountain}은 이름과는 달리 대리석은 아니지만 하얀 외벽의 멋진 건물에서 영업하는 양식당이다. 1층은 힙한 와인 바이고 2층은 캥거루 고기를 위시한 호주 요리를 전문으로 낸다.

브라세리 카바^{Brasserie Cava}는 스웨덴 인이 오너이자 셰프인 지중해풍 식당이다. 강가에 위치해서 전망도 그만이다. 호주산 스테이크와 양갈비, 이름에 걸맞게 가격 대비 맛이 괜찮은 카바를 마실 수 있다. 지중해풍 음식을 표방하는 카사 베르데^{Casa Verde} 역시 외국인이 주인이다. 최고의 아이스크림을 내는 식당으로 명성이 높다.

이 작은 마을에 별별 음식을 파는 식당들이 다 있다. 그러나 역시 호이안에서 압도적인 것은 베트남 음식. 궁중 요리가 발달한 옛 수도 훼에서 멀지 않은 만큼 베트남의 다른 지역보다 맛뿐 아니라 모양새도 눈에 띄게 정성을 기울인 음식들이다.

전통의 강자라면 1991년 세워진 이래 지금도 성업 중인 시장 근처의 머메이드 레스토랑^{Mermaid Restaurant}을 꼽겠지만 최근에는 그보다 더 고급스러움을 강조한 베트남 음식을 선보이는 식당들이 많이 생겨났다.

그중에서도 모닝글로리^{Morning Glory}.

저녁을 먹기에는 조금 이른 시간임에도 벌써 만석이다. 기다리기를 포기하고 바로 옆에 있는 굿모닝 베트남^{Good Morning Vietnam}에 들어갔다. 고풍스러운 전통 가옥이지만 이탤리언 식당이다. 이탈리아인이 셰프이자 오너. 들어가서 샐러드와 리소토를 시켰다.

"아니, 너무한 거 아냐? 베트남까지 와서 겨우 리소토를 먹고 있다니!"

옆 테이블에 서양인 노부부가 식사 중이다. 남편인 노신사, 백발에 양쪽 귀에는 보청기를 낀, 그러나 대화를 좋아하는 신사다. 혼자 식사를 하는 나에게 말을 걸었다.

"치즈 없은 피자를 드시면서 그런 말을 하시다니요. 제 리소토에는 그래도 레몬그라스가 들어갔어요. 베트남식 퓨전이라고요."

"그야 우리는 베트남 음식 안 먹어도 되거든."

노인은 어깨를 으쓱한다.

"왜냐하면 호주 시드니에서 사니까."

"무슨 뜻이죠?"

"세계 10대 베트남 식당 중 일곱 곳이 호주에 있거든. 그렇다고 여행 잡지에서 읽었어. 시드니에도 베트남 이민자들이 아주 많고 따라서 베트남 식당도 흔하지. 값도 저렴하고. 그러니까 꼭 베트남에 여행 왔다고 해서 매끼 여기 음식을 먹지 않아도 되는 거야. 맛있는 베트남 음식이라면 집에서도 잘 먹을 수 있으니까."

"세계 10대 베트남 식당 중 일곱 곳이 호주에 있다고요? 그 잡지, 혹시 호주 관광청에서 만든 것 아닌가요?"

"그건 잘 기억이 안 나는데…."

호이안의 작은 규모를 고려할 때 올드쿼터를 누비는 여행자의 숫자는 놀랄 만하다. 이들로 인해 밤에는 식당이, 낮에는 양복점(식도락 못지않은 호이안의 주력 산업은 패션이다. 양복점 수가 10년 새 서너 배 이상 늘었다. 베트남 특산 실크를 이용한다. 사이즈를 잰 후 이틀이면 마음에 쏙 들게 완성까지 해주겠다고 장담하는 가게들이다)이 성황을 이룬다.

여행 가방보다는 뱃속을 채우는 편이 나을 것 같았다. 호이안 최고의 음식을 맛보고 싶다. 다음 날 저녁 일찌감치 예약을 하고 모닝글로리 식당을 다시 찾아갔다.

호이안에서 가장 명성을 떨치고 있는 곳이다. 마담 바이^{Vy}로 알려진 친 디엔 바이$^{Trin \, Dien \, Vy}$. 머메이드 레스토랑의 3대 주인이자 총주방장이기도 한 그녀가 오픈한 베트남 식당이다. 음식 자체는 물론 인테리어와 서비스에 있어서도 파인 다이닝을 표방하는, 시장 옆에 위치한 머메이드 레스토랑보다 가격 또한 한 단계 위다.

식당에 들어가자 카메라를 든 서양 남자들이 종업원과 이야기를 하고 있다. 주인인 마담 바이를 인터뷰하기 위해 찾아온 밴쿠버의 여행 잡지 기자들이다. 마침 마담 바이는 사이공에 가고 없었다.

화려하고 여성스럽게 꾸민 식당이다. 온통 빨갛다. 붉은 벽에 붉은 테이블, 붉은 커튼을 드리웠다. 대형 화병에는 이국적인 향기를 내뿜는 열대의 꽃들을 한 아름 꽂아놓았다.

저가 항공 젯 에어의 취항으로 호주인 관광객이 부쩍 늘어났다.
식사 시간에는 잘한다는 식당의 빈자리를 찾기 어렵다.
총알 오징어 속에 부드럽게 다진 속을 넣어 쪄낸 후 그릴에 살짝 구워냈다.

식당 한가운데에 무대처럼 조리 공간이 마련되어 있다. 도마, 가스레인지, 그릴, 모두 빠짐없이 갖추고 있다. 하얀 수건으로 머리를 감싼 베트남 여인이 탕탕 뭔가를 썰고 지글지글 볶고 있다. 화려한 인테리어와는 상반되게 베트남의 소박한 가정식 요리, 또는 길거리 음식을 콘셉트로 잡은 식당이다. 로컬 음식에 호기심은 많지만 선뜻 시도하기에는 용기가 나지 않는 외국인들을 상대하는 전략적 선택이다.

자리에 앉자 메뉴가 주어진다. 영어로 자세히 설명되어 있다. 수프, 샐러드, 메인, 채식 요리, 디저트와 음료수까지 잘 정리해놓았다.

주문한 음식은 곧 도착했다. 생선 수프는 평범하지만 샐러드는 맛이 좋았다. 파파야 샐러드. 태국의 솜땀처럼 푸른 파파야 채를 멸치액젓에 절인 후 숯불에 구운 쇠고기를 몇 쪽 얹어 만든 음식이다.

솜땀과 차이점이 있다면 멸치액젓 범벅이 아니라 훨씬 사용량을 줄여 가볍고 아삭아삭하다는 것. 솜땀과는 달리 맵지도 않다. 양념을 절제한 덕분에 재료 본래의 맛을 선명하게 느낄 수 있다. 가볍고 신선한 베트남 음식의 장점을 잘 살린 음식이다.

다음은 이 식당의 특기이자 웨이트리스의 추천 메뉴이기도 한 통오징어찜. 속을 꽉 채워 쪄낸 자그마한 오징어 한 마리다.

호이안 지방에서 많이 먹는다고 한다. 한국의 오징어순대와 비슷하지만 이국적인 허브와 향료를 듬뿍 사용해서 맛이 농후하다. 조리 타이밍이 완벽했는지 자칫 질겨지기 쉬운 오징어가 나이프를 대자마자 두부 잘리듯 부드럽게 썰린다. 민트와 피시소스, 생강을 넣은 다진 돼지고기가 입안에서 눈 녹듯이 사라진다.

중국 요리와 차별되는 베트남 요리의 특징을 미묘함과 정교함이라고 한다면 모닝글로리는 틀림없이 뛰어난 식당이다. 마담 바이의 요식 사업이 그룹 수준으로 번창하게 된 것은 운이나 인테리어 때문만은 아닌 것이다.

비운 접시는 곧바로 치워지고 디저트는 뭘 먹겠느냐고 물어온다. 맥주를 한 병 더 하실 의향은?

외국인들이 끊임없이 들어오고 종업원들은 눈코 뜰 새 없이 바쁘다. 1층이 빼곡해지자 손님들은 이제 2층으로 향한다. 가이드북마다 호이안의 추천 식당으로 모닝글로리를 언급하고 있다. 입소문도 상당하다. 무엇보다도 식사 시간이면 어김없이 가득 차는 광경이 가장 확실한 증거다. 2층에도 자리가 없어 입맛을 다시며 그냥 돌아가는 사람도 있다.

음식이, 계산서가 오간다. 어서 일어나는 게 좋겠다. 자리가 나길 기다리는 사람들 때문에 마음 놓고 디저트를 먹을 분위기가 아니다. 그만 나가도록 하자.

다음 날 점심시간, 다시 모닝글로리를 찾았다. 또 만석이었다. 근처의 다른 식당들도 마찬가지였다. 관광객이 많으니 평판이 좋은 곳은 식사 시간이면 늘 이렇게 붐빈다.

어디서 무엇을 먹으면 좋을까….

발길 닿는 대로 걷다 보니 어느새 고풍스러운 건물들이 사라지고 다른 분위기의 거리에 와 있다. 낡은 집들이 옹기종기 늘어선 평범한 주택가다. 세탁소, 구멍가게, 신발 수선집…. 생활의 냄새가 솔솔 풍긴다.

영어 간판이 달린 노천 식당을 하나 발견하고 걸음을 멈춘다.

선샤인 레스토랑Sunshine Restaurant.

그 이름이 마음에 들었다. 뽀얗게 먼지로 뒤덮인 테이블이 몇 개 놓여 있다. 가정집 앞에 식탁 놓고 장사하는 집인 것 같다.

아차! 자리에 앉고 나서야 골목 반대편에 그 유명한 '카페43'의 간판이 있는 것을 발견한다. 트립어드바이저닷컴에서 극찬을 하고 있는, 값싸고 맛있기로 소문난 식당이다. 지금이라도 일어나 저리로 옮겨야 하는 것 아닐까.

"안녕하세요?"

일어나려는데 어두컴컴한 집 안에서 누군가 나왔다. 메뉴판을 손에 들고.

"뭘 드시겠어요?"

"글쎄. 뭘 주문하면 좋지? 이 식당은 뭘 제일 잘하지?"

키가 작고 몹시 호리호리한 소녀다. 갑자기 손님이 찾아와 좋기도 하고 당황스럽기도 한 것 같다.

"전부…. 그냥 전부 다 맛있어요."

손님들로 가득 찬 카페43과 달리 선샤인 레스토랑에 손님이라곤 나 혼자뿐이다.

"정말, 다 맛있어요. 뭐든 주문해보세요…."

소녀는 내가 건너편 식당을 쳐다보는 것을 알아차렸다. 저렇게 손님이 많은 식당 바로 맞은편에서 텅 빈 식당을 지키고 있는 것은 별로 재미없는 일이겠지.

"우리 식당도 맛있어요. 정말이에요."

내가 무슨 생각을 하는지 안 소녀가 열심히 말한다.

"전부 다 맛있어요. 메뉴판에 있는 것 아무거나 주문해보세요."

메뉴판을 펼친다. 모두 아주 싸다. 호이안의 올드쿼터에 즐비한 멋진 식당들의 반에도 못 미치는 가격이다. 요리 세 개를 시켰지만 다 합쳐 5달러를 넘지 않는다.

해피 아워에는 모든 칵테일이 한 잔에 1달러라고 씌어 있다. 마가리타, 싱가포르 슬링, 블랙 러시안 모두 1달러다.

"언제가 해피 아워지?"

"바로 지금이요. 사실 하루 종일 해피 아워예요!"

그 미소가 마음에 들었다. 호이안의 명물로 소문난 세 가지를 시켜보기로 했다. 넓적한 면발에 돼지고기가 들어간 볶음국수인 카오라우, 프라이드 완탕, 그리고 화이트로즈. 칵테일과 함께 한 잔에

3000동(160원)짜리 비아호이도 주문했다.

소녀가 사라진 어둑한 공간을 들여다보니 일반 가정집의 부엌 그대로다. 낡은 찬장에 초라한 테이블과 의자, 구석에 버너가 두 개. 어머니로 보이는 여윈 여자가 웍 앞에 서서 요리를 하고 있다.

베트남의 많은 가게들이 그러하듯 생계형 식당이다. 요리에 자신 있는 주부가 집의 부엌을 이용해서 음식 장사를 시작한 것이다. 물가 저렴한 이 나라에서 외국인을 상대로 비즈니스를 하는 것은 돈을 쉽게 모을 수 있는 최선의 방법이다. 그 유명한 머메이드 레스토랑도 주인인 마담 바이의 할머니가 작고 초라한 시장통 길거리 식당에서 시작, 지금에 이르렀다.

시작은 미약하지만 끝은 창대하리라.

여자애는 한참 만에야 음식이 담긴 접시를 들고 돌아왔다. 조심스럽게 내려놓는다.

"카오라우예요."

오래전 호이안에 처음 왔을 때에도 이 국수를 먹었다. 이 동네의 명물로 꼽히는 음식이다. 거리 곳곳에 카오라우를 파는 여인들이 호객 행위를 심하게 하는 바람에 어지간히 무신경한 여행자라도 한 그릇쯤 먹지 않고는 지나치기가 어려울 정도다.

호이안 올드쿼터의 나무그늘마다, 바람이 불어오는 강가 옆 도로에도 카오라우를 파는 장사치들이 상을 벌여놓고 손님을 기다린다. 시장통 밥집에도 큼직하게 적혀 있다. 카오라우 1달러.

선샤인 레스토랑의 카오라우. 그 옛날 먹었던 국수와는 사뭇 다르다. 별 맛 없이 밍밍한 굵은 국수볶음으로 기억되는 예전의 그것과는 달리 두툼하지만 쫄깃한 면발에 짭짤한 소스와 고소한 돼지고기가 뒤섞여 감칠맛이 났다. 따끈한 볶음국수 한 그릇을 금세 비웠다.

소녀는 다시 음식을 들고 나타났다.

"화이트로즈예요."

후딱 먹어치우기에는 너무나 낭만적인 이름의 만두다. 물만두와 찐만두의 중간 형태에 해당되는 딤섬. 통통한 새우를 감싸고 있는 꽃잎처럼 하늘거리는 만두피의 모습에서 하얀 장미라는 이름이 유래되었다. 카오라우와 함께 호이안의 노점 식당에서부터 파인 다이닝을 표방하는 레스토랑에 이르기까지 빠짐없이 내놓는 단골 메뉴다.

"맛있는데, 아주."

내 말에 소녀는 기쁜 표정을 지었다. 부엌 입구 뒤편에 서서 이쪽을 보고 있던 엄마에게 베트남어로 무슨 말인가 전한다. 영어를 할 줄 모르는 여인, 고개를 끄덕이고는 다시 부엌으로 들어간다.

"더워. 혹시 선풍기 없니?"

"그런 건 없는데요."

무더운 한낮이다. 가느다란 바람 한 줄기 불지 않는 뜨겁고 고요한 오후. 먹는 것만으로도 이렇게 더운데 침침한 부엌 뜨거운 불 앞에서 요리하는 여인은 땀을 비 오듯 흘리고 있겠지.

"프라이드 완탕이에요."

호이안의 세 가지 특선 요리 중 마지막 음식.

완탕인 줄 미리 알지 못했다면 얇디얇은 칩이라고 생각했을 것이다. 만두소는 손톱만큼 조금 넣은, 토르티야처럼 피가 얇고 커다란 만두다. 바삭하게 튀겨낸 후 새콤달콤한 소스를 듬뿍 끼얹었다. 바

삭하게 부서지는 튀김에 돼지고기, 끈적한 토마토와 파인애플소스
가 잘 어우러졌다.

정신없이 먹다 보니 갑자기 시원해진다. 등 뒤에서 서늘한 바람
이 불었다.

뒤를 돌아보니 음식을 가져온 소녀와 소녀의 동생으로 보이는 좀
더 어린 여자애가 나란히 서 있다. 부채를 손에 들고 내 등을 향해
열심히 부치고 있다.

"뭐하는 거니? 그러지 않아도 돼."

하지 말라고 말해도 소용이 없다. 소녀들은 부끄러운 듯 웃으면
서 계속해서 바람을 보내주었다. 햇빛식당. 이 식당의 이름이 어디
에서 유래되었는지 알 수 있었다. 햇살 같은 미소. 서둘러 접시를
비우는 수밖에.

호이안의 3대 요리로 불리는 카오라우,
프라이드 완탕, 화이트로즈.
하나같이 왜 이렇게 감칠맛이 나는가 생각해보니
야박한 양도 영향을 미친 듯.
세 접시 다 먹어도 배가 부르지 않았다.

맛있는 베트남 음식은 호주에서도 먹을 수 있겠지만 시드니의 어떤 식당에서도 이런 서비스를 경험하지는 못할 것이다.

호이안의 명물 음식 세 가지와 한 잔에 1달러인 소박한 칵테일. 그리고 상냥한 호이Hoi와 가족들을 만나려면 이곳으로 가면 된다.

46 Tran Cao Van St, Sunshine Restaurant.

인터넷에서 찾아낸 메콩델타 민박집.
주인이자 가이드인 미스터 형은 젊었으나 배가 많이 나오고 처음 만났을 때와 작별할 때만 친절
한 남자였다. 밥 먹을 때 테이블 앞에 웃통 벗고 앉아 온몸을 박박 긁으면서 "망할 모기 놈."이라
고 말했다. 밥 한술 뜨고 긁고 다시 한술 뜨고 긁고…. 그 집 마당에서 2미터는 될 듯한 뱀을 보고
황급히 피하다가 개의 발을 밟아서 물릴 뻔했다.

손님을 기다릴 시간에 한 명이라도 직접 찾아 나선다.
깐토의 수상시장에서는 물살을 가르고 고객을 찾아간다.

건강을 생각해서 화학조미료, 환경호르몬 조심하며 살다가 여행 한 번 가면 도루묵이다.

호이안의 밤.
100년 전 세상을 거니는 기분이다.

인도네시아.
모험가를 위한 곳이다.
동남아시아의 아웃백.
드넓고, 다채롭고, 종잡을 수 없는 땅이다.

모험적 식사

동남아시아라고 해서 모두 다 같은 동남아시아가 아니다.

무슨 말인가 하면, 인도네시아는 다르다는 뜻이다. 안락하고, 수월하고, 어딜 가든 별로 놀랄 일이 없는 태국이나 말레이시아, 도시화 정도가 서울을 능가하는 홍콩이나 싱가포르와는 차원이 다른 여행지다. 아프리카나 남미와 동일한 선상에 놓인 유일한 동남아시아 국가.

예측불가한 곳이다. 비행기를 타고 자카르타Jakarta의 수카르노 하타 공항으로 들어오든, 말레이시아나 싱가포르에서 페리를 타고 바탐Batam 등 항구를 통해 입국하든, 인도네시아에 발을 디디는 것은 나머지 동남아시아 국가를 여행하는 것과는 다른 경험이 될 것임을 알아야 한다. 관광 끝, 모험 시작이다.

세찬 스콜이 폭포처럼 쏟아진 뒤 열대우림 위에 걸리는 오색 무지개처럼, 인도네시아는 현란하고 당최 종잡기 힘든 땅이다. 십수

모슬렘 소녀들.
간식 파는 리마카키(이동식 노점).
무더운 날씨가 형식을 녹여버렸다.
보통 이렇게 그릇 하나에 대충 담아 먹는다.

년 이상 여행했지만 여전히 낯설다.

국토의 모습부터 그렇다. 한 번에 파악하기에는 너무나 크고, 너무나 복잡하고, 너무나 사방팔방으로 흩어져 있다. 적도를 따라 동서로 무려 5000킬로미터에 걸쳐 뻗어 있다.

동남아시아에서 면적이 가장 넓고, 인구수로 보아도 세계 네 번째다. 2억5000만 명의 사람들이 1만7000개의 섬에 뿔뿔이 흩어져서 300개가 넘는 언어를 구사하며 살아간다. 이 많은 섬들이 단 하나의 국명으로 가냘프게 묶여 있다. 인도네시아.

16세기 유럽인들이 찾아 헤매던 스파이스, 오늘날은 찬장 속에서 잊힌 향료지만 그 당시에는 같은 무게의 금보다 더 값이 나갔던 넛멕이 풍부하게 자라던 곳이 바로 인도네시아의 말루쿠Maluku다. 넛멕뿐 아니라 계피와 정향 또한 요리보다는 의학적인 용도 때문에 가치가 매우 높았다. 덕분에 인도네시아는 향신료를 찾아 나선 포르투갈과 스페인, 영국, 그리고 네덜란드의 영향을 골고루 받게 되었다. 다행스럽게도 영국은 인도네시아의 음식 문화에 별 영향을 끼

©서호순

치지 못했지만.

인도네시아. 수마트라의 서쪽 끝에서 파푸아의 동쪽 끝에 이르기까지, 명실상부 동남아시아의 아웃백이다. 진정한 열대의 땅. 인간의 손길이 닿지 않은 태초의 우림이 아직도 존재한다. 젖가슴을 드러내고 생활하는 사람들이 있고, 누군가 죽으면 풍장(사후 처리를 바람에 맡기는 장례식)을 치르기도 한다. 동남아시아 최대의 관광지인 발리가 있고, 그 옆의 옆 섬에는 지구상에서 가장 큰 파충류인 코모도드래곤Komodo Dragon이 1000마리쯤 살고 있다. 화산이 폭발하고, 쓰나미가 몰려오고, 정부군과 반군의 치열한 혈투가 벌어진다.

이 땅에서는 먹는 것도 종종 모험이 된다. 세상에서 가장 매운 소스인 삼발Sambal이 그렇고, 돼지 한 마리를 빙빙 돌려가며 통째로 구워낸 후 내장부터 살코기, 껍질에 이르기까지 골고루 맛보는 바비굴링Babi Guling이 그렇다. 아보카도를 갈아 소스가 아니라 주스로 마시는 것도 이상할 게 없다. 뭔들 못할까.

영토가 워낙 넓은데다가 섬들로 이루어져 있다 보니 지역마다 독자적인 식문화가 발달했다. 수도 자카르타를 위시한 자바^{Java} 지역은 땅이 비옥하고 기후가 적당해 쌀농사를 많이 짓는다. 기차나 버스를 타고 달리다 보면 푸른 논이 바다처럼 양옆으로 펼쳐져 있는 풍경을 볼 수 있다. 파릇파릇 모가 올라오는 논 옆 어떤 논은 벼가 다 익어서 누르스름하고, 다른 논은 이미 벼를 베어내어 빈 그루터기만 남아 휑하다. 일 년 3모작이 가능한 축복받은 땅.

쌀은 인도네시아말로 아홉 가지 필수품$^{Sembilan Bahan Pokok}$을 뜻하는 셈바코^{Sembako}, 즉 쌀, 설탕, 달걀, 고기, 밀가루, 옥수수, 가스, 식용유, 소금 중 첫 번째다. 많이 기르고, 많이 먹는다.

쌀은 배를 채워주는 일용할 양식일뿐더러 매우 아름다운 작물이기도 하다. 발리와 같은 관광지에서는 푸른 라이스패디 뷰$^{Rice Paddy View}$가 숙소와 식당들의 셀링 포인트가 된다. 바람이 불 때마다 초록 바다처럼 시원하게 물결치는 모습이 시각적으로 아름답기도 하지만 잔디밭이나 꽃밭처럼 오로지 미적인 용도를 위해 심고 가꿔진 것이 아니라 사람을 배불리 먹여줄 양식으로 변하게 될 모습이라는 것 때문에 보는 이에게 더욱 흐뭇한 기쁨을 주는 것 같다. 미국 중부에 끝없이 펼쳐진 옥수수나 밀밭도 장관이지만 그 사이에 호텔을 지었다는 말을 들어본 적이 없는 것에 비해 발리 중부의 농촌 우붓^{Ubud}의 최고급 호텔 아만다리나 포시즌은 투숙객들에게 조형미 넘치는 계단식 논의 평화로운 전망을 보장해주는 대가로 엄청난 객실료를 받고 있다. 귀중한 전망이 사라지는 일이 없도록 아예 해당 논을 몽땅 사들여 농부들에게 소작까지 주면서!

산과 정글이 많고 강수량이 부족해서 논농사를 짓기 힘든 땅도

돼지의 온갖 부위를 골고루 맛볼 수 있는 바비굴링.

많다. 서쪽의 수마트라 섬은 주식으로 삶은 카사바도 많이 먹는다. 이보다 더 토질이 척박한 이리안자야와 술라웨시, 칼리만탄 등지에서는 옥수수와 사고Sago를 재배, 탄수화물에 대한 욕구를 채운다. 마치 아프리카처럼.

인도네시아 사람들은 매운 음식을 좋아하지만 뜨끈한 음식은 선호하지 않는다. 열대지방이라 연중 날씨가 무덥다. 이열치열이란 말이 통하기에는 너무 뜨거운 기후다. 안 그래도 더워서 땀이 줄줄 흐르는데 탕 문화가 발달할 상황이 아닌 것이다.

아시아에서는 드물게 전골 형태의 음식을 즐기지 않는 깃도 닐씨 때문이다. 에어컨 없이 살아가는 사람들이 대다수인 상황에서 섭씨 35도 더위에 땀을 뻴뻴 흘리며 김이 무럭무럭 나는 국물을 들이켜는 것보다 식은 반찬에 찬밥을 먹는 게 훨씬 합리적이다. 중국식 수프를 훌훌 마시기도 하고 커리가 들어간 소또아얌Soto Ayam(닭고기수프)도 먹긴 하지만 한국식 탕처럼 뜨겁지 않고 양도 작은 그릇에 자작하게 담아 맛을 보는 정도에 그친다.

열대기후는 식사 내용뿐만 아니라 스타일에도 영향을 미쳤다. 요리한 음식을 시간에 맞춰 온 가족이 다 함께 모여 먹어야 한다는 의무감이 희박하다. 바쁜 생활 때문이기도 하지만 갓 지어 뜨거운 음식을 선호하지 않기 때문이기도 하다. 아침에 한 번 밥을 하고 반찬을 만들어서 각자 먹고 싶을 때 덜어서 데우지 않고 그냥 먹는다.

열대의 태양이 딱딱한 형식마저 녹여버린 것일까. 인도네시아에서는 그릇의 사용이나 차림새에 대한 제한이나 금기도 없다시피 하다. 국물 음식이 드물다 보니 오목한 대접보다는 접시를 주로 사용한다. 밥과 반찬을 한 접시에 담아 손으로 비벼서 대충 함께 먹는다.

그렇다. 인도네시아에서는 손으로 밥을 먹는다. 어디서 먹든 수저나 포크가 필요 없이 손 하나만 있으면 된다. 인디아, 그리고 이슬람 문화의 영향을 받아 형성된 오랜 관습이다. 인디아의 마살라와 향이 유사한 소스를 자작하게 함께 먹는 것이 보통인데 소스와 밥을 효과적으로 버무리기에 손가락보다 더 유용한 도구는 세상에 없다.

손으로 어떻게 밥을 먹느냐고? 의자에 앉아서 생활하는 사람들은 바닥에 앉아 살아가는 사람들의 생활을 이해할 수 없다. 가슴을 드러내고 어떻게 살 수 있는지 이리안자야의 부족 여인에게 물어보시라. 가슴을 싸매고 사는 생활을 상상도 할 수 없을 그녀들에게.

세상에는 해보지 않고서는 알 수 없는 일들이 많다. 손으로 밥 먹는 것도 그렇다.

오른손이 한 일을 왼손이 모르게 하라. 인도네시아에서는 이 격언을 이렇게 고치는 편이 낫겠다. 오른손이 하는 일을 왼손으로는 절대 하지 마라. 양손의 쓰임새가 확연히 다르기 때문이다.

깨끗한 일은 오른손으로, 더러운 일은 왼손으로 한다. 물론 밥은 오른손으로 먹는다. 화장실에서는 왼손을 쓴다. 인도네시아식 화장실에는 휴지가 없다. 가져다놓는 것을 깜박 잊은 것이 아니라 원래 없다. 그 대신 왼손이 있다. 물을 써서 왼손으로 쓱싹쓱싹 뒤처리를 한다.

걱정 마시라. 외국인은 그렇게까지 하지 않아도 된다. 어느 식당에 들어가나 자동적으로 스푼과 포크가 주어진다.

우연히 들어간 현지인 식당, 마침 눈앞에 놓인 것이 그릇이 아니라 잎사귀여도 놀라지는 마시라. 바나나나무의 넓적한 잎. 가느다란 줄무늬가 쪽쪽 들어간 커다란 초록빛 잎사귀를 사각으로 자른 것을 접시 대신 깔아준다. 반들거리는 질감 때문에 밥이 들러붙지도 않고 자연의 습기를 머금고 있기에 음식을 마르게 하지도 않는 천연의 접시.

이렇게 열대다운 식기라면 강철로 된 스푼과 포크보다는 손가락이 제격이다. 손가락 끝에 느껴지는 포슬포슬한 하얀 쌀알과 각종 반찬, 그 위에 부은 걸쭉한 소스의 느낌….

인도네시아에서는 청결과 위생이란 이름으로 꽁꽁 포장된 강박 관념을 잠시 잊는 것도 좋다. 밥의 감촉을 손으로 느껴본 것이 언제

였더라. 손을 뻗어 밥을 집어본다. 기묘한 느낌이다. 따스하고, 촉촉하고, 폭신하네….

소스를 섞어본다. 유아기에는 음식을 입에 가져갈 수단으로 손가락 이외의 것은 알지 못했다. 먹고 싶은 것은 우선 손으로 와락 움켜쥐고 보던 그 시절.

오래전 기억이다. 길고 긴 기억의 복도 맨 끝에 있는 방. 먼지투성이 책장 어딘가에 꽂힌 채 찾아보지 않고 수십 년이 지나버린 최초의 시간들.

처음의 이질감만 넘어서면 손으로 밥을 먹는 것은 생각보다 편안하다.

인도네시아 여행도 그렇다.

슬라맛 마칸Selamat Makan(맛있게 드세요)!

오토바이 뒷자리에 돼지를 안고 가는 모습.
닭을 안고 가는 것은 많이 봤는데 돼지는 처음이라 신선했다.

인도네시아식 볶음밥 나시고렝.
외국인 여행자들이 가장 만만하게 주문하는 메뉴다.
싸고, 부담 없는 맛에, 어디서나 판다.

나시고렝

아시아 전체를 관통하는 음식을 단 하나 고르라면 역시 밥이다. 서양은 빵, 동양은 밥.

그중에서도 볶음밥.

중국에서 인도차이나 반도를 지나 태국, 말레이시아, 싱가포르를 거쳐 계속 남하하여 인도네시아에 이르기까지 볶음밥이 없는 곳은 없다. 중국의 영향을 조금이라도 받은 곳이면 어디에나 존재하는 친숙한 그 밥.

기본은 쌀과 불 두 가지이지만 볶음밥의 맛을 내는 양념과 향신료는 위도와 경도를 달리하며 다양하게 변주된다. 간장에서 피시소스로, 마살라로, 레드커리, 다시 피시소스, 그리고 간장으로 모습이 바뀐다.

태국의 카오팟도 유명하지만 인도네시아의 나시고렝^{Nasi Goreng}도 빼놓을 수 없다. 막 볶아내어 뜨거운 나시고렝은 달걀프라이나 사테를 곁들인 이스티메와^{Istimewa}(스페셜이라는 뜻)로 주문하지 않더라도 꽤 맛있었다. 나시는 밥, 고렝은 볶거나 튀긴다는 뜻이니 말 그대로 튀긴 밥, 볶음밥이다. 카오팟보다 좀 더 스파이시하다. 인도네시아야말로 스파이스의 본고장, 제국주의자들이 찾아 헤맨 스파이스 아일랜드^{Spice Island}이니까.

열대의 야시장.

인도네시아 야시장은 태국의 그것만큼 다채롭지 못하다. 끓이거나 생으로 먹는 것은 거의 없고 볶거나 굽거나 튀기는 것이 주를 이룬다. 기름지고, 원시적이고, 상당히 남성적이다. 숯불에 사테 익어가는 냄새가 풍기고 철판에 인디아의 로티를 닮은 마르타박^{Martabak}을 부쳐내는 것이 보인다.

언제나 가장 만만한 것은 나시고렝이다. 지옥의 불길처럼 무섭게 치솟는 가스통의 푸른 불꽃, 하도 벅벅 긁어대서 종잇장처럼 바닥이 얇아진 낡은 윅, 그 앞에 서서 검은 얼굴에 기름인지 땀인지 줄줄 흘리며 엄청난 양을 볶아내는 무심한 얼굴의 남자 요리사···. 시작부터 끝까지 능숙한 요리사라면 3분을 넘기지 않는다. 라면 하나 끓이는 것보다 오히려 더 짧은 시간.

강렬한 불 맛이 느껴지는, 한 알 한 알 기름으로 코팅되어 감칠맛이 난다. 한 가지 희한한 점은 나시고렝의 경우 제대로 된 식당에서 먹는 것보다 길거리 리마카키^{Lima Kaki}(이동식 노점)에서 먹는 것이 언제나 확실히 더 맛나다는 사실이다. 비위생이 품고 있는 특별한 조미료라도 있는 것일까. 값은 열 배도 더 비싸지만 발리의 유명한 식당 코리^{Kori}에서 먹는 단백질 풍부한 나시고렝은 그 옆 골목 이름 없

유럽인들이 찾아 헤매던 스파이스 아일랜드는 오늘날 인도네시아의 몰루카 제도다.
넛멕, 클로브, 시나몬 등 향신료가 풍부하게 자란다.

는 밥집에서 500원 주고 사 먹는 소박한 볶음밥보다 항상 뭔가 부족하다. 신비로운 현상이다.

1인분 포장해서 숙소로 돌아왔다. 깨끗하게 먹어치운 후 휴지통에 포장지를 버리고 잠자리에 들었다.

얼마나 지났을까.

한밤중. 부스럭부스럭 소리에 화들짝 놀라 잠에서 깨었다. 밤에 나는 저런 소리가 좋은 징조인 경우는 여태 한 번도 없었다.

뭐지.

…쥐가 아닐까.

열대인데다가 싸구려 여관이니 사방팔방 트여서 쥐 아니라 더한 것이 돌아다니고도 남을 것 같나. 밀폐를 보장하기에는 너무 덥고 허름한 공간이다.

다시, 부스럭.

할 수 없이 일어나 불을 켠다. 가만히 귀를 기울이니 쓰레기통에서 나는 소리다.

아아. 쥐가 맞는 것 같다. 쓰레기통 쪽으로 다가간다. 순간 그 속의 내용물이 꿈틀거린다. 쥐 맞네.

내쫓지 않으면 침대 위로 뛰어올라올지도 모른다. 쥐와 함께 잘 수는 없지.

주춤거리며 쓰레기통 쪽으로 몸을 숙이려는데 뭔가 톡 튀어나온다. 나만큼이나 그놈도 놀란 것 같다. 쏜살같이 벽을 타고 올라간다.

그 모습에 순간 안도한다. 쥐가 아니라 푸르스름한 도마뱀이다. 조그맣고, 벽을 타고 다닐 뿐 쥐와는 달리 침대 위로 올라올 일은 없는 도마뱀. 날벌레를 잡아먹고 사는 도마뱀. 열대 어디에나 있는 작고 죄 없는 영혼.

도마뱀이 휴지통 속에서 무엇을 했을까.

들여다보니 볶음밥을 포장했던 기름 먹인 종이가 밥알과 함께 흐트러져 있다.

파리나 모기만 먹는 육식동물인줄 알았는데, 뜻밖의 식성이다.

길거리 음식을 먹을 때는 요리사를 유심히 보는데, 요리하는 사람이 청결하고 건강하고 야무져 보이면 믿음이 간다. 청결하고 건강하고 야무져보이지 않더라도, 특유의 포스가 있으면 믿음이 간다. 인도네시안 길거리 요리사들은 대부분 포스만 있다. 하나같이 남자들이다. 목욕 사나흘 건너뛴, 세상에서 할 줄 아는 일이라곤 후라이팬 잡는 것 하나 뿐일 듯한 동네아저씨 느낌.

잘 볶은 나시고렝의 맛은 도마뱀도 유혹한다.

채식주의자의 나시고렝 만드는 법 하나를 소개한다. 남의 살을 원하는 사람은 새우를 좀 곁들여도 좋겠다.

찬밥 4그릇, 식용유 3큰술, 파 조금, 마늘 3개, 고추 1~3개, 케첩 마니스(달콤한 간장) 3큰술, 토마토 페이스트 2큰술, 달걀 4개(1인당 1개), 오이 1개

웍에 기름을 달군 후 채소들을 들들 볶다가 소스와 찬밥을 넣고 골고루 볶는다. 다른 프라이팬에서 달걀을 부쳐낸 후 오이 썬 것과 함께 밥에 곁들여 낸다. 4인 기준.

인도네시아의 전통적인 조각배 주쿵^{Jukung}.

발리에서
먹다

인도네시아에서 먹기에 가장 좋은 곳은 어디일까.

발리Bali일 것 같다.

신들의 섬이자 여행자들의 섬.

이 나라에서 가장 화려하고 부유한 한 조각 휴양지.

동남아시아 그 어느 곳보다도 고도로 관광화가 진행된 섬이다. 1960년대에 최초로 개발이 시작된 남부 쿠타Kuta의 좁다란 골목 속 허름한 로스멘Losmen(여인숙)에서부터 북쪽 케로보칸에 듬성듬성 자리 잡은 호화로운 풀빌라까지, 긴 해안선을 따라 가격과 규모별로 천차만별인 숙박 시설, 식당들, 상점들이 터질 듯 들어차 있다. 세상의 어떤 휴양지보다도 높은 밀집도다.

돈과 의욕만 있다면 불가능이 없는 심이다. 무엇이든 할 수 있고, 살 수 있고, 먹을 수도 있다. 아주 잘 먹을 수 있다.

발리는 먹기에 정말 좋은 곳이다. 온갖 욕구를 풀기 위해 세계 각지에서 여행자들이 찾아온다. 그중에서도 식욕은 대표적인 인간 욕구다. 리조트 지역인 쿠타 레기안의 반경 1~2킬로미터 내에는 없는 식당이 없다.

세계 어딜 가든 맛이 비슷한 샌드위치와 피자, 샐러드와 스파게티 등을 파는 소위 인터내셔널 식당들은 기본이고 프랑스, 이탈리아, 중국, 일본 음식을 파는 식당, 한국 식당 서울가든, 청기와, 김삿갓, 대장금, 한일관 등도 성업 중이다.

멕시코와 인디안 식당은 물론 벨기에, 스페인, 그리스 식당과 레바논 식당… 어딘가에 이스라엘 식당이 있다는 말도 들었다. 아마 사실일 것이다. 발리를 찾아오는 관광객들 중에 이스라엘인이 존재하는 이상.

그중에서 유독 눈에 띄는 것은 일식당 료시^{Ryoshi}다. 가케무샤, CEPA, 후지, 후쿠타로 등 후발 주자가 많지만 대표적인 일식당이라면 역시 원조 격인 료시다.

국제사회에서 사시미와 스시는 세련된 문화인이 선호하는 고급스러운 음식으로 자리 잡았다. 테이블과 의자보다는 방석과 등 쿠션을 가져다놓은 좌식 자리가 단연 인기다. 식사 때마다 눈 파란 외국인들에 의해 일찌감치 선점된다. 녹차 또는 사케를 앞에 두고 서툰 젓가락질에 열심이다.

본점인 쿠타의 성공에 힘입어 스미냑과 우붓, 몇 년 전에는 상대적으로 한적한 발리 섬 동쪽의 띠르따강가^{Tirtagangga}에도 료시 지점이 생겼다. 각별히 싱싱한 재료도, 뛰어난 맛도 아니지만 사시미와 스시는 물론 우동, 돈부리, 라멘에서부터 오코노미야키, 야키도리, 야키니쿠, 덴푸라에 이르기까지 일본 아닌 외국에서 광범위한 일본 음식을 그럭저럭 합리적인 가격에 경험할 수 있는 것이 이 식당의 성공 요인이다. 현지 요리사들이 주방을 맡고 있다는 점을 고려할 때 맛 또한 나쁘지 않다. 일광욕만으로는 도달하기 힘들듯 짙은 갈색 손가락으로 스시를 쥐고 있는 주방장을 볼 때마다 조금 낯선 기분이 드는 것은 사실이지만.

료시를 빠져나와 거리를 걸어본다. 발리에서 최초로 관광화된 지역이자 지금까지 가장 변화한 지역으로 남아 있는 쿠타. 젊고 늠름한 서퍼들이 웃통 벗어던진 채 서핑보드를 머리 위로 올리고 성큼성큼 걸어간다.

좁은 도로를 사이에 두고 양쪽으로 〈와인 앤드 다인Wine and Dine〉 잡지에 나올 듯 트렌디한 카페와 식당이 한 집 건너 하나씩 끝없이 이어진다. 해피 아워 시간을 걸어놓고, 무료 음료 쿠폰을 뿌리고, 가슴과 엉덩이를 바짝 조인 전통 의상을 차려입은 여종업원들이 식당 입구에 서서 지나가는 관광객들에게 유혹의 인사를 건넨다.

어둑어둑 땅거미가 깔리면 번쩍번쩍 네온사인에 불이 들어온다. 비트 강한 음악이 쿵쿵 흐르는 술집, 그 옆에 무슨 일이라도 난 듯 요란스러운 것은 해산물 식당이다. 행인들의 시선을 끌기 위해 가게 앞 진열대에 바닷가재와 게, 붉은 그루퍼를 얼음에 재워놓았다. 해산물을 고르면 저울에 무게를 단 후 바로 옆에 오픈된 부엌으로 가져가 요리해준다. 마늘버터소스, 칠리소스, 블랙빈소스, 취향대로 선택하시라.

이런 식당들은 인상적인 디너를 원하는 관광객용이고 현지인들이 밥 먹으러 가는 곳은 와룽Warung이다.

와룽은 한국의 밥집쯤에 해당하는 단어다. '먹는 집', 즉 식당이란 뜻의 루마마칸Rumah Makan보다 훨씬 규모가 작고 허름하다. 시골로 갈수록 루마마칸이 드물고 어쩌다 나타나는 것은 와룽뿐이다.

와룽이 식당임을 알아보기란 조금 어렵다. 구멍가게인지, 혹은 일반 가정집인지 잘 구별이 되지 않는 조촐한 상점이다. 담배를 사고, 조그만 비닐봉지에 넣어 파는 휘발유도 사고, 주인과 몇 마디 잡담을 하고, 배가 고프면 돈 몇 푼 내고 요기도 할 수 있다.

와룽에 메뉴판이 있는 것은 여태 거의 본 적이 없다. 한 가지만 팔거나, 혹은 딱히 정해진 메뉴가 없고 있는 재료로 만들 수 있는 음식을 내어준다.

나시고렝 못지않게 한 끼 싸게 때울 수 있는 인기 메뉴는 나시짬뿌르Nasi Campur다. 짬뿌르는 섞는다는 뜻이니, '섞은 밥' 정도의 뜻이다. 접시 가운데에 밥을 한 공기 놓고 그 주변에 몇 가지 반찬을 빙 둘러가며 올려놓은 한 그릇 식사. 비벼서 먹거나 하지는 않는다. 한국식 백반의 간소화 버전이 되겠다. 이것을 기름 먹인 종이에 둘둘 싸서 맵시 있는 삼각형으로 접어서 내주면 나시붕구스Nasi Bungus라고 부른다. 말 그대로 '도시락'이다.

일정한 시간이 되면 쿠타 레기안의 거리에 나시붕구스를 팔러 다니는 장사꾼들이 출몰한다. 일이 바빠서 제대로 요기할 시간이 없는 현지인들이 주로 사 먹는다. 하나에 겨우 몇 백 원. 변변한 반찬은 없지만 조금 곁들여 넣은 불같이 매운 삼발만으로도 밥을 몽땅 먹어치울 수 있다.

인도네시안 샐러드 가도가도, 맛없다.

　이외에도 중국식 야채볶음국수인 참차이^{Cap Cay}와 작게 자른 고기를 양념해서 꼬치에 꿰어 구운 사테, 누들 수프인 미박소^{Mi Bakso}, 인도네시안 샐러드인 가도가도^{Gado Gado} 등은 언제 어디서나 쉽게 주문할 수 있는 음식이다.

　발리에 왔으니 이 섬만의 전통 음식을 먹어보는 것도 좋겠다. 메뉴판이 있는 식당에서는 진짜 발리 음식을 찾기 힘들다. 신들에게 바치는 제례나 기타 행사가 있을 때 준비된다.

　제례 음식은 만드는 과정이 복잡하고 시간이 많이 걸린다. 여러 사람들에게 동시에 먹이기 위해 대량으로 요리한다. 이런 전통 요리 중 비교적 쉽게 먹을 수 있는 것이 두 가지 있다. 하나는 통돼지 구이인 바비굴링. 다른 하나는 바나나 잎에 싸서 구워낸 오리고기인 베벡 베투투^{Bebek Betutu}.

　이슬람 국가인 인도네시아에서는 돼지고기가 금기시되지만 특이

신을 위한 제례이지만 장만한 음식은 모두 사람들이 먹어치운다.

ⓒ 서호준

하게도 힌두교를 믿는 발리 섬은 다르다. 대표적인 돼지고기 메뉴인 바비굴링. 이 음식으로 말하자면 이부오카Ibu Oka에 대한 이야기를 빼놓을 수 없다. 이부오카는 발리 중부의 예술촌이자 이제는 굴지의 관광지가 되어버린 마을 우붓의 궁전 옆에 있는 식당이다.

꽤 부지가 큰 노천 식당이다. 한쪽에서 여인들 몇 명이 먹음직스럽게 잘 구워진 돼지 한 마리를 재빠른 손길로 해체한다. 그 자체로 굉장한 볼거리다. 온전한 모습의 통돼지가 사방팔방으로 흩어지며 제 모습을 잃어간다. 내장, 살코기, 껍질 등 각 부위를 조금씩 접시에 담아 '돼지 한 접시'를 완성한다.

명성이 자자한 식당이다. 현지인들도 많지만 노랑머리 외국인들이 그 틈에 섞여서 만족스러운 얼굴로 돼지고기를 먹는 모습이 이채롭다.

소박하고 단순하지만 푸짐하고 터프한 맛에 귀여운 어감까지, 바비굴링은 발리의 명물로 자리를 굳혔다. 이부오카에서 파는 바비굴링으로 만족하지 못한다면 우붓에서 한 시간 정도 떨어진 갼야르Gyanyar의 시장을 찾아가는 것도 좋겠다. 발리 섬 전체에서 바비굴링으로 제일 유명한 마을이니까.

현지인들과 어깨를 맞대고 나무 벤치에 앉아 주인이 뜯어주는 돼지 한 마리를 먹는다. 혀 위에서 녹는 듯 사라지는 비계, 씹는 맛이 있는 뱃살, 과자처럼 바삭하고 고소한 껍질, 짭짤한 양념에 볶은 쫄깃한 내장 등을 밥에 곁들여 냠냠 먹는다.

바비굴링은 대표적인 제례 음식이다. 발리 곳곳에서 일 년 내내 수없이 행해지는 세리머니가 엄숙하고 귀찮은 종교의식이 아니라 인간 중심의 행사임을 알 수 있는 대목이다. 떡 본 김에 제사 지낸다더니.

그 맛으로 말하자면 사람뿐 아니라 힌두의 신들을 기쁘게 하기에 손색이 없다.

신들의 섬 발리.
일 년 내내 신들에게 바치는 제사가 끊이지 않는다.

발리의 북쪽 로비나 ^{Lovina} 해변.
검은 모래와 석양이 멋진 조용한 마을이다.

박소 값의
비밀

　어느 이국을 내 집으로 삼기 위해서는 최소한 다음 세 가지 조건이 충족되어야 한다. 그 나라 언어에 대한 이해. 음식에 대한 적응. 그리고 또 한 가지.

　젊어서 어떤 것-사람이든 사상이든, 혹은 여행지든-에 매혹된다는 것은 결정적인 일이다. 우연히 처음 간 인도네시아에 나는 깊은 인상을 받았다. 경관 다채롭고, 물가 싸고, 바다 아름답고, 여러모로 장점이 많은 여행지였다. 문화적인 자바, 짙푸른 수마트라, 상상이 현실이 되는 발리, 메마르고 고독한 누사 뜽아라에 이르기까지, 그 땅에 점점 더 깊숙이 빠져들어 마침내 이민을 생각하기에 이르렀다.

　문법 책을 사서 틈틈이 공부, 이윽고 인도네시아어로 웬만한 의사소통을 할 수 있게 되었다. Apa Kabar(어떻게 지내세요)? Kabar Baik(잘 지낸다오)! Kabarnya Baik Baik(아주 잘 지낸다니까)!

　그다음은 음식. 음식에 대한 것은 언어 학습보다 훨씬 쉽고 간단했다. 태국이나 베트남 등지에서 잘 먹고 지낸 사람이라면 인도네시아에서도 문제없이 적응할 수 있다. 인도네시아식 고추장 삼발이 불처럼 맵긴 하지만 한국인의 입맛에는 무리가 없고 콩으로 만든 케이크 같은 템페Tempe나 이보다 부드러운 인도네시아식 두부인 따후Tahu도 맛있다. 어딜 가나 흔히 보는 나시고렝과 사테는 누구라도 거부감 없이 좋아할 만한 맛이다. 고추와 후추, 터메릭이 듬뿍 들어간 파당 푸드도 매운 닭발이나 삭힌 홍어, 청국장 잘 먹는 사람이라면 즐겁게 소화할 수 있는 맛이다.

그중에서도 가장 부담 없이 먹을 만한 음식을 꼽자면 길에서 많이 파는 박소Bakso일 것이다. 발리를 여행한 사람이라면 딸랑딸랑 맑게 울리는 종소리를 틀림없이 어디선가 들어보았으리라. 작은 종을 매단 이동식 박소 가게를 끌고 다니며 음식을 파는 장수들. 쿠타의 남성적인 해변에서, 띠르따강가의 푸른 논과 논 사이 마을에서, 손수레를 뜻하는 리마카키를 끌고 다니는 박소 장수들과 마주치게 된다.

손수레 위에 재료를 담아놓은 유리 상자가 있고 양은솥이 하나 걸린 간단한 구조다. 그릇에 음식 재료를 넣은 후 부글부글 끓는 국물을 한 국자 부으면 박소 완성이다. 흔히 국수가 조금 들어 있어 '미박소'라고도 불리는, 자작한 국물에 잿빛 완자 몇 개가 들어간 짭짤한 수프다.

인도네시아의 박소는 들어가는 재료의 종류와 분량 면에서 태국의 꿔띠어우나 베트남의 퍼와는 비교할 수 없을 만큼 간소하다. 식사보다는 간식으로 적합한 음식이다. 처음에는 이게 뭐야 싶다가도 자주 먹다 보면 그리운 고향의 라면보다 못할 것도 없게 느껴진다.

값도 저렴해서 500원쯤.

한가로운 열대의 오후. 박소 한 그릇을 손에 든 채 푸른 나무그늘 아래 앉아 간식을 즐기는 사람들의 모습은 평화로워 보인다. 한 가지 문제는 위생이다. 수도가 없으니 세척을 책임지는 것은 물을 반쯤 담은 양동이 하나뿐이다. 다 먹은 그릇을 돌려받아 구정물에 한 번 넣었다 뺀 후 때가 꼬질꼬질한 행주 겸 걸레로 대충 닦아 다음 사람이 주문한 국수를 담는다. 솥에서 하얀 김을 폭폭 뿜으며 부글부글 끓고 있는 국물이 멸균의 역할을 다 할 만큼 충분히 뜨겁기를 바랄 수밖에!

발리 북부의 로비나Lovina에서 보낸 어느 여름날.

노란 태양과 서늘한 바람, 부서지는 하얀 파도의 세 박자가 더할 나위 없이 완벽하게 느껴지던 오후. 문득 이 땅을 고향으로 삼기 위한 마지막 조건을 시험해보고 싶어졌다. 생활물가와 관련하여 확실히 해두고픈 의문이 하나 있었다.

단골 박소 장수 마데 영감을 찾아갔다. 깡마른 몸에 재치 있는 표정을 가진 영감님이다. 잔잔한 해변 옆 키 큰 야자수 그늘에 터를 잡고 유유자적 영업 중이다. 살랑살랑 바람에 실려 맛난 냄새가 풍긴다.

다정한 인사가 오가고 곧 본론으로 들어간다.

"한 그릇에 얼마예요?"

"5000루피."

뻔히 알면서 왜 새삼 묻느냐는 표정에 나는 수줍고도 은근한 웃음을 날린다.

"아니, 그건 나 같은 외국인에게 부르는 금액일 테고요. 현지인들에겐 얼마 받아요?"

"똑같아. 한 그릇에 5000루피."

진지하기 짝이 없는 그의 얼굴에 나는 피식 쓴웃음을 짓는다. 아아, 왜 이러시나요!

인도네시아를 오래 여행한 베테랑답게, 나는 강한 자부심에 차 있었다. 아름답고 흥미로운 나라지만 정직함이 최대 장점이라고 할 만한 국민은 아니다. 현지 물가가 매우 싼 만큼 외국인들을 상대로 이중물가제를 공공연히 행하고 있다.

현지인들의 교통수단인 베모를 탈 경우 외국인에게는 서너 배의 차비를 받는 것은 놀랄 일이 아니다. 1달러면 배불리 먹을 수도 있는 이 나라에서, 현지인들의 한 달 치 임금을 하루 숙박비에 쓰고도 아무렇지도 않아 하는 외국인들에게 그 정도 바가지쯤 씌워도 된다는 생각이 만연하고 있다. 음.

외국인 신분을 벗고 이 나라 사람이 되고자 하는 나로서는 그 부분을 확실히 하고 넘어갈 필요가 있었다.

"살짝 말해줘요. 현지인한테는 박소 한 그릇에 얼마나 받느냔 말입니다."

박소를 하도 자주 사 먹은 덕분에 서로 꽤 친한 사이라고 생각하던 참이었다. 이제 남은 것은 터줏대감의 수줍은 고백 한마디. 그와 내가 더 이상 남이 아니라는, 우리끼리 주고받는 다정하고 은근한 눈빛 딱 한 번.

"외국인인 나한테 5000루피면, 여기 사람들한테는 한 3000루피쯤 받나요? 아니면 2000?"

"무슨 소리! 현지인에게도 외국인들과 똑같이 5000루피 받는다니까!"

붉으락푸르락하던 영감, 증인을 대겠다며 마침 지나가던 동네 청년 한 명을 불러 세운다.

"이 박소가 한 그릇에 얼마지?"

멀뚱하니 우리를 보던 청년, 영감의 질문에 머뭇거린다. 눈치를 보듯 주저하다가 잠시 후 작은 목소리로 대답하길, "5000루피요…."

"아니, 방금 그건 무효예요!"

득달같이 이의를 제기하는 나. 영감의 무시무시한 표정, 두 사람 사이에서 번개처럼 오가는 은밀한 눈짓을 보았다고 확신하기 때문이다.

"마데 씨, 지금 저는 외국인에게 바가지 씌운다고 비난하려는 것이 절대 아니에요. 다만 진실이 궁금해서 묻는 겁니다. 저는 현지 사정을 잘 안단 말이에요. 여긴 뭐든 관광객용 물가와 현지인 물가가 따로 있잖아요? 시장에 가도 그렇고, 기념품 가게에서도 마찬가지잖아요. 왜 그러는지도 충분히 이해합니다."

나는 흥분을 참으며 최대한 선량하면서도 무심한 표정을 가장하려 애쓴다.

"뭐라고 비난하지 않겠다고 약속할 테니 솔직히 말해주세요. 이렇게 양 적은 국수 한 그릇에 현지인에게도 그 값을 받는다는 건 말이 안 돼요. 5000루피면 나시짬뿌르도 사 먹을 수 있는 돈인데, 박소 한 그릇에 대체 얼마예요? 2000루피? 3000루피? 3500루피?"

"5000루피라니까!"

"좋아요! 진실을 말해주면 1만 루피 드릴게요!"

"…."

"2만 루피 드릴게요!"

박소 장수 마데 씨는 좋게 말하면 심지가 굳었고 솔직히 말하자면 무지하게 독했다. 성난 얼굴로 입을 꾹 다문 채 끝끝내 말을 하지 않았고 결국 나는 그 일을 계기로 이민 계획을 철회하기에 이르렀다. 집에서 속고 살 순 없잖아요.

이국을 얼마나 오래 여행하든, 그 땅을 얼마나 사랑하든, 이방인의 몸으로는 도달하기 어려운 마지막 진실 한 조각.

그걸 잊고 지내기에 어떤 여행자는 속이 너무 좁다.

인도네시아 전역에서 인기 있는 스낵, 박소.
양도 적고 찝찔한 것이 무슨 맛인가 싶지만 몇 그릇 먹다 보면 중독된다.

영어로 채식 와룽이라고 써놓은 것을 보니 외국인 채식주의자를
노리고 영업하는 식당인 듯하다.

파당 푸드를
아시나요

태국에 이산 지방이 있다면 인도네시아에는 파당 Padang 이 있다. 2억5000만 명이 살아가는 이 나라에서 식생활과 연관하여 이만큼 영향을 끼친 지명도 드물다.

마카난 파당 Makanan Padang. 흔히 파당 푸드라고 한다. 인도네시아 어느 도시를 가든 루마마칸 파당 Rumah Makan Padang(파당 음식점)을 찾는 것은 어렵지 않다. 유리 진열장 속에 수북하게 음식을 쌓아 올린 접시 수십 개가 줄지어 있는 것이 보이면 십중팔구 파당 푸드를 파는 식당이다.

파당 푸드는 인도네시아 수마트라 섬의 서부에서 시작된 음식이다. 서수마트라에 파당만 있는 것이 아니니 사실 지역 이름을 따서 미낭카바우 Minangkabau 푸드라고 부르는 편이 더 정확한 명칭일 것이다.

미낭카바우인들은 이 나라 최고의 비즈니스맨들이다. 그들의 장사꾼 기질은 16세기 초반 유럽과 교역을 하던 선조들에게로 거슬러 올라간다. 이들이 얼마나 악착같은 상인들인지는 토바 호수나 만인자우 호수, 부키팅기 등 서수마트라의 유명 관광지에 가면 쉽게 느낄 수 있다. 뭘 사든 절대 안 깎아준다는 뜻이다.

셈이 빠를뿐더러 음식에 대한 감각이 뛰어난 사람들이다. 세계 각국에서 무역을 통해 받아들인 향신료와 허브를 풍부하게 사용, 불처럼 강렬한 매운맛이 나는 음식을 만든다. 미낭카바우인들이 인도네시아의 각 섬으로 뿔뿔이 이주하면서 요리법을 전파, 전국으로 퍼져 나갔다.

입맛에 맞으니 전파되었고 그러다 보니 점점 더 익숙해지게 된 것일까. 원조인 수마트라 섬은 물론 자바와 술라웨시, 발리와 롬복, 플로레스나 보르네오 섬에도 파당 음식점이 많다. 한국 전역에서 전라도 어딘가의 지명을 달고 성업 중인 식당들처럼.

맵다는 것 말고도 파당 푸드의 또 다른 특징은 먹는 방법에 있다. 정통 파당 식당에서는 손님이 자리에 앉으면 웨이터는 준비된 음식들을 모두 가져다 테이블에 한꺼번에 늘어놓는다. 커리에 삶은 닭고기, 향신료에 조린 거무스름한 쇠고기 렌당, 생선튀김, 닭튀김, 삶은 야채, 달걀말이, 땅콩볶음, 생선구이…. 열 몇 가지에 이르는 반찬들이다.

상다리 휘어지게 차렸으니 모두 먹어치우라는 뜻은 아니다. 먹고 싶은 것만 골라 원하는 만큼만 먹는다. 수북하게 쌓인 튀김 중에 맨 위의 것 한 개만 집을 수도 있다. 그조차 원하지 않으면 손을 대지 않고 그대로 물리면 그만이다.

파당 음식은 대체로 맵고 자극적이다.
인디아의 영향으로 강황을 요리에 많이 사용한다.

계산은 먹은 것에 한해서만 한다. 비위생적이고 옹색해 보일지는 몰라도 합리적이다. 먹은 사람은 한 접시 단위가 아니라 먹은 양에 대해서만 값을 치르니 좋고, 파는 사람은 판 물건에 대해서는 어쨌든 반드시 돈을 받을 수 있으니 나쁠 것 없다.

남은 음식은 치웠다가 다음 손님이 오면 다시 내놓는다. 왜 재활용하느냐고 항의하는 손님은 물론 없다. 그러기로 하고 먹는 거니까. 아 참, 차려져 나온 음식의 국물을 약간 맛보는 것은 어느 식당에서나 공짜다!

서구식 뷔페의 인도네시아식 버전이다. 파당 푸드가 다른 지역으로 퍼져 나가면서 간소하게 변형, 음식들을 몽땅 테이블에 나르는 대신 진열대를 훑어보고 원하는 반찬을 골라 밥 위에 얹어 먹기도 한다.

최고의 파당 푸드를 맛보기에 가장 좋은 장소는 역시 원조인 서

수마트라. 그중에서도 파당이다. 파당 시 시장 옆에 있는 빠기 소레 Pagi Sore는 '아침저녁'이라는 뜻의 소박한 식당이다. 아침부터 저녁까지 손님들로 와글거린다. 주인인 베니Benny는 아버지에 이어 60년이 넘게 식당을 운영하고 있다.

주방을 맡고 있는 그의 부인 이시리 여사가 알려준 레서피, 빠기 소레의 명물인 렌당Rendang 만드는 법을 아래에 소개한다. 일종의 쇠고기조림인 이것은 시커먼 겉모습이 식욕을 돋우지는 않지만 파당 푸드를 대표하는 음식이다.

빠기 소레 Pagi Sore
주소 No. 143 Jalan Pondok, Padang
전화 32490
영업시간 매일 오전 8시~오후 10시

렌당 만드는 법
쇠고기 1킬로그램을 먹기 좋은 크기로 자른다. 샬롯 10개와 마늘 5쪽, 빨간 고추 10개, 터메릭 20그램, 생강 20개, 갈란갈 20그램, 코리앤더 파우더 2큰술. 이 모든 것을 갈아서 섞은 후 1리터의 코코넛밀크, 쇠고기, 라임 잎(없으면 라임주스 약간), 레몬그라스 3줄기와 섞는다. 반쯤 익을 때까지 끓인다. 소금 2작은술을 넣은 후 고기가 완전히 익을 때까지 더 끓인다. 10명 분량이다.

동네 와룽은 보통 이런 분위기다.
부글부글 끓이거나 달달 볶은 것을 먹어서 그런지 여기서 음식을 먹고 탈난 적은 다행히 없다.

섬의 북쪽으로 걸어가자 인적이 점점 사라지고
하늘이 빨개지기 시작했다.
하얀 해변뿐인 곳에 오두막이 몇 채 지어져 있었다.

ⓒ 서호순

파라다이스의
닭백숙

길리메노^{Gili Meno}에서 생긴 일이다.

발리 옆 섬인 롬복의 서북쪽에 떠 있는 아주 작은 섬이다. 비행기와 배를 번갈아 타야 닿을 수 있지만 멋지다는 소문이 퍼져 점점 더 많은 사람들이 찾고 있다.

좋은 곳은 발견되고 발견된 곳은 비싸진다. 10여 년 전에는 1박에 3달러이던 숙박비가 그새 열 배도 넘게 올랐다. 이 섬의 물가는 이제 인도네시아 최고 수준. 발리보다도 오히려 더 비싸다.

아주 어여쁜 섬이다. 자동차도 없고 오토바이도 없다. 수돗물을 틀어놓은 듯 투명한 바닷물과 새하얀 모래사장…. 팬티만 입고 누워 한가로이 일광욕을 즐기는 금발의 글래머만 아니라면 로빈슨 크루소가 된 듯 고독에 잠길 수도 있을 듯한 열대의 낙원.

한 가지 아쉬운 것은 음식이다. 모든 물자를 본토에서 배로 실어 나르니 가격이 비싼 것은 물론이고 선택의 폭이 좁다.

길리메노는 전형적인 열대 낙원이다.
투명한 바다에서 물고기와 함께 헤엄치다가
파도 소리가 들리는 오두막에서 쿨쿨 자고,
아침으로 바나나 팬케이크를 먹는다.

길리메노 옆에는 섬이 두 개 더 있다. 길리에어^{Gili Air}와 길리트라 왕간^{Gili Trawangan}. 이른바 길리 삼총사.

셋 중에서 가장 인기 있는 길리트라왕간은 꽤 면적이 넓은 섬이다. 관광객이 많이 오다 보니 다양한 기호에 맞춰 아이스크림 가게에서부터 프렌치 식당까지 성업 중이다.

길리메노는 그렇지 않다. 여긴 그냥 시골 섬이다. 관광객의 숫자가 현지인을 넘어선 지 오래인 지금도 여전히 그렇다. 이렇다 할 불만 없이 주는 대로 먹는 분위기.

사실 이 섬의 순결하고 조촐한 자연환경과 정교한 음식은 양립하지 않는 느낌이다. 누드로 일광욕하고 앞뒤 모두 뚫린 허름한 오두막에서 모기장 치고 자면서 포크와 나이프 여럿 거느린 식사를 하는 것은 어딘지 모순된 느낌이니까.

그냥 소박한 식당들이다. 대신 분위기는 끝내준다. 해변을 따라 야자수 아래 정자 형태로 지어놓았다. 바닷바람에 너덜너덜해진 쿠션에 등을 기대고 앉아 흩날리는 머리카락을 한 손으로 계속 추스

르며 밥을 먹는다. 피클 먹듯 가끔 고개를 들어 바다를 보면서.

메뉴판에는 외국인들이 좋아한다고 섬사람들이 굳게 믿고 있는 음식들이 나열되어 있다. 토스트와 잼, 스크램블드에그, 햄버거, 클럽샌드위치, 프렌치프라이, 프라이드치킨, 토마토스파게티, 볶음밥, 볶음국수….

아침은 숙소에서 주는 경우가 많은데, 가장 흔한 것이 바나나 팬케이크다. 우리가 익히 아는 팬케이크, 당밀가루로 만든 도톰한 그것이 아니라 그냥 밀가루를 푼 물에 바나나를 썰어 넣고 기름에 부쳐낸다. 외국인을 상대로 하는 인도네시아의 저렴한 숙소에서는 예외 없이 아침 식사로 바나나 팬케이크를 내고 있다. 별다른 특징 없는 음식이지만 먹는 순간 인도네시아에 왔구나 하는 생각이 확 드는.

점심은 바닷가에서 대충 때우고, 중요한 것은 저녁이다. 무엇을 먹을까.

열대 섬의 먹을거리 중 빼놓을 수 없는 것이 생선 바비큐다. 쉽고 솔직하고 푸짐한 음식. 로빈슨 크루소가 가장 즐겨 먹은 것이 바로 이것 아니었을까.

서쪽 하늘이 차츰 붉게 물들고, 해변에 누웠던 사람들이 모래를 털고 일어날 무렵이 되면 바닷가 식당들은 얼음을 채운 진열대 위에 생선들을 늘어놓고 호객을 한다. 식당 뒤편 공터에는 연기가 자욱하다. 코코넛 껍질로 불을 지펴 생선을 굽고 있다. 간단하지만 맛있는 식사.

음식 가격은 섬의 중심에서 멀어질수록 싸다. 섬 복판에 자리 잡은 식당에서 한 마리 1만5000원에 파는 바라쿠다가 그다음 식당에서는 1만 원이다. 또 그다음 식당. 섬에서 가장 시설이 허름한 와룽에서는 한 마리 5000원. 각 식당 간 거리는 50미터 정도. 맛은 물론 세 곳 모두 차이가 전혀 없다. 그 사실을 몸소 깨닫기 전에 아쉽게도 섬을 떠날 시간을 맞게 된다.

공간이 좁고 등장인물이 정형화되어 있다는 점에서 열대 섬의 일상은 한 편의 동화, 또는 연극을 닮았다. 야자나무 숲에서 꼬꼬댁 뛰어노는 닭들을 보고 문득 저걸 잡아먹으면 어떨까 생각이 든 것도 이곳이 열대의 섬, 그것도 영화 세트처럼 아주 조그만 섬이기 때문이다. 모든 어처구니없는 일들이 얼마든지 허용될 것만 같은.

걸어서 한 시간이면 돌아볼 수 있는 섬이다. 외국인이 점령한 숙소와 식당들이 늘어선 해변을 떠나 내륙으로 들어간다. 섬사람들의 집이 나타나기 시작한다. 키 큰 야자수 아래 나무로 대충 지은 코티지, 빨랫줄에 걸어놓은 색색의 옷가지들, 열심히 먹이를 쪼는 통통한 닭들….

본디 닭이란 동물의 기원은 동남아시아 숲속이다. 울창한 정글에

바닷바람 불어오는 분위기 좋은 식당에서,
야자수 아래 마음껏 뛰어놀아 육질 쫄깃한 닭을 잡아먹으면 맛있겠다.

살던 빨간 야생 가금류가 바로 닭의 조상이다. 이 종자는 지금도 멸종되지 않고 인도네시아 밀림 속에 상당수 살고 있다고 들었다.

마침 복날 무렵이다. 기름 또는 향신료가 반드시 들어간 음식을 계속해서 먹다 보니 뭔가 다른 것을 먹고 싶었다. 담백한 별식. 고향의 맛이라면 더할 나위 없겠다. 지금 이곳에서도 만들어 먹을 수 있는, 그런 음식이 뭐가 있더라….

꼬꼬댁!

그렇다. 닭백숙! 깨끗하게 손질한 닭을 푹 부드럽게 삶아내기만 하면 끝나는 그것.

갑자기 시장기가 동했다. 길리메노에는 닭고기를 파는 슈퍼마켓이나 시장이 없다. 대신 살아 있는 닭들이라면 지천으로 뛰놀고 있다. 오래간만에 한국 음식에 육박하는 것을 먹을 수 있다는 생각이 들자 다른 생각은 할 수가 없었다. 배가 고프다.

"닭 한 마리만 잡아주실 수 있을까요? 요리도 좀….."

닭들에게 모이를 뿌려주고 있는 노인에게 다가가 손짓발짓 물어본다. 말이 잘 통하지 않는다. 몇 번이나 말하자 마침내 시큰둥한 표정으로 고개를 끄덕인 할아버지, 작은 소란을 피운 끝에 목표를 달성한다. 축 늘어진 닭 한 마리를 거꾸로 쥐고 내 눈앞에 자랑스레 내민다. 아니, 이건 아니잖아요!

"이렇게 주시면 안 되고, 털을 뽑고 요리를 해주셔야지요!"

몇 번을 말해도 노인은 눈만 굴릴 뿐 반응이 없다. 큰일 났다. 돈만 치르면 맛난 닭백숙을 먹을 수 있을 줄 알았는데 내 앞에 있는 것은 죽은 닭 한 마리. 그것도 털도 뽑지 않은 놈이다. 닭의 시체. 끔찍해라.

노인은 죽은 닭을 시계추처럼 흔들면서 손가락으로 멀리 어딘가를 가리킨다.

"뭐라고요?"

알고 보니 그는 이렇게 말하고 싶었던 것이다.

"저기 저 집에 가져가서 요리해달라고 하슈."

성의가 없구나. 물을 끓여서 털이라도 뽑아줄 줄 알았는데. 나는 마지못해 죽은 닭을 받아 든다. 한 손에 쥔 채 덜렁거리며 할아버지가 손짓한 집을 찾아간다.

그곳은 소위, 와룽이다. 잡화상 겸 식당, 가정집이다. 담배도 팔고, 콜라도 팔고, 과자도 팔고, 바나나도 팔고, 주인 가족이 먹는 것과 다름없는 밥도 판다.

와룽의 주인은 작고 통통한 몸집의 60쯤 된 부인이다. 눈 하나 깜박하지 않고 태연한 얼굴로 나를 맞는다. 죽은 닭을 내밀자 기다리고 있었던 것처럼 덥석 받는다. 수십 수백 번도 더 해본 듯 자신감 넘치는 동작에 마음이 놓인다.

"두 시간 뒤쯤 다시 와요. 해가 진 다음에…."

다시 해변으로 돌아가 점점 검푸르게 가라앉는 바다를 보았다.

발리에서 비행기로 30분, 다시 배로 45분 떨어진 길리메노. 바람 부는 해변에 앉아 아름다운 초저녁의 바다를 보며 머릿속에 든 생각은 오직 하나뿐이다.

나의 닭은 지금쯤 얼마나 익었을까….

저녁 시간을 맞아 해변의 식당에 앉은 사람들은 다들 식사 중이다. 옆 테이블에서 생선구이와 커리, 볶음밥을 맛나게 먹고 있다. 모두 의미 없게 느껴진다. 지금 이 순간, 내가 먹고 싶은 것은 세상에서 단 하나, 닭백숙뿐이니까.

참고 참다가 마침내 시간이 되었다. 급해지는 발걸음을 억지로 참으며 컴컴해진 길을 더듬거리며 찾아간다.

아줌마, 자신 있는 얼굴로 나를 맞는다. 그새 모든 준비를 끝내놓았다. 집 옆 키 큰 야자수 아래 나무 탁자에 비닐 식탁보가 깔려 있다. 찌그러진 양은 냄비를 가지고 나온다.

"뜨거워요. 조심해!"

뚜껑을 열자 하얀 김이 확 피어오른다. 아아, 잘 삶아진 닭 한 마리.

완벽이란 말은 이럴 때 쓰기 위한 것이 아닐까. 배는 고파 죽겠고, 눈앞에는 잘 삶아진 닭백숙이 있고, 하얀 쌀밥도 꽉꽉 채워 한 공기 가져다놓았다. 그뿐인가. 디저트인 듯 파인애플도 한 접시 깎아놓왔다. 내가 청하자 기다렸다는 듯 즉시 차가운 빈땅(인도네시아의 대표적 맥주)을 한 병 가져온다.

"트리마카시, 이부(감사합니다. 부인)."

멀찍이 떨어져서 신기한 눈으로 나를 지켜보던 주인집 식구들, 눈치 빠른 아줌마의 지시에 일사불란한 동작으로 집 안으로 몸을 감춘다. 먹을 때는 혼자 두는 것이 범지구적 예의임을 잘 아는 사람들이다.

기다리던 순간이다. 닭백숙을 마주하고 혼자 앉는다. 자아, 시작해볼까.

으흠.

"어때? 맛이?"

멀리 숨어서 지켜보다 더 이상 못 참겠는지 아줌마가 와서 묻는다. 맛이 어떠냐고요?

음….

완벽했을 것이다. MSG만 아니었더라면.

방심하고 말았다! 허름한 나무 테이블, 사방에 늘어선 야자나무들, 열대의 향기로운 꽃향기에 취해 화학에 대해서는 까맣게 잊고 있었다!

조미료는 절대 넣지 말라고 미리 말해둘 것을! 볶음밥이나 커리가 아니고, 닭을 맹물에 삶을 때조차 MSG를 퍼부을 줄은 꿈에도 생각하지 못했다.

약간 넣은 정도가 아니다. 주인아줌마는 MSG의 풍부한 사용이 모처럼 맞은 외국인 고객에 대한 나름의 정성이라고 생각한 것 같다. 많이 넣을수록 좋은.

화학조미료는 오늘날 모든 동남아시아 국가에서 광범위하게 사용하는 식자재다. 많이 섭취하면 대머리가 된다고도 알려져 있는 이 건강 지상주의자들의 공적은 중국은 물론 동남아시아 국가들의 대중식당에서도 거의 100퍼센트 요리에 들어가니 어떻게 피할 도리가 없다.

인도네시아에서 널리 소비되는 MSG는 한때 돼지 부산물이 들어간 것이 알려지면서 인구의 대부분을 차지하는 이슬람교도들의 거센 반발을 불러일으켰다. 이를 계기로 화학조미료가 부엌에서 사라지나 싶었지만 조미료 회사들이 발 빠르게 대처, 돼지 관련 재료를 넣지 않은 제품을 만들어냄으로써 다시금 시장을 장악하는 데 성공했다. 마법의 백색 가루는 오늘날 한국의 분식점이나 식당뿐 아니라 범아시아적으로 사랑받는 부엌의 필수품이 되었다.

"얼마예요?"

어쨌든 나를 위해 요리해주었으니 수고비를 줘야만 한다.

"그걸 내 입으로 어떻게 말하나. 대충 알아서 줘…."

내 앞에 선 아줌마는 선량한 사람 같다. 갈색으로 탄 둥그스름한 얼굴이 기대에 가득 찬 채 커다란 눈을 끔벅거리며 환하게 웃고 있다. 내 마음을 꿈에도 모르는 순박한 미소가 더없이 밝다.

넉넉하게 돈을 지불한 나는 감격한 여인과 한 번 힘찬 포옹, 왜 이렇게 힘껏 끌어안는지 상대방은 물론 나 자신조차 이해할 수 없는 포옹을 한 후 디저트로 나온 파인애플을 챙겨서 뒤도 안 돌아보고 그곳을 떠났다.

잊지 마시라.

동남아시아에서 MSG가 싫거든 미리 말하시라. 그렇지 않으면 분명히 먹게 될 것이다.

파라다이스를 닮은 작은 섬에서도 마찬가지다.

인도네시아 어느 여관의 아침 식사.
탄수화물, 단백질, 커피, 그리고 부겐빌레아 한 송이.

코코넛은 음료, 식재료, 그리고 화력 좋은 땔감이 되어
인간에게 봉사한다.

구원의 코코넛

수마트라의 산악 마을 부키팅기[Bukittinggi]에서 트레킹 갔을 때의 일이다.

별로 높아 보이는 산은 아니다. 열대 바다라면 몰라도 산이라니. 가벼운 마음으로 올라가보기로 했다.

높지는 않았지만 상당히 울창하다. 야자나무들이 빽빽하게 늘어선 숲을 지나자 잡목이 나타나고 덤불도 우거져 있다. 기운 닿는 데까지 올라갔다가 힘들면 내려오면 된다. 생수병을 챙기지 않은 것이 떠올라 아차 했지만 이미 비탈길을 한참 올라간 후였다.

괜찮아. 그냥 산책일 뿐인데 뭐.

워낙 길눈이 밝은 편이 아니긴 하다. 슬슬 산을 올라가다 보니 갈림길이 계속해서 나타난다. 가지 않은 길.

몸은 하나니 두 길을 가지 못하는 것을 아쉬워하며….

프로스트의 시가 떠올랐다. 그중에서 더 넓고 훤한 길을 골라서 걸었다.

가끔 나무로 대충 지은 오두막이 나타나고 뭔가 열심히 일하고 있는 사람들도 보였다. 눈이 마주치면 손을 들거나 소리 내어 인사를 하기도 했다.

"슬라맛 빠기$^{Selamat\ Pagi}$(굿모닝)!"

올라갈 수 있는 데까지 가보다가 내려가는 것이 처음 계획이었다. 길은 점점 좁아진다. 비슷비슷한 갈림길이 몇 번이나 더 나왔을까. 계속해서 위로 올라갔다. 돌아갈 때는 아래로 내려가기만 하면 될 테니 길을 잃어버릴 걱정은 하지 않았다.

밀림이 점점 더 울창해진다. 인적이 없는 길을 30분 이상 걸은 것 같다. 덤불 때문에 앞으로 나아가기가 힘들 지경에 이르렀다. 높은 나무들 때문에 어둑하고 축축한 습기가 갑자기 불길하게 느껴졌다. 너무 깊이 올라온 것 아닌가. 이만 내려가자. 목도 마르다.

목이 마르다. 한 번 그 생각을 하니 다른 생각을 할 수가 없었다. 점점 더 갈증이 심해졌다. 물 한 방울 마시지 않고 30분 이상 걸었다. 때는 마침 해가 중천에서 빛나는 정오 무렵. 정글 속은 찜통이었다. 수분을 보충하지는 못하면서 땀을 줄줄 흘리고 있다. 더 시간이 지나기 전에 어서 마을로 내려가든가 뭔가 마실 만한 것을 구해야 한다.

점점 불안해진다. 아래로 내려가기만 하면 출발점으로 돌아올 수 있을 줄 알았는데 내려가다 보니 다시 올라가게 된다. 어떻게 된 일일까. 한 번도 본 적이 없는 풍경이 나오고, 다시 갈림길, 또 갈림길이 나왔다.

길을 잃었다! 높은 산이었다면 경사가 심해서 내려가는 길이 분명했겠지만 부분부분 평지에 가까울 만큼 완만하다 보니 내려가는 길과 올라가는 길의 구분이 모호하다.

목은 마르고. 아무것도 나오지 않고, 나는 점점 더 당황하고 있었다. 길 잃은 사람의 절망은 모든 절망이 그러하듯 실제로 그와 유사한 일을 당해본 사람만이 공감할 수 있으리라. 이러다 탈진해서 어떻게 되는 것 아닐까. 물 한 모금 마시지 못하고 한증막 같은 정글 속에서.

마음이 급해진 나머지 사방을 향해 무작정 "헬프" 하고 외쳐보았다. 아무도 대답하지 않는다. 메아리마저 없다. 나 혼자 밀림을 헤매고 있었다.

이거 진짜 큰일 났네. 덜컥 겁이 났다. 타이 실크의 아버지 짐 톰슨Jim Thomson이 실종된 곳이 말레이시아의 정글이었던가 아니면 수마트라였던가. 확실한 것은, 수마트라의 정글은 호랑이가 살아갈 수 있을 정도로 깊고 깊다.

울고 싶은 마음으로 얼마나 걸었을까, 무슨 소리가 들린다. 탁탁 하는 소리.

살았구나! 허둥지둥 걸어가 보니 풀숲 사이로 뭔가 보인다. 허름한 민가다.

탁탁 소리가 계속해서 난다. 달려가 보니 앞마당에서 현지인 남자 한 명이 낫으로 나뭇가지를 쳐내고 있다.

"도와줘요!"

나도 모르게 버럭 외쳤다.

"목말라 죽겠어요! 물 좀 주세요."

갑자기 나타난 내 모습에 남자는 놀란 듯했다. 멍하니 나를 보더니 피식 웃으며 고개를 끄덕인다.

물을 가져오는 대신, 남자는 옆에 있는 야자나무에 원숭이처럼 기어 올라간다. 아주 재빨리 꼭대기까지 올라간다. 코코넛을 몇 개 쳐서 떨어뜨린다.

나무에서 내려온 그는 능숙한 솜씨로 칼을 이용해서 코코넛의 윗부분을 쳐낸 후 나에게 내민다. 둥근 듯 둥글지 않은 커다란 열매다. 아주 묵직하다. 뚫린 부분에 입을 대고 단숨에 들이켰다. 약간 비릿하면서도 달착지근한, 차갑지는 않지만 갈증을 해소하기에 딱 적당할 만큼 시원한 액체가 콸콸 쏟아진다. 밑 빠진 독처럼 꿀꺽꿀꺽 계속해서 코코넛주스를 마셨다. 배가 꽉 차서 한 모금도 더 들어갈 자리가 없게 될 때까지.

다 마신 코코넛을 내려놓자 남자는 하나 더 자르는 시늉을 한다. 비상용으로 하나 가져가는 것도 좋겠지. 칼이 있어야 마실 수 있기 때문에 잘라달라고 했다. 물동이처럼 머리에 얹을 수는 없고 두 손으로 끌어안은 채 내려간다. 무겁고 불편하지만 어쩔 수 없다. 이건 생명수다.

남자는 마을까지 내려가는 길을 알려주었다. 긴장이 풀린 탓인지, 아니면 뱃속과 두 손 안에 가득 찬 채 출렁거리는 아이르 클라파 무다^{Air Kelapa Muda}(코코넛즙) 덕분인지 길을 걷는 두 다리가 후들거렸다.

코코넛은 바나나, 파인애플과 함께 열대의 상징으로 가장 흔하게 등장하는 과일이다. 영화 속 난파된 사람들이 파도에 휩쓸려 뭍까지 밀려온 후 갈증을 달래기 위해 신의 음료처럼 들이켜는 것이 바로 코코넛이다. 흔히 야자열매라고도 한다.

코코넛은 버릴 것이 없는 과일이다. 윗부분에 구멍을 뚫어 달착지근한 즙을 마시고 속은 알뜰히 파내어 밀크와 크림을 얻는다. 동남아시아의 시장을 다니다 보면 조각낸 코코넛에서 요령껏 하얀 과육을 발라내는 사람들을 흔히 볼 수 있다. 이 과육을 짜면 코코넛밀크이고 이걸 농축시키면 크림이 된다. 달착지근하면서 풍부한 맛 때문에 커리 등 여러 요리에 많이 쓰인다. 속을 발라낸 껍질은 화력좋은 연료가 된다.

무거워서 팔이 떨어져나갈 것 같았지만 마을에 닿을 때까지 코코넛을 버릴 생각은 들지 않았다. 이 유용한 열매가 목숨을 구하는 것은 난파된 배의 생존자만이 아니다.

생명의 과일 코코넛은 깊은 산속에서도 얼마든지 사람을 구한다.

산마을인 바자와의 어느 중국 식당에서 점심을 먹다가 주인 가족을
알게 되었다. 아들 이안은 나를 오토바이 뒤에 태우고 근처 온천에
데려가주었다.

다음 날 아침을 함께 먹었다. 바나나튀김인 삐상고렝과 바자와 커피.
초콜릿 향이 감도는 아주 맛있는 커피다.

노르의
점심 식사

　발리에서 동쪽으로 섬을 몇 개 지난 곳에 있는 플로레스 섬을 여행할 무렵의 일이다

　오지에 속하는 섬이지만 먹고사는 것은 자바나 발리 섬과 별반 다를 것도 없다. 파당 식당이 보이고 박소도 판다. 푸른 연기 날리며 숯불에 사테를 굽는 것도 익숙한 광경이다.

　이런 오지에서 한 가지 특이한 것은 비틀넛^{Betelnut} 잎을 씹는 사람들의 모습이다. 인도네시아어로 '시리'라고 부른다.

　시골일수록, 나이가 많은 노인일수록 시리를 많이 씹는다. 동남아시아 각지에서 사랑받는, 가벼운 환각 효과가 있다고 알려진 푸른 나뭇잎이다. 술이나 담배처럼 중독성이 있다. 돈을 주고 사야 하는 술이나 담배와는 달리 쉽게 재배할 수 있어 시골에서 특히 노인들이 애용한다.

　시리를 밤낮으로 씹어댄 덕분에 플로레스 노인들의 이빨, 나아가

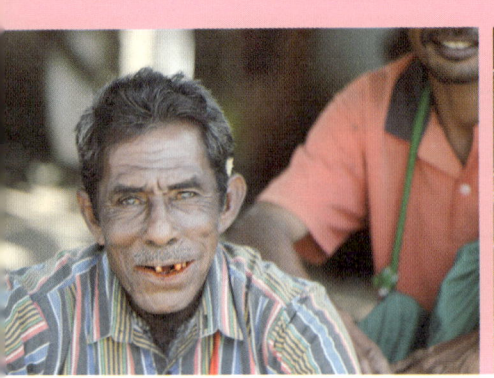

잇몸과 입가는 시뻘겋게 물들어 있다. 히죽 입을 벌리고 활짝 웃기라도 하면 공포 영화에 등장하는 인물이 따로 없다.

이런 현지인들을 만나기에 가장 좋은 장소는 시골 장터다. 고지대에 있어 연중 기후가 서늘하고 커피를 많이 키우는 바자와^{Bajawa}에서 며칠 머물렀다. 하얀 김을 폭폭 내뿜는 활화산 에곤^{Egon}을 배경으로 주변의 작은 전통 부락들을 돌아보는 투어의 거점이 되는 마을이다. 한 시간쯤 떨어진 곳에 수요장이 선다는 정보를 우연히 입수, 찾아가기로 했다.

장날이라 베모가 엄청나게 붐빈다. 열 명쯤 타면 적당할 듯한 봉고를 개조해서 뒷좌석을 없애버리고 대신 벤치를 놓았다. 그래야만 하는 순간이면 서른 명 이상 구겨 타는 경우도 있다.

운전사 옆 조수석을 차지하고 기뻐한 것도 잠시, 어떤 뚱뚱한 할머니가 막무가내로 내 옆을 비집고 합석한다. 한 명이 탈 자리에 두 명이 타는 것은 인도네시아 시골에서는 기본 중 기본이다. 더한 기본도 많다. 깨어져 없는 사이드미러에 닭들의 다리를 묶어 거꾸로

바자와 화요시장에서.
시골로 길수록, 노인늘일수록 비틀넛를 많이 씹는다.
나에게 현지인 요금의 세 배를 받고 즐거워하는 베모
운전사.
이국적인 향신료를 많이 파는 것이 태국이나 베트남
의 시장과는 확연히 다른 모습이다.

매달았다. 꼬꼬댁! 고통을 못 이긴 닭들이 기를 쓰고 몸을 일으키려
하면 주먹으로 후려쳐서 다시 뻗게 만든다. 미안해!

함께 장터로 가는 것은 닭들뿐만이 아니다. 대나무로 짠 우리에
넣은 검은 새끼 돼지도 안고 타고, 하얀 먼지 풀풀 일어나는 곡식
부대도 가지고 탄다. 무너질 듯 위태로운 차의 지붕에까지 짐을 가
득 싣고서야 겨우 출발이다.

오! 예상을 뛰어넘는 대규모의 장터다. 오토바이와 차들이 어지
럽게 늘어선 주차장에서부터 벌써 엄청나게 시끌벅적하다. 오만가
지 물건들이 널려 있고 그 사이를 강물처럼 사람들이 이리로 저리
로 흘러 다닌다.

세상에 존재하는 사소한 것들이 모조리 하늘 아래 나온 것 같다.
열대의 태양빛을 받아 선명하게 빛난다. 색채의 향연장이다. 알록
달록한 열대 과일들, 곡식늘, 가마니로 파는 소금, 말린 생선, 도살
하여 각종 부위별로 해체해놓은 고기들, 옷, 이불, 슬리퍼, 비누와
세제 등등 하잘것없지만 없으면 살기 불편한 일상용품들…

이깟 장수들.
사진 찍어달라고 조르느라 장사는 뒷전이다.

햇볕에 타서 새까매진 사람들이 나를 보고 눈이 휘둥그레진다.
비틀넛로 붉게 물든 입을 반쯤 벌린 채, 웃고 떠들고 짝짝 손뼉을
친다. 외국인은 나 혼자뿐이다.

여기저기 발길 닿는 대로 돌아다닌다. 매캐한 냄새가 난다 싶으
면 닭이나 염소를 파는 곳이 나타나고 비린내가 풍긴다 싶으면 어
김없이 어물전이 등장한다. 이깟 장수들이 나를 둘러싸고 자랑스레
노란 천을 펄럭이며 현란한 판촉을 벌인다. 단체 사진을 찍어달라
며 옆 사람과 어깨동무를 하고 무작정 웃고 보는 사람도 있다.

이 순간이야말로 낯선 곳으로 여행을 온 모든 사람들의 꿈이 아
닐까. 짧지만 완벽한 시공간의 이동.

문득 배고픔을 느끼고 시계를 보니 벌써 정오가 지났다. 아침도
먹지 않은 상태에서 장 구경에 넋이 팔려 시간을 잊고 있었다.

식당을 찾아 무조건 걷다 보니 밥도 밥이지만 화장실이 더 급하

246 _Indonesia

다. 식당도 안 보이지만 화장실은 더욱 눈에 띄지 않는다.

하긴 이런 두메산골 장터에 공동화장실이 있을 리가 없다. 제대로 된 가게나 식당이 있으면 화장실이 붙어 있을 텐데 그런 건물을 찾을 수가 없다.

점점 조급해진다. 영어는 거의 통하지 않고 물어볼 만한 사람도 없다. 시골이니 한적한 곳을 찾아 일을 볼 수도 있겠지만 마침 장날이라 어디에 눈을 두든 사람들이 바글거린다. 사람이 없는 곳이 아무데도 없다. 커다랗고 조용한 나무 뒤나 아늑하게 우거진 은밀한 덤불은 눈을 씻고 찾아도 보이지 않는다. 어떻게 하지.

"저, 지금 좀 급한데, 근처에 어디 화장실 좀 없을까요?"

못 참을 지경이 되어서야 사태의 심각성을 깨달았다. 대충 네 기둥만 세워놓고 바나나 잎으로 지붕을 얹은 허름한 오두막, 그 속에서 뭔가 일을 하고 있는 여자를 발견하고 뛰어가 물었다.

"아다, 아다(있어요, 있어요)."

갑자기 나타나 허겁지겁 묻는 이방인의 모습에 여자는 놀라지도 않는다. 대수롭지 않다는 얼굴로 태연하게 대답한다. 있어요, 화장실.

"정말요? 어디요?"

"저쪽, 저기, 우리 집에요."

여자는 마치 내가 오리라는 것을 알고나 있던 사람처럼 침착하다. 요리를 하고 있던 것 같다. 수건으로 손을 닦으며 오두막에서 나왔다.

"저쪽에 있어요. 바로 저기, 조금만 가면 돼요."

고맙다고 말하고 허둥지둥 달려가는 내 뒤를 여자는 천천히 따라

왔다.

"잠깐, 내가 먼저 들어가서…."

화장실은 뒷마당에 독채로 서 있다. 반노천의 공간인데 생각보다 아주 청결하다. 여자는 문을 열고 불을 켜더니 자리를 비켜주었다.

일을 해결하고 밖으로 나왔다. 여자의 얼굴이 비로소 눈에 들어왔다. 갈색으로 탄 이마에 잔주름이 가득한, 평화로운 인상의 몹시 여윈 여인이다.

"여기가 내 집이에요. 아직 완성된 것은 아닌데, 여유가 생길 때마다 조금씩 천천히 손을 보려고 해요."

집의 벽은 페인트칠을 하지 않아 회색 콘크리트 그대로다.

"어디에서 왔어요?"

"바자와에는 며칠이나 있을 거예요?"

"배 안 고파요?"

그 말을 듣자 갑자기 엄청난 시장기가 몰려왔다. 아까 화장실을 찾아 헤맬 때 이상으로 참기 어려운 격렬한 욕구다.

"식당, 이 근처에 식당이 어디 있지요?"

"식당은 저쪽으로 가면 있긴 한데, 그럴 것 없이 이리로…."

여자는 메마른 손으로 내 손을 살짝 잡는다. 화장실을 안내했을 때처럼 나를 이끌었다. 아까 그 오두막, 그녀가 일하던 허름한 가건물로 돌아왔다.

"음식이 좀 있는데, 여기 이런 것, 이런 것도 괜찮다면…."

오두막에 들어간 그녀는 만들던 음식을 보여주었다. 찌그러진 양은솥에 밥이 반쯤 담겨 있고 생선조림, 데친 야채….

알고 보니 여자는 나시붕구스(도시락) 장수였다. 식도락을 위한 도시락이 아니라 장터에 온 사람들이 허기를 면하기 위한 목적으로 사 먹는 최소한의 음식. 밥과 반찬을 바나나 잎에 싸두면 사가기도 하고 어떤 사람은 들어와서 먹기도 한다.

"먹어요, 많이."

그녀는 나를 구석 테이블에 앉히고 음식을 가져왔다. 짭짤하게 양념을 한 조그만 민물고기, 배추무침, 땅콩조림….

시장이 반찬이랬다고 정신없이 먹었다. 밥이, 생선이, 배추가 계속해서 내 입속으로 들어간다. 음식 맛에서 가장 중요한 것은 호화로운 재료가 아니라 간이다.

여자의 음식은 간이 절묘했다. 그리고 삼발.

멕시코에 살사가 있다면 인도네시아에는 삼발이 있다. 인도네시아의 거의 모든 음식에 곁들여 낸다. 칠리소스라고 번역되는 삼발은 한국의 고추장보다 훨씬 맵고 신맛이 돈다. 슈퍼마켓에서 팔기도 하지만 각 집에서 만들어 먹는 것이 기본이기 때문에 조금씩 맛이 다를 수밖에 없다. 고추와 마늘, 샬롯을 기본으로 슈림프 페이스트와 정향, 팜슈거, 타마린드 워터와 카피르라임 잎사귀 등 무엇을 얼마나 넣는지는 만드는 사람 마음이다.

여자의 삼발은 갓 만들었는지 아주 신선한 맛이 났다. 어찌나 맵고도 감칠맛이 도는지 고픈 배에 이것만 있어도 밥을 몇 공기는 먹을 수 있을 것 같다. 먹고 또 먹었다. 내 옆자리에 현지인들이 들어와서 조용히 밥을 먹고는 서둘러 나갔다.

나는 걸신들린 사람처럼 숟가락을 놓지 않았다. 도저히 멈출 수가 없다.

"맛있어요, 맛있어!"

물어보지도 않았는데 이 말이 절로 나왔다. 나를 가만히 보고 있던 여자가 아예 통째로 밥솥을 가져왔다. 장사하는 사람의 음식을 이렇게 많이 축내도 되나. 이성을 차린 것은 이미 내 앞의 음식을 거의 먹어치우고 난 다음이었다. 도시락을 만들었으면 족히 대여섯 개는 되었겠다.

"물 마셔요, 물…."

목이 마르다고 청하기도 전에 여자가 먼저 알고 물을 가져다주었다.

눈매가 조용한 여자였다. 큰 소리로 말하는 일이 생전 없을 것 같은 그런 사람. 세상 어디에나 있지만 막상 찾아보려고 하면 없는 사람. 만나고 싶었지만 그럴 수 없었던 사람.

"이름은?"

여자가 먼저 묻는다. 우리는 그제야 통성명을 했다.

"난 노르예요."

그녀가 말한다. 집히는 대로 돈을 내밀었지만 받지 않는다. 부끄러운 듯 웃으면서 말한다.

"그러지 말고 나중에 내가 당신 집에 가면…."

우리 집에 온다고? 노르는 아마 여태 옆의 옆 섬인 발리에도 가본 적이 없을 것이다.

네 이웃을 사랑하라. 화장실 해결에 배고픔 해소까지. 그러고 보니 이 여자는 내가 원하는 모든 것을 들어주었다. 우연히 장터를 찾아와 오늘 처음 만난 외국인에게.

노르의 쌀밥과 생선 반찬.

십수 년간 인도네시아를 드나들면서 수많은 것을 먹었다. 맛있는 것, 맛없는 것, 이상한 것, 더러운 것, 징그러운 것, 비싼 것, 싼 것.

동쪽 끝 수마트라에서 자바, 발리, 롬복, 코모도를 거쳐 플로레스에 이르기까지, 어느 식당에서도 노르를 만난 날 먹은 점심보다 더 충만한 식사를 한 기억이 없다.

어려서는 젖. 다 커서는 밥.

밥은 사람이 사람에게 줄 수 있는 가장 원초적인 형태의 사랑이다.

인도네시아 오지에서도 물론 그렇다.

우붓은 발리 중부의 농촌 마을이다. 지대가 높아 서늘하다.
한적한 것이 매력이었지만 그 시절은 이미 지나가고
이제는 관광객들로 북적거린다.
아침 산책길.

밀림 속
프렌치 식당

오늘날 발리에서 가장 비싼 식당은 어디일까.

아만^{Aman} 리조트나 포시즌^{Four Season}의 식당들도 만만치 않지만 역시 1등은 모자이크^{Mozaic}일 것이다. 발리 곳곳에 포진한 특급 호텔들을 가볍게 물리치고 각종 식도락 매거진에 단골로 등장하는 이 식당.

모자이크는 우붓 외곽에 위치한 프렌치 레스토랑이다. 미국인인 크리스 살랜^{Chris Salan} 씨가 2001년 야심차게 선보였고 대성공을 거두었다.

이곳 음식은 프랑스 음식에 기초를 둔 인도네시안 퓨전 스타일이다. 현지 재료를 프랑스식으로 조리한다. 오너이자 셰프인 미스터 살랜은 미국에서 태어나고 20년간 프랑스에서 거주했다. 프랑스에서 오래 살았기 때문에 요리사가 된 것은 아니다.

미국에서 의사 생활을 하던 그는 발리에 갔다가 만난 인도네시아 여인과 결혼, 오랫동안 품어왔던 요리사의 꿈을 실현하기로 마음을 먹는다. 파리의 르 코르동 블루 요리학교를 졸업하고 자신의 식당을 오픈할 곳으로 발리를 선택했다. 그중에서도 중부의 농촌 마을인 우붓.

우붓을 고른 이유는 기후와 자연이 마음에 들었고 또한 최고급을 지향하는 그의 요리가 우붓의 고급 숙소들에 묵는 사람들에게 잘 맞을 거라고 기대했기 때문이다. 결과적으로 옳은 선택이었다.

모자이크의 메뉴판은 비교적 간단하다. 단품 메뉴는 없고 코스 요리만 있다. 어느 것을 선택하든 시작부터 끝까지 두 시간 가까이 소요된다.

열대의 식당답게 노천 공간이 많은 부분을 차지한다. 프랜지파니 나무들이 우거진 정원에 테이블이 자리한다. 비가 올 때를 대비하여 지붕이 있는 공간도 있긴 하다. 날씨가 괜찮으면 정원이 붐비고, 비가 오면 지붕 아래 홀로 옮겨 식사를 한다. 벽면에는 우붓의 자연을 묘사한 그림이 걸려 있다. 아주 클래식하지도, 그렇다고 너무 모던하지도 않은 스타일.

식당 입구에서 건장한 경비원이 손님을 맞는다. 문을 통과하면 리셉셔니스트가 다가와 예약 명단을 체크하며 인사를 한다. 웃는 얼굴과 정중한 태도가 아니었더라면 꽤 까다롭게 구네 하는 생각이 들었을 것이다.

아무리 고급 식당이라고 해도 여긴 열대 아닌가. 바깥에서 잠을 자도 얼어 죽지 않는 곳. 일하지 않아도 나뭇가지가 휘어지도록 열리는 과일 덕분에 굶어 죽을 염려는 없는 곳. 슈트 대신 티셔츠, 구두 대신 샌들이 어울리는 곳.

밀림 속에 이런 식당이 있다니.
우붓의 프렌치 레스토랑 모자이크.

　자, 좀 더 안으로 들어가보자. 배도 고프고 어서 테이블로 갔으면 좋겠는데 웬걸, 엉뚱한 곳으로 안내되었다. 여긴 어딜까.

　피아노가 놓여 있는 좀 야하게-그게 열대와 어울린다고 인테리어 디자이너가 생각한 것 같다-꾸며진 어두컴컴한 라운지다. 소파에 앉히고 이런저런 인사말을 건네온다. 식전주를 권하기 위해서다. 필요 없고 그냥 테이블로 직행하겠노라 말할 수도 있다. 실제로 그러는 사람도 있긴 하지만, 당연한 듯 내미는 정교한 드링크 메뉴를 보고 있노라면 '그래, 모처럼 비싼 곳에 왔으니 기분을 내야지' 하는 생각이 머리를 스치기 마련이다. 절약하려면 애초에 이런 식당에는 오지 않았어야 했어!

　한 잔 주문한다. 알코올이 들어가지 않은 칵테일도 한 잔에 10달러 이상이니 현지 물가를 고려할 때 별천지의 가격이다.

이제야 테이블로 안내된다. 저녁 일곱 시 이전에 가면 늦은 저녁을 선호하는 서양인보다는 동양인 고객이 압도적으로 많다. 재킷을 차려입고 타이까지 맨 신사, 등 파인 드레스를 차려입은 숙녀들도 있지만 가이드북에서 우연히 읽고 호기심에 찾아온 듯 스포츠 샌들에 반바지 차림으로 엉거주춤 앉아 담소하는 관광객들도 눈에 띈다. 특히 요즘 들어 몇 명씩 무리지어 오는 중국인 관광객들이 눈에 띄게 늘어났다.

주문을 할 차례다. 선택은 몇 개 없다. 비싼 것과 더 비싼 것 중에서 골라야 한다. 가장 덜 비싼 것이 10만 원 정도. 비싼 것은 15만 원 정도다. 와인을 곁들이려면 다시 1인당 10만 원쯤 추가해야 한다. 이것은 일반 와인이고 이보다 고급스러운 와인 코스는 1인당 15만 원쯤 추가해야 한다. 부가세와 서비스료 별도. 이렇다면 서울 신라호텔의 양식당 컨티넨탈보다 결코 싼값이 아니다.

"물은 어떻게 하시겠습니까?"

이 말도 빼놓지 않고 묻는다. "그냥 수돗물 주세요" 하고 농담처럼 말할 분위기는 절대 아니다. 에비앙Evian을 시키면 가장 조그만 크기, 컵으로 한 잔 나올까 말까 한 작은 병의 생수가 당연한 듯 등장한다. 최대한 받아내려고 작정했다는 것이 쉽게 느껴진다.

훌륭한 식당이긴 하다. 종업원들의 수준을 보면 금세 느낄 수 있다. 발리니스 전통 복장을 수수하면서도 세련되게 변형한 유니폼을 단정하게 차려입고 인도네시아 억양이 강한 영어로 등장하는 음식들의 재료와 조리법에 대해 조금도 막힘없이 술술 설명한다. 암기가 완벽하다. 이 요리는 크랜베리소스와 라임즙에 절인 쇠간을 살짝 구운 후 레몬그라스를 얹고 코티지 치즈튀김을 곁들여서 어쩌고 저쩌고….

그래서 가장 중요한 음식은 어떠하냐고?

맛있다. 그것이 모자이크가 지금과 같은 명성을 얻게 된 가장 큰 이유일 것이다. 정통 프렌치라기보다는 일본식 누벨 퀴진 스타일이다. 양이 적고, 가볍고, 상당히 정교하다. 서로 다른 코스를 시켜서 옆 사람과 나눠 먹고 할 것이 없을 만큼 야박한 양에 핀셋으로 작업한 듯 정성껏 만든 음식들이다. 오너 셰프 살랜 씨가 다른 서양인 요리사와 인도네시아 스태프들을 거느리고 요리하는 모습이 오픈 키친 너머로 훤히 보인다.

너무 비싸요. 발리처럼 물가 싼 섬에서 별것도 아닌 저녁 식사에 그 값이 웬 말입니까.

발리의 식당 리뷰 사이트에 들어가면 모자이크에 대한 평가는 극과 극으로 나뉜다.

옹호하는 쪽도 만만치 않다.

몰라서 그렇지 호주에서 똑같은 음식과 서비스를 맛보려면 그보다 30퍼센트 이상은 줘야 해요. 그러니까 비싼 건 아니지요. 그런 음식 못 먹어본 시골뜨기들이나 비싸다고 하지.

누가 뭐라고 하든, 모자이크가 발리 최고의 프렌치 식당이라는 점에는 이견이 없다. 실망스러운 것은 이 식당의 가격 대비 효용이다. 방문할 때마다 만족도가 떨어지고 있다. 음식은 그대로인데 가격은 일 년에 10퍼센트 이상 꼬박꼬박 오르고 있다. 1인당 25만 원이 넘어가는 식사대는 아무리 음식의 질과 서비스를 생각한다고 해도 인도네시아령인 발리에서는 과하다는 느낌이다.

물론 이와 똑같은 음식과 서비스, 열대 정원의 식사를 같은 가격으로 서울이나 시드니에서 맛보는 것은 불가능하다. 사장은 그 사실을 누구보다도 잘 알고 있다. 여전히 모자이크를 찾아오는 사람이 있는 한, 그 사람들의 숫자가 줄어들지 않는 이상, 이 영리한 식당은 앞으로도 계속해서 가격을 올릴 것이다.

예약 필수다. 게다가 식사 하루 전에 반드시 식당으로 전화를 걸어 예약 재확인을 해야 한다. 그렇지 않으면 취소된다는 경고가 홈페이지에 나와 있다.

"너무 요란한 것 아니야? 더 비싼 식당에서도 그런 경우를 못 봤는데. 노쇼No-show가 두려우면 차라리 예약할 때 신용카드 번호를 대라고 하든지."

여유로운 분위기의 열대 정원에서 먹는 한 끼 식사치고는 값이 비싼 것은 물론 원칙도 매우 엄격하다. 여태 예약 재확인은 항공사에서나 하는 줄 알고 살아왔는데.

열대 섬에 가장 잘 어울리는 식사 형태는 역시 해산물 바비큐.

그래도 로맨틱한 식당이다. 열대와 최고급 프렌치. 서로 어울리지 않을 듯한 두 공간의 충돌이 빚어내는 균열이 근사하게 느껴진다. 늦은 시간이 되면 정장을 차려입고 초로의 서양인들이 테이블을 메운다. 하얀 프란자파니의 고혹적인 향기가 자극적인 요리 냄새에 섞여들고, 쨍 와인 잔 부딪히는 소리가 여기저기서 들린다. 연인들은 고개를 반쯤 숙인 채 정답게 속삭인다. 발리에서 자라난 식재료를 프랑스식으로 해석한 작고 예쁜 음식을 입에 가져가면서.

여기가 우붓, 모자이크다.
www.mozaic-bali.com

인도네시아의 삼발^{Sambal}은 세상에서 가장 매운 고추소스다.
한국의 고추장이 그런 것처럼 양념으로도 쓰지만
그 자체로도 반찬이 된다. 발효가 필요 없다는 점에서
고추장보다는 멕시코의 살사와 맥이 통한다.

© 서호순

선상 부엌

섬들이 별처럼 많은 인도네시아. 그래서 이 나라에서 가장 유명한 맥주에 빈땅(별)이라는 이름을 붙인 것일까.

그중 가장 진귀한 곳으로 꼽히는 코모도^{Komodo} 섬. 거기에 지구상에서 가장 큰 파충류가 살고 있다. 이름 하여 코모도드래곤.

다 자란 놈은 장장 3미터가 넘어간다. 용을 꼭 닮은 생김새의 그 거대한 도마뱀을 구경하기 위해 플로레스 섬의 항구 마을 라부안바조^{Labuanbajo}에서 배편을 수소문했다.

2박 3일간의 투어다. 아침 일찍 부둣가에서 출발한다. 크루즈라고 부르기에는 좀 초라한 배가 기다리고 있다.

배에 오른 사람은 나 외에 네덜란드인 두 명, 호주인 한 명. 그리고 선장을 비롯하여 젊은 현지인 선원 네 명. 다 합쳐서 모두 여덟 명이다.

항해 시작이다. 하얀 배는 푸른 물살을 가르고 파도를 넘고 넘어

코모도 섬으로 가는 투어의 출발지가 되는 라부안바조는 먼지투성이 항구 마을이다.
오토바이를 타고 한 바퀴 돌고 나면 콧구멍 속까지 새카맣게 변해버린다.

저 멀리 수평선을 향해 잘도 나아간다. 흥미롭게 주변을 살피는 것
도 잠시, 곧 지루해진다. 사방에 푸른빛 말고는 통통거리는 엔진 소
리뿐이다. 공허한 눈으로 멀거니 맞은편에 앉은 사람을 바라보는
것 말고는 할 일이 없다.

하품을 몇 번이나 했을까.

"간식입니다."

스태프 한 명이 수줍은 미소와 함께 커다란 접시를 들고 등장했다.

우리는 사흘간 이 배에서 먹고 잘 예정이다. 지불한 요금에는 1박
3식의 식사와 간식이 포함되어 있다. 생수는 충분히 제공되지만 다
른 음료나 주류는 일체 없다.

배에 오를 때 음식에 대한 기대는 하지 않았다. 이 배는 하얀 제복
입은 직원들이 사근거리는 미소를 흘리며 시중드는 호화 요트가 아
니다. 코모도 섬으로 가는 선상 투어 중에는 그런 요트를 이용하는

것도 있다고 들었지만 우리가 탄 배는 농담으로라도 요트라고 말할 수 없는 모습과 분위기다. 페인트는 여기저기 벗겨졌고 둘둘 말아 놓은 돛은 구석구석 기운 흔적이 있다. 저렴한 투어용 아니면 고깃배로 쓸직한 현지인의 배.

이런 배를 타고 가면서 굶지나 않으면 다행이지 시커먼 남자 선원들의 손으로 주물럭주물럭 만드는 음식이 뭐 맛있을까.

"간식입니다."

"우와!"

접시에 수북하게 담긴 것을 본 순간 우리 네 사람의 눈이 동시에 커졌다. 얇게 썬 바나나에 밀가루를 묻혀 기름에 튀겨낸 인도네시아의 국민 간식 삐상고렝Pisang Goreng이다.

솜씨 좋은 주부가 정성껏 튀겨낸 것처럼 모양새며 색깔이 몹시 훌륭하다. 아직도 아주 뜨겁다. 후후 불면서 먹는다. 입에서 살살 녹는다.

간식이 이렇다면 식사는 어떨까. 없던 기대감이 갑자기 솟는다. 진한 인도네시안 커피를 곁들여 바나나튀김을 먹는 것으로 선상 식도락의 첫 장을 열었다.

"점심입니다."

이번에는 스태프 몇 명이 공물이라도 바치듯 줄줄이 접시를 들고 나타난다. 생일 같다. 좁은 배 안이 갑자기 잔칫집처럼 흥청거린다. 우리 앞 테이블은 곧 음식으로 가득 차 더 이상 놓을 공간이 없게 되었다.

야채전, 미고렝, 나시고렝, 그리고 생선튀김에서 오이와 토마토 샐러드다. 다들 만족스럽게 웃는다. 일찌감치 후식까지 가져온다. 맵시 있게 깎은 파인애플 한 접시.

다채롭고 푸짐하다. 다들 듬뿍 덜어 자신의 접시에 옮겨 담는다. 흐뭇한 미소가 입가에 빙그르르 맴돈다. 맛이 좋다느니, 기대보다 너무 훌륭하다느니, 식당에서 사 먹는 밥보다 훨씬 낫다느니, 찬사가 넘친다.

몇 시간이 지나도 바다 위에는 아무것도 없고, 멀리 보이는 코모도는 여전히 달력 속 풍경처럼 그대로다. 다음 밥은 뭘 줄까 기다리는 것이 낙이 되고 말았다. 커다란 접시를 두 손으로 받쳐 들고 새색시의 미소와 함께 등장할 바다 사나이들….

"무엇보다 감동적인 것은…."

네덜란드 여자인 알리시아가 낮은 목소리로 말한다.

"저 사람들이 음식을 만들어내는 부엌이야. 저기 저 부엌 봤어? 정말로 조그맣던데."

부엌이라고 부를 만한 것도 못 된다. 배 뒷전에 있는 한두 평 남짓한 공간이다. 뭐가 있나 슬쩍 들여다보니 폐품처럼 초라한 석유풍로 하나에 도마로 쓰는 듯한 나무판자 하나. 그게 전부다.

설거지는 바닷물을 퍼 올려서 하고 냉장고는 물론 없다. 요리 도구는 웍에 국자, 무딘 칼 하나. 그것만 가지고 삼시세끼와 간식을 모두 만들어낸다.

이런 환경에서 음식을 만드는 것은 차 지나가는 옆 길바닥에서 칼과 바늘만으로 수술을 하는 것과도 비슷한 일 아닐까. 풍로의 불구멍 하나로 어떻게 그렇게 여러 음식들을 척척, 어떤 순서에 따라

비행기 타면 기내 영화를 보든가 게임이라도 하지, 배 여행은 그보다 더 지루하다.
밥 뭐 주나 기다리는 게 낙이 되었다.

완성해서 한꺼번에 테이블에 올려놓을 수 있는지 나로선 상상도 못하겠다. 결핍이 빚어낸 경이로운 결과라고 해야 할까. 맛은 물론 맵시 있는 모양새까지, 일등 주부가 왔다가 울고 갈 정도다.

"식생활이 이번 여행의 하이라이트가 될 줄은 몰랐지."

호주인 랍의 말에 모두 동감한다. 코모도드래곤 구경 이전에 식도락이 있을 줄이야.

배 안에 냉장고가 없기에 미지근한 물, 약간 상한 수박을 먹을 수밖에 없다. 물컹거리는 수박을 퉤퉤 바다에 뱉어내면서도 불평하는 사람은 아무도 없다.

다들 베테랑들이다. 이 정도로 괴로워한다면 세상 구경보다는 안방에 앉아 있는 편이 더 낫다는 것을 잘 알고 있는 사람들.

해가 바다 너머로 사라지고 밤이 되었다. 잠을 자기 위해 둥그스름한 자연의 곳과 같은 장소로 이동, 배를 세웠다. 주변이 완전히 캄캄해지고 테이블 위에 하나 매달아둔 램프의 노란 불빛만이 환히 빛난다.

로맨틱한 시간이다. 뭍을 떠나기 전 각자 사서 쟁여둔 알코올을 꺼내 든다. 맥주, 럼, 위스키….

저녁 식사는 간장 양념을 발라 구운 고등어구이, 쌀밥, 야채볶음, 감자튀김, 오믈렛.

"참치인가?"

생선 토막을 하나 가져가며 네델란드인 제롬이 궁금해한다. 서양인들은 생선에 약하다.

"고등어야."

내가 점잖게 알려준다. 바다 위에 둥실 뜬 채 구운 고등어를 먹는다.

단가를 낮추기 위해서인지, 아니면 냉장고의 부재 때문인지, 선상의 식단에 동물성 단백질은 최소한으로 사용된다. 나는 그게 불만이었지만 채식주의자에 가까운 나머지 세 명은 전혀 아랑곳하지 않는 눈치다.

술을 곁들여 흥겹게 먹고 마시는 우리를 바라보며 선원들은 부엌이자 그들의 쉼터에서 서성거린다. 오늘 일과는 끝났다. 세끼 식사와 두 번의 간식. 그들은 아주 훌륭하게 해냈다.

사나이들은 이제 홀가분한 표정으로 크레텍Kretek(인도네시아 특산 정향을 넣은 담배)을 피워 문다. 검고, 나뭇가지처럼 메마른 손가락이다. 저 손으로 밥을 짓고, 밀가루를 휘휘 풀고, 생선의 배를 갈라 노런하게 내장을 발라냈겠지. 재주 좋은 손가락들.

"아아, 좋은 밤이야!"

알리시아, 하이네켄 홍보부서에서 근무하는 쌀쌀맞은 인상의 그녀가 만족스럽게 한숨을 쉰다. 모두 맞장구를 친다. 굿나잇. 정말 좋은 밤이라는 생각이다. 굿나잇.

수면은 거울처럼 잔잔해서 비현실적으로 느껴진다. 마침 바람이 한 오라기도 불지 않는 밤이다. 바다 위에 떠 있다고는 믿을 수 없을 만큼 조금도 흔들리지 않는다. 이 정도 고요라면 우리가 앉아 있는 배 아래 깊은 물속 모래 바닥에 배를 깔고 쉬는 물고기들도 지금쯤 깊은 잠이 들었을 것이다.

"내가 먹어본 최고의 아침 뷔페는 말이지…."

음식은 국적을 불문하고 언제나 훌륭한 이야기 소재가 된다. 여태 먹어본 맛있는 음식, 신기한 음식, 괴상한 음식, 그걸 먹은 장소, 함께 먹은 사람들…. 이야기가 끊일 듯 끊이지 않고 가느다랗게 이어진다.

배는 부르고, 취기가 적당히 올랐고, 적도의 검은 밤하늘에 별이 맑게 반짝인다. 바다 위에도 별이 조용히 내려앉아 은빛으로 얼룩이 졌다.

호주인 롭은 멜버른의 집에 있는 술 캐비닛에 대해 지치지도 않고 자랑을 계속한다.

"냉장고 비슷하게 생겼는데 문을 열면 양쪽으로 번쩍번쩍 자동 조명이 쫙 들어오도록 전문가를 불러다가 특수 제작을 했단 말이지."

술병이 거의 비워졌지만 밤은 아직 충분히 남아 있었다.

"캡틴, 내일 아침 메뉴는 뭐예요?"

누군가 혀 꼬인 소리로 이렇게 물었을 때 선장, 아까부터 뱃전에 걸터앉아 우리가 떠드는 것을 가만히 듣고 있던 깡마른 그 사나이 그냥 웃기만 한다. 마침내 말한다.

슬라맛 말람^{Selamat Malam}(굿나잇)이라고.

지구상에서 가장 큰 파충류라는 코모도드래곤을 보고 온 지금도 선상에서의 식사는 여행의 하이라이트로 남았다.

길리메노의 바닷가.
춥고 우울할 때에는 열대의 섬 생각을 하게 된다.
선풍기와 맥주 한 병만 있으면 행복하던 그곳. 그리고 아얌고렝(닭튀김)도 좀.

플로레스의 끌리무뚜.
인도네시아 지폐에 등장하는 유명한 칼데라 호다.

바자와 숙소에서 바라본 에곤 화산.
활화산이라 모락모락 연기를 뿜기도 한다.

발리 우붓의 원숭이 숲.
나는야 밀림의 무법자.
인간이 바친 공물을 한 발에 흩어버린다네.

사떼는 맛있긴 하지만 야박한 양이 흠이다.
꼬치 열 개를 먹어도 애피타이저가 될까 말까다.

플로레스(포르투갈어로 꽃이란 뜻이다) 섬의 소녀들은 꽃보다 예쁘다.
계속 내 곁을 맴돌면서 멋지게 포즈도 취한다.
카메라 모니터를 확인하고 까르르 웃는다.
은쟁반에 옥구슬 굴러가는 소리.
햇살같은 미소.

오토바이를 타고 가다가 목이 마르면,
물을 파는 가게가 없으면,
이런 과일을 사먹는다.
비상용으로 몇 개 주머니에 쑤셔넣기도 한다.

랑군의 랜드마크 쉐산도 사원
버마에서 금빛으로 빛나는 것은 두 가지뿐이다.
사원의 뾰족 불탑.
완전히 무르익은 망고.

티숍의 나라

이따 저녁에 뭘 먹을까.

랑군^{Yangon} 공항의 입국 심사대를 통과하면서, 저 생각을 하는 사람은 몇 명 없을 것이다. 식도락보다는 정치적 상황으로 더 잘 알려진 나라다. 군사독재정권, 아웅산 폭파 사건, 아웅산 수치 여사, 버마 또는 미얀마.

동남아시아에서 전 세계적으로도 가장 비밀스러운 나라다. 버마로 가는 사람도, 버마에서 나오는 사람도 거의 없다. 대양에 두둥실 떠 있는 섬처럼 고독한 그곳.

거리를 걸어본다. 후끈한 열기는 다른 동남아시아와 마찬가지지만 비행기로 한 시간 남짓 떨어진 방콕과는 천지차이다. 누추한 빈민가 분위기가 풍긴다. 전통 복식을 입은 사람이 압도적으로 많고, 남녀노소 모두 뺨에 누런 색칠을 하고 다닌다. 나무뿌리를 갈아서 만든 일종의 아스트린젠트 겸 선블록, 타나카다.

영국 점령 시절 지어진 건축물들이 다수 남아 있다.
백화점과 마트 대신 시장이 있다.
탁발하는 동자승들.

　우울하고 초라한 도시다. 영국의 식민 시절 세워진 유럽풍 건물들이 보수가 전혀 되지 않은 상태로 서서히 썩어가고 있다. 거리를 달리는 자동차들도 비슷한 몰골이다. 만들어진 지 20년 아니 30년은 족히 지난 헌털뱅이 차들. 지구상의 다른 곳에서라면 진작 폐기되고도 남았을 물건들이 팔려와 간신히 제 역할을 해내고 있다.

　여기가 바로 버마. 군부가 바꾼 이름으로는 미얀마라고 한다. 태국과 중국, 인디아로 둘러싸인 동남아시아의 서쪽 끝이다.

　그래도 사람 사는 곳이다. 일차원적인 욕망의 증거들은 거리 어디서나 눈에 띈다. 과일, 꼬치, 떡, 국수…. 먹어야 한다. 먹는 한 살아 있을 수 있고 살아 있어야 더 나아질 희망이 있다. 계속해서 살아가야만 한다.

　사실 버마에서도 꽤 잘 먹을 수 있다. 돈이 충분하다면 더욱 그렇다. 왕후의 찬은 찾아보기 힘들지만 밥이나 국수쯤은 어디서든 팔고 있다.

　기름과 향신료에 비빈 국수, 바짝 말려 튀겨낸 생선, 몇 가지 묽은

커리와 밥 등을 파는 노점이 많다. 육해공으로 화려한 식생활을 자랑하는 태국보다는 금욕적인 인디아에 한결 가까운 음식 구성이다.

버마의 명물로 티숍Teashop이 있다. 도시와 시골 어디에나 있는 티숍. 말 그대로 차Tea를 파는 가게다. 제대로 된 식당처럼 꽤 규모를 갖춘 티숍도 있지만 대개는 도로 옆 나무그늘 아래 소박하게 판을 벌인 간이 찻집이다. 강대 이웃인 인디아와 중국, 그리고 한때 버마를 점령했던 영국의 영향이 뒤섞인, 이 나라 고유한 형태의 카페이자 시민들의 휴식처.

호화로운 다과를 원한다면 길거리 티숍이 아니라 랑군의 스트랜드 호텔Strand Hotel로 가야 한다. 싱가포르의 래플스Raffles와 더불어 한때 동남아시아에서 고전적 고급 호텔의 양 날개를 형성했던 아름답고 우아한 호텔.

종업원이라기보다는 시종에 가까운 느낌을 풍기는 하얀 제복 차림의 종업원이 정중하게 현관문을 열어준다. 티크와 대리석, 실크로 꾸며진 공간이 펼쳐진다. 1층 카페 겸 바에서는 하이티를 마실 수 있다. 파나마모자를 비스듬하게 쓰고 시가를 손가락 사이에 끼운 서머싯 몸이 칵테일을 마셨음직한 분위기 있는 공간이다.

이런 고급 호텔의 카페는 돈 많은 외국인 관광객들이나 간다. 현지인들의 선택은 길거리 티숍이다. 유치원생들이나 앉으면 맞을 듯 다리가 짤막한 테이블에 한국에서는 목욕탕에서나 쓰는 조그만 플라스틱 의자를 옹기종기 늘어놓았다.

러펫예(차)를 한 잔 합시다. 미니 의자에 위태롭게 궁둥이를 붙이고 앉아 낡은 보온병을 들어 흐린 찻물을 따른다. 다도를 논할 자리는 아니다. 질 좋은 찻잎은 대부분 외화벌이를 위해 수출하고 최하급 찻잎 부스러기를 약간 넣어 우려낸 차다. 설탕과 우유를 넣어 인디안 식으로 마신다.

배가 고프면 테이블 구석에 미리 비치된 기름에 전 튀김이나 빵 등 스낵을 먹거나 새로 주문한다. 인디아풍 사모사도 있고 중국풍 만두를 쪄내 팔기도 한다. 서구식 카페나 스낵바의 버마 버전이다. 값은 아주 싸다. 차 한 잔에 200원 정도.

티숍은 버마인들이 빈약한 자원으로 만들어낸 가장 소박한 형태의 위로 공간이다. 이마저 없다면 살아갈 수 없다. 생존과 관련된 기본적인 욕구에 대한 버마식 해답이다. 배고픔과 피로, 사교에 대한 욕구를 한꺼번에 풀 수 있는 최소한의 시설과 음식들. 세상에 존재하는 이 이상의 식당과 카페들을 단번에 사치로 만들어버리는 힘을 가졌다.

여기서 잠깐 숨을 돌리도록 하자. 불편한 자세로 쪼그리고 앉았지만 그래도 다시 그늘 밖 열기 속으로, 힘든 일상으로 돌아가야 하

거리를 걷는데 누가 나를 부른다. 근처 숙소에서 일하는 여자들이다.
"차 한 잔 하고 가요. 바쁘지 않으면."
영어를 거의 하지 못해서 자기소개가 끝나자 더 이상 대화를 나눌 수 없었다.
여자들, 그냥 웃기만 한다.
"아니, 우리가 낼게요. 우리가 초대한 거니까."
찻값을 치르려는 나를 극구 만류하고 서둘러 주머니를 뒤져 구겨진 지폐를 꺼내는 그들.

는 순간까지, 아주 잠깐만이라도.

　종지만 한 찻잔을 이따금 입에 가져가면서, 내 옆에 앉은 버마인
들은 편안해 보였다.

버마인들은 순진하다.
너무 수줍어서 자기들끼리 수근댈 뿐 나에게는 한마디도 하지 못한다.
"음, 그래도 선글라스나 미소, 표정을 보아하니….
그 동네에서 한 가닥씩 하는 아저씨들인 것 같은데."
이 사진을 본 누군가가 말했다.

많이 튀기다 보니 잘 튀기게 되었을까.
버마는 튀김이 맛있다.

튀김을
좋아하세요

버마 거리에서 가장 흔한 음식은 뭘까.

규모와 종류 면에서 비교할 수 없긴 해도 다른 동남아시아의 도시와 비슷한 먹을거리 풍경이다. 과일이 있고 꼬치가 있다. 밥이 있고 국수도 있다. 코코넛빵이 있고 냉차도 판다. 그러나 이보다 더 많은 것, 랑군뿐 아니라 버마 어디를 가나 유독 흔한 먹을거리를 하나 들자면, 바로 튀김이다.

오늘날 버마에서 튀김을 파는 노점상은 너무 흔해서, 아무리 건성으로 거리를 돌아다닌다 해도 결국 그 사실을 깨닫지 않을 수가 없다. 왜 이렇게 튀김을 많이 팔지?

한 집 건너 하나. 튀김 장수들은 버마의 도시와 마을 어디에나 있다. 숯불을 담은 화로에 거무스름한 기름이 자글거리는 냄비 하나 걸쳐놓고 오뉴월 무더위에 구슬땀 뻘뻘 흘리고 있는 사람이 있다면 백이면 백 튀김 장수다.

장인 특유의 신중함과 집중력을 보여준 튀김 장수.
거듭된 재활용으로 인해 기름이 시꺼멓다.

몇 가지 조리 도구만 있으면 오늘이라도 당장 창업할 수 있으니 남녀노소 누구나 어렵지 않게 뛰어들 수 있는 비즈니스 업종이다. 무수히 재활용을 거치면서 시커멓게 변한 기름을 다시 한 번 알뜰하게 사용. 소박한 재료나마 정성껏 튀겨낸다. 내용물은 보통 다음 세 가지 중 하나다. 바나나, 감자, 그 밖의 채소. 하나에 50원에서 100원 정도.

버마인들은 왜 이렇게 튀김을 좋아할까.

고소하고 맛있다는 것 이외에 또 다른 이유가 있을까. 사실 튀김은 세상의 여러 곳에서, 특히 소득수준이 낮은 지역에서 많이 먹는 음식이다. 식생활 전반에 기름을 많이 쓰는 중국은 물론 인디아 등 서아시아, 그리고 아프리카 대륙에서도 튀김은 서민의 음식으로 인기가 높다.

이 현상에 대해 인류학자 마빈 해리스^Marvin Harris 식 환원론적 해석을 내려보자면 잉여 소득의 부족으로 동물성 지방을 충분히 섭취할 수 없는 사람들이 대용식으로 택한 것이 바로 튀김인 것이다. 다시 말해서, 고기를 먹지 못하니 튀김을 먹는다는 뜻이다. 동물성 지방의 결핍을 팜유 등 식물성 오일로나마 대신 채운다.

랑군이나 만달레이 같은 도시는 물론 시골 마을에도 나무그늘 아래 설설 끓는 기름 솥을 걸어놓고 동네 사람들을 상대로 영업하는 튀김 장수가 반드시 한 명 이상 존재한다. 이웃 태국이라면 토막 낸 치킨을 먹음직스러운 황금빛으로 튀겼겠지만 버마의 길거리에선 그런 호화로운 튀김 재료는 찾아보기 힘들다. 대세는 식물성이다.

늘 튀기니 잘 튀기는 것일까. 버마 길거리에 즐비한 튀김집들은 뜻밖에도 훌륭한 맛을 낸다. 1달러면 듬뿍 살 수 있다. 신문지를 맵시 있게 접어 만든 사각봉투에 가득 넣어준다. 얼음처럼 차가운 타이거 맥주 한 캔을 곁들여 느지막한 시간에 숙소에서 먹어치우는 튀김 한 접시. 아직도 뜨겁다. 기름기가 그리웠던 입안에서 고소한 튀김이 아삭아삭 소리와 함께 사르르 녹아 사라진다.

장사에 별 관심 없는 얼굴로 기름 솥을 옆에 두고 묵묵히 독서에 열중한 소녀 장사꾼, 장인 정신이 서린 진지한 표정으로 기다란 대나무 젓가락을 신중하게 놀려가며 튀김을 건져내는 백발의 노인, 본토 인디아의 그것보다 오히려 더 훌륭한 맛을 내는 파코라(야채튀김)를 튀겨 가판대에 내어놓는 인디아계 여인….

버마의 튀김은 범국민적 간식인 동시에 달리 섭취할 수 없는 지방의 중요한 공급원이다. 살찔까봐 고기에서 기름을 철저하게 떼어내고 먹는다거나 다이어트 콜라의 소비가 늘어나고…. 이것은 바깥 세상의 꿈같은 이야기일 따름이다.

이 거대한 나라에는 아직 맥도날드가 없다.

파간 지역 어느 사원 앞에서 팔고 있던 튀김.
모처럼의 동물성 재료가 반갑다.

버마의 시장은 매혹적이다.
시장이란 공간의 원형적 모습이 상당 부분 그대로 남아 있다.

버마의 음식들

　론리 플래닛 〈버마〉편은 총 450페이지쯤 되는데, 그중에서 음식을 위해 할애한 것은 두 페이지, 장수로는 한 장에 불과하다. 볶음밥이나 먹으며 길어야 열흘─버마 비자는 2주일까지 유효하다─정도 여행하고 돌아가는 외국인에게는 그쯤이면 충분하다는 뜻일 것이다.

　사실 가이드북에서 본격적으로 논하기에 버마의 음식은 너무 복잡하다. 영어 메뉴를 갖춘 식당들이 별로 없는 것도 이 나라 음식 문화 탐방에 결정적인 걸림돌이 된다. 잘 먹고도 뭘 먹었는지 모르는 경우가 허다하다. 이름부터 생소하고 외우기 힘들다. 카욱쉐(국수), 터민쪼(볶음밥), 삔롱찬따(일종의 유산슬), 쨰따쪼(닭튀김), 왜따쪼친(탕수육)….

　버마와 식도락. 병원에 가서 패션을 논하는 것만큼이나 아귀가 맞지 않는 느낌이다. 이 나라와 가장 거리가 먼 동사 하나를 찾자면 '즐기다'일 테니까. 즐기려면 우선 자유로워야 하는데 버마에는 아직 그럴 만한 물적, 심정적 여유가 없다.

처음 이 나라를 방문했던 1995년에는 들어갈 만한 식당을 찾는 것 자체가 쉽지 않았다. 외식에 쓸 만큼 자금력이 있는 사람들의 층이 두텁지 못했기 때문이다. 시골로 갈수록 상황은 더욱 열악했다. 농부들은 모두 밥을 직접 지어 먹고, 아무리 찾아도 식당은 없었다. 2004년, 그리고 2008년. 버마에는 이제 식당들이 꽤 많이 있다. 도시는 물론이고 시골이라고 해도 여행자들이 많이 찾는 관광지에는 식당이 충분히 생겼다. 정치적 상황은 그리 나아진 것이 없지만 경제 상황은 최악의 시기를 벗어나 미약하게나마 발전하는 모습을 보이고 있다. 슈퍼마켓이라고 써 붙인 잡화점은 물건을 사기 위해 모여든 시민들로 바글거리고, 랑군의 차이나타운은 다른 동남아시아 국가들보다 조촐하긴 해도 닭고기며 돼지고기꼬치를 구워내는 연기가 자욱하다. 맥주를 마시는 사람들도 꽤 된다.

어떤 지역의 음식 문화가 살아 있는 생명체처럼 모태가 부여한 유전자가 반드시 발현한다는 것은 당연하면서도 한편 새삼 신기하게 느껴진다. 중국과 인디아라는 두 거대 문명 사이에 위치한 버마의 음식은 이 두 나라뿐 아니라 자국의 바마르와 샨, 몽 등 소수민족 고유의 음식이 융합된 모습을 취한다. 그 결과 인디아와 중국 음식을 닮았으면서도 그 두 가지에만 익숙한 눈에는 어딘지 낯선 음식들이 탄생하게 되었다.

인디안 스타일로 설탕 넣은 밀크티를 마시면서도 마무리로는 씁쓸한 중국차를 곁들인다. 아침 식사로 즐겨 먹는 모힝가는 메기를 끓인 국물에 칼국수를 넣은 것이다. 중국의 영향을 받아 식사에는

19세기라고 해도 놀랍지 않은 풍경.

바나나만 먹고도 살 수 있다면 얼마나 좋을까.

거의 반드시라고 할 정도로 국을 곁들인다.

버마식 커리. 아마 세상에서 가장 순한 커리일 것이다. 인디안 커리처럼 터메릭과 생강을 넣지만 고추는 아예 들어가지 않는다. 대신 먹기 전에 마치 태국의 꿰띠어우처럼 테이블에 마련된 양념을 가미해서 입맛을 맞춘다.

만달레이와 인레 호수 등지에서는 샨Shan족의 음식을 즐겨 먹는다. 태국의 북부 음식과 많이 닮았다. 그중에서도 카욱쉐(넓적한 쌀국수에 커리를 섞은 것)는 치앙마이 등지에서 흔히 먹는 카오쏘이의 변형으로 느껴진다. 샨 음식 가운데 가장 인기 있는 것 중 하나가 단어 그대로 '샨 국수'를 의미하는 샨 카욱쉐일 것이다. 고추에 절인 닭고기를 스파이시한 국물에 넣어 먹는 밀가루 국수로 샨 지방뿐 아니라 버마 전역에서 즐겨 먹는다.

버마는 정의하기 어려운 국가다. 이 나라의 음식에서 중국과 인디아, 태국과 샨, 몽, 바마르의 영향을 각각 가려내기란 불가능하다. 이 모든 것이 합쳐진 것이 버마이자 그들의 문화이며 음식 문화 또한 마찬가지다. 아마 그런 이유로 론리 플래닛 〈버마〉편은 이 나라 음식에 대해 두 페이지면 충분하다고 생각했을 것이다. 그 이상 말하자면 책 몇 권으로도 모자랄 테니까.

중국과 인디아는 거대한 나라이며 이들 사이에 놓인 버마 또한 만만치 않다.

된장 비슷한 소스와 국, 나물 반찬이 한국의 밥상을 연상시킨다.
살찔 염려는 없는 식단.
실제로 오늘날 버마에서 뚱뚱한 사람은 특권층인 군인과 타락한 승려들뿐이다.

버마인들의 미소를 보고 있으면
빈부와 행복은 상관없다는 말을 믿고 싶어진다.

나일론
아이스크림

만달레이^{Mandalay}는 버마 제2의 도시다.

나일론 호텔^{Nylon Hotel}이라는 이름의 괴상한 숙소에서 나흘간 머물렀다. 그렇다. 값싼 옷을 만드는 바로 그 화학섬유 나일론 말이다.

"1박에 4달러인데 방 안에 없는 것 없이 다 있어. 한 번 가봐."

우연히 만난 영국인이 추천해준 숙소다. 각종 가이드북에 빠짐없이 등장하는 꽤 유명한 곳이다. 버마에서 두 번째로 큰 도시라고 해봐야 가로등도 몇 개 없어 밤이면 칠흑처럼 컴컴해지는 만달레이에서, 그나마 여행자들의 발길이 끊이지 않고 이어지는 여관이다.

누추하지만 찬찬히 살펴보니 뜻밖에도 장점이 많은 방이다. 낡아빠졌지만 텔레비전이 한 대 있고 초록색 테이프로 여기저기 기워붙인 전화기도 놓여 있다. 놀랍게도 구석에 냉장고까시 있다. 4달러짜리 방에 냉장고라고?

그럼에도 불구하고 극도로 초라한 공간이다. 뭐든 동종의 물건

나일론 아이스크림.
깜짝 놀랄 만큼 훌륭한 맛이다.

중에서 가장 낡고 초라한 것들만을 용케 긁어모아 짜 맞춘 공간처럼. 천성이 어지간히 명랑한 사람이라고 해도 저절로 기분이 우울해질 것 같은 울적한 분위기.

막상 투숙하고 보니 생각지도 않은 호사가 지척에서 기다리고 있다. 바로 나일론 아이스크림 바^{Nylon Ice Cream Bar}.

나일론 호텔에서 길 하나 건너면 있는 아이스크림 가게다. 나일론이라니, 호텔 이름으로도 이상야릇하지만 아이스크림 가게 이름이라니 말도 안 된다. 나일론 아이스크림이라고?

아이스크림만큼 버마와 어울리지 않는 이미지의 음식도 없을 것 같다. 호사스럽고 행복한 시간의 상징과도 같은 아이스크림. 뜨겁고 먼지투성이인 만달레이, 어느 식당에 가나 냉장고를 보기 힘든 이곳에 아이스크림을 전문으로 파는 가게가 있다니.

제철을 맞아 딸기 아이스크림을 주문했다.

한 스쿱에 단돈 300원이다. 구시대의 정취가 풍기는 양철 그릇에 담겨 나왔다.

유지방이 적고 담백한 것이 이탤리언 젤라토에 뒤지지 않는 맛이다. 섭씨 35도를 훌쩍 넘는 무더위에 혀끝에서 살살 녹는 시원하고 달콤한 아이스크림….

나일론 아이스크림 바는 명실 공히 만달레이의 명물이다. 언제 가도 가게 안팎이 몹시 붐비고 외국인도 종종 보인다. 맥도날드나 스타벅스가 전무한 이 도시에서, 나일론 아이스크림은 남녀노소 두루 즐겨 찾는 만남의 장이자 데이트 장소, 단연 가장 인기 있는 카페다.

이 나라의 인권 상황을 여행자가 가장 쉽게 느낄 수 있는 것은 바로 이런 가게에서 일하는 아이들을 보는 순간이다. 한창 학교에 다닐 나이의 아이들이 겨우 밥을 사 먹을 정도의 돈을 받고 온종일 일하고 있다.

나일론 아이스크림 바. 밀려드는 손님들을 맞아 주문을 받고 아이스크림을 가져오고 그릇을 치우는 것은 하나같이 어린 남자애들이다. 어른들은 대체 어디 갔을까. 더 고되고 돈이 되는 노동을 하고 있겠지.

자신의 불행을 깨닫기에는 아직 어린 나이다. 뭔가 깊이 생각하기에는 너무 바빠 보였다. 고달픈 유년기를 보내고, 저도 모르는 사이에 몸이 쑥쑥 자라나고, 그렇게 꾸준히 나이가 들어갈 것이다. 신나는 일은 별로 없을 것이다. 이 나라가 변하지 않는다면.

그중 한 소년이 눈에 들어왔다. 개구쟁이인 듯 몸 여기저기에 생채기가 선연한, 장난기 넘치는 눈빛을 가진 남자애였다. 자주 찾아오는 나를 기억하고는 다른 종업원들을 젖히고 바람처럼 달려와 주문을 받는다.

"사진 찍어줄까?"

그 애는 영어를 알아듣지 못했다. 호기심이 가득한 얼굴로 입을 벌린 채 나를 뚫어져라 올려다볼 뿐이다. 내가 카메라를 집어 들자 그제야 눈치를 채고 머리를 긁적거린다. 부러움 비슷한 탄성이 그 애의 어린 동료들로부터 터져 나왔다. 그들은 나의 촬영을 위해 일부러 자리를 비켜주기까지 했다.

"웃어봐라."

버릇처럼 말했지만 불필요한 말이었다. 그 애의 얼굴에는 이미 웃음이 배어 있었다. 태양빛이 스며들어 까무잡잡해진 피부처럼, 작은 얼굴 구석구석 깊숙이 배어든 미소는 어떤 가혹한 짓으로도 지우기 힘들 것 같았다.

인레 호수 근처 마을을 산책하다.
빛나는 불탑과 푸른 논,
낚시하는 소년들과 자전거 타는 소녀들을 보다.

유년기의 그리운 추억을 일깨우는 표정을 가진 애였다. 조그만 디지털카메라의 모니터에 비친 환한 얼굴. 카메라에서 눈을 떼고 내 앞에 서 있는 진짜 소년을 번갈아 보았다. 누추한 차림새와 자신만만한 미소는 아무런 상관관계도 없어 보였다.

　어렸을 때 내 친구들 중에 저 비슷한 애가 있었던 것 같은데.

　렌즈 속에서 소년의 눈과 내 눈이 마주쳤다. 나의 과거와 그의 현재가 만나는 순간.

　"웃어봐."

　괜한 말이다. 소년은 처음부터 웃고 있었다. 그러지 않은 적이 한 번도 없는 것처럼.

　한참 만에 셔터를 눌렀다.

이런 우마차가 이상하게 느껴지지 않을 만큼
버마는 현대 문명에서 고립되어 있다.

버마식
돼지 한 마리

만달레이는 먹는 기쁨이 있는 도시였다. 나일론 아이스크림 바 덕분만은 아니다.

버마 여행의 즐거움 하나는 제대로 된 인디안 음식을 값싸게 맛 볼 수 있다는 것.

버마의 전체 인구 중 인디안계가 차지하는 비율이 높은 만큼 인 디안 음식을 파는 식당들이 흔하다.

나는 워낙에 인디안 음식을 좋아하는데다가 고기를 넣지 않는 메 뉴의 경우 가격이 아주 싸니 기쁨이 두 배. 이런 식당들은 채식주의 자인 서양인 여행자들로 붐비는 경우가 많다.

고기를 사랑하는 사람이라고 해도 어쩐지 동물성 단백질을 섭취 하고 싶지 않은 날이 있는 법이다. 흙으로 만든 화덕에서 갓 꺼낸 담백하고도 고소한 난, 철판에서 구워내는 차파티나 파라타 한 장 만큼 싸고 맛난 음식도 많지 않다. 비교적 정통의 맛에 가격으로 말하자면 한국의 인디안 식당에서 사 먹는 것의 20분의 1 정도.

만달레이에서 내가 발견한 가장 훌륭한 인디안 식당은 나일론 호텔에서 걸어서 10분 거리에 있었다.

흔히 보는 노천 식당이다. 해가 지고 열기가 좀 가시자 수십 개 테이블에 모조리 손님이 들어차 북적거렸다. 주인인 인디안 남자, 금테 안경을 쓰고 하얀 와이셔츠를 입은 채 책상을 하나 꺼내놓고 앉아 돈다발을 세고 있다. 요리사를 비롯하여 바쁘게 일하는 종업원들은 모두 어린 티가 아직 가시지 않은 청춘들이다.

"로티 한 장에 150원, 달걀 하나 들어가면 200원이에요."

난 차파티, 파라타, 인디안 브레드…. 화덕에 굽느냐, 철판에 굽느냐, 어떤 곡물이 주가 되느냐, 기름을 섞느냐 마느냐, 반죽을 어떻게 치대고 늘리느냐에 따라 명칭이 달라지긴 하나 결국 인디아의 로티는 곡물을 빻아 반죽한 후 불에 구워낸 전병을 총칭한다. 커리를 곁들이면 식사가 되고, 설탕을 뿌려 먹으면 간식이나 디저트가 된다.

어둠이 내린 지 오래지만 뜨거운 요리를 하기에는 여전히 너무 덥다. 젊디젊은 요리사, 벌써 몇 시간째 열기 가득한 철판 앞에 서서 일하고 있다. 지글거리는 기름 속 로티에 구슬 같은 땀이 섞여들어 짭짤해졌으리라. 두 손을 몇 번 능숙하게 움직이니 그 사이에서 탁구공처럼 조그맣던 밀가루 반죽은 어느새 얇고 넓게 펼쳐져 커다란 보자기처럼 너울거린다.

로티 몇 장에 커리나 달Dal(콩을 삶아 수프 형태로 만든 요리)을 곁들여 소박하게 밥을 먹는 사람들이 있는가 하면 치킨 비리야니Biriyani(인

망고는 황금빛.
돼지 한 마리는 누르스름하고 불그스름한 빛.

디아 볶음밥)나 머튼커리를 함께 주문, 동물성 식사를 즐기는 외국인
도 보인다.

인디안 음식의 마살라(커리 등에 들어가는 향신료)는 중독성이 강하
다. 너무 자주 먹어 지겹다면 만달레이의 야시장으로 가보는 것도
좋겠다.

야시장.

이 단어에 이웃 나라의 화려한 시장들, 이를테면 태국 치앙마이
의 나이트마켓 같은 광경을 기대하면 안 된다. 이렇게 조용한 야시
장이 또 있을까.

가로등이 없어 깜깜한 거리 구석에 고요하게 타오르는 호롱불 등
잔이 세워진다. 그 불빛 아래 작은 노점들이 옹기종기 늘어선다. 그
래도 나이트 라이프가 없는 만달레이에서 시간을 보내기에 이만한
장소도 없다. 옷가지 등 일상용품, 책 복사본, 카세트테이프 이외에

도 각종 과일과 간식, 간단한 식사 등을 팔고 있다.

야시장을 돌다가 신기한 것을 하나 발견, 걸음을 멈췄다. 삶은 돼지고기를 부위별로 파는 노점이다.

"여기 앉아요. 어서 앉아!"

손님 접대에 여념이 없던 주인 부부가 나를 발견하고 환대한다.

처음 보는 광경이다. 자세히 묘사를 해보자면 여러분, 그 희한한 노점은 이렇게 생겼다. 드럼통처럼 커다란 양철통에 고기 기름으로 누렇게 탁해진 물이 설설 끓고 있고 그 주변으로 옹기종기 둘러앉을 수 있도록 꼬마 의자가 몇 개 놓여 있다.

주인 남자의 손은 바쁘다. 이미 다 익은 돼지고기를 도마에 올려놓고 커다란 칼로 조그맣게 잘라내어 가느다란 대나무 꼬챙이에 조금씩 꿰어서는 끓는 물에 담가둔다. 내장에서 껍질, 비계, 살코기에 이르기까지 돼지 한 마리의 다양한 부위를 모두 맛볼 수 있다.

손님들은 입맛대로 꼬치를 골라 앞에 놓인 칠리소스에 푹 찍어 먹는다. 계산은 먹어치운 빈 꼬치의 개수만큼 돈을 치른다. 작은 위장이라면 1000원 정도로 야참을 먹을 수 있다.

꼬치 하나에 꿴 고기 조각은 아주 작다. 성인 남자의 엄지손톱보다 훨씬 조그맣다. 버마 스타일. 한 조각에 해당하는 고기의 크기를 최소화함으로써 작은 양으로 가급적 오래오래 먹을 수 있도록, 한정된 자원의 최대 효율을 위해 고안된 형태다. 간신히 맛을 느낄 수는 있지만 볼이 터져라 입안에 넣고 뿌듯하게 즐길 수는 없는.

"두 개만 더 먹어줘요. 그러면 딱 1000원 채우는 거야."

내가 먹어치운 빈 대나무 막대기의 개수를 헤아리던 아줌마가 꼬치 두 개를 더 내민다. 이런 노점상은 꽤 인기가 있는지 랑군과 만달레이 등지에서 여러 군데 성업 중이다.

이제 디저트를 먹을 시간이다. 제철을 맞아 황금빛으로 무르익은 망고가 좋겠다. 잘 익은 망고만큼 향기롭고 달콤한 과일은 세상에 없다. 천상의 과일 같다. 복숭아보다 한결 단단하고 매끄러운 과육에 자두나 살구와는 비교도 할 수 없을 만큼 당도가 높다. 신맛이라곤 전혀 없이, 혀끝이 아릴 정도로 그렇게 달디달다.

한 손에 묵직하게 쥐어지는 훌륭한 망고 하나가 제철에는 100원도 하지 않는다. 수출 많이 하는 필리핀보다도 싼값이다.

노랗게 익은 망고가 산더미처럼 실린 수레를 어린 장사꾼이 힘겹게 끌며 다가온다. 주변은 곧 황금빛 향기로 가득 찬다.

천국에라도 온 것 같다. 눈부신 금빛 향기와 극도로 달콤한 맛은 어쩐지 내가 발을 딛고 선 이 먼지투성이 땅과 어울리지 않아 더욱 신비롭게 느껴진다. 버마에서 이렇게 황홀한 황금빛으로 빛나는 것은 망고 이외에는 사원 안에 높이 솟아 반짝이는 불탑밖에 없다.

입안으로 사라지는 금빛에 취해 메마른 회색빛 만달레이를 떠나고 싶던 마음이 사르르 녹아버리고 만다.

하루만, 하루만 더 머무르기로.

핑우린은 영국인들이 남긴 빅토리아 시대 나무 마차로 유명하다.
마을 사람들의 합승 택시 역할을 하고 있다.

공포의
사탕수수주스

"그래도 괜찮아? 탈나지 않겠어?"

길에서 뭘 먹었노라 이야기를 하면 이런 질문을 받을 때가 있다. 길거리 음식은 곧 불량식품으로 알고 자랐기 때문이다. 우리 어머니도 말씀하셨다. 불량식품 사 먹지 마라.

길에서 수없이 먹고 마셨지만 그 때문에 탈이 났던 적은 여태 거의 없다. 튼튼한 위장을 타고났기 때문이기도 하고, 문제가 없을 만한 음식을 요령껏 골라 먹었기 때문이기도 하다.

길거리 음식이라고 해서 모두 비위생적인 것은 아니다. 조심해야할 것은 가열하지 않은 음식이다. 뜨거운 것보다는 찬 것을 늘 주의해야 한다.

버마에서 아팠던 적이 있다. 핑우린Pyin Oo Lwin에서였다.

핑우린.

상당히 희한한 어감의 지명이 아닌가. 뭔가 재미있는 일이 벌어질 것만 같은, 동그랗고 통통 튀며 바람 불면 공중으로 포르르 날아오를 듯 가벼운 느낌이 드는 이름이다.

과거 메이묘[Maymyo]라고 불리던 이 오래된 피서지는 버마 북부 최대의 도시 만달레이에서 한참 올라간 산 위에 있다. 고도가 높아 시원하고 매연도 적은 아담한 동네다. 서늘한 날씨 때문에 영국의 식민지 시절부터 휴양지로 각광받았다.

거리를 돌아다니다 보니 목이 말랐다. 물은 이미 너무 많이 마셨고, 콜라나 사이다 등 탄산음료는 들척지근한 맛 때문인지 마시면 그전보다도 더욱 목이 말랐다.

뭘 마시면 좋을까.

두리번거리던 참에 눈에 들어온 것이 있다. 사람들이 모여 있고 그 사이로 뭔가 움직이는 게 보인다. 물레를 닮은 커다란 무쇠 바퀴. 웃통을 벗은 두 남자가 매달려서 용을 쓰며 바퀴를 돌리고 있다.

길고 푸른 사탕수수의 즙을 짜내는 기계다. 으깨진 사탕수수 줄기에서 푸르스름한 엑기스가 꿀처럼 흘러내린다. 달콤하고 진득해 보인다. 사탕수수주스를 만들려 하고 있다.

한낮이었다. 고산지대라 아랫동네보다는 한결 시원한 핑우린이지만 중천에 뜬 한여름 태양의 위력은 무시무시했다. 잡화상에 들어갔지만 냉장고가 없어 차가운 물도 소다수도 살 수가 없다. 뭔가 좀 시원한 것을 마시면 좋으련만….

사탕수수주스를 만드는 광경을 홀린 듯 지켜보았다. 큼직한 유리잔에 망치로 부순 얼음을 가득 넣어 파는 푸른빛의 주스를 보자 더이상 저항을 할 수가 없었다. 저거 한 컵 들이켜면 살 것 같았다.

출처를 모르는 물로 만든 얼음은 위험합니다. 그런 얼음을 넣은 음료수를 주의하시오.

오늘날 세상에서 팔리고 있는 모든 여행 가이드북에는 본론으로 들어가기에 앞서 '주의 사항'이란 제목하에 당연하지만 중요한 경고들을 몇 가지 나열하고 있다.

해가 지면 으슥한 골목이나 거리는 혼자 거닐지 마시오.

낯선 사람이 주는 음식을 먹거나 그를 따라가지 마시오.

바다에서 수영할 때에는 조류의 흐름에 유의하고 해파리를 조심하시오.

뜨거운 날에는 선블록을 바르는 것을 잊지 마시오.

돈은 현금과 여행자수표로 적당히 분배하되 한꺼번에 가지고 다니지 마시오.

정체불명의 물로 만든 얼음을 넣은 음료수는 마시지 마시오.

중요하기 때문에 반복하게 되고, 결국 점점 덜 중요하게 느껴진다. 무엇보다도 목이 너무나 말랐다.

사탕수수주스를 한 잔 샀다. 한입 들이켜니 상상과 똑같은 맛이다! 행복하다는 생각이 절로 들었다. 깨부순 얼음이 들어갔으니 입안이 얼얼할 만큼 차갑고, 푸른 사탕수수즙의 달콤함도 기분이 좋았다. 타는 듯한 갈증을 단숨에 녹여버렸다.

짧은 쾌락의 대가는 그로부터 예닐곱 시간 후에 찾아왔다. 지옥과도 같은 밤의 전조였다. 고열과 함께 심한 설사 때문에 화장실을 수십 번도 더 들락거려야 했다.

참기 힘든 복통이 계속되었다. 물 밖으로 나온 생선처럼 침대 위에서 펄떡거렸다. 배탈의 원인을 추론해보니 한두 가지가 아니다.

더러운 얼음, 그 얼음을 부수는 더러운 망치, 깨진 얼음을 컵에 주워 담는 더러운 손가락, 더러운 사탕수수, 그 사탕수수를 짓눌러 즙을 짜내는 더러운 기계….

망할 사탕수수주스!

기나긴 밤이다. 허리를 제대로 펴지 못할 정도로 극심한 통증이 가시지 않았다.

…이러다 죽는 것은 아닐까.

혼자 여행하는 사람이면 누구나 한 번쯤 이런 방정맞은 생각을 해본 적이 있을 것이다. 숙박계에 주소를 적었으니 대사관이나 영사관, 아니면 인터폴을 통해 집에 연락은 가겠지. 아니야, 내 짐을 뒤져서 귀중품을 가진 후 시체는 파묻어버리고 소문내지 않을지도 몰라. 결국 실종으로 처리되겠지.

목이 아무리 말라도 그런 주스는 마시지 않았어야 했다! 왜 하필 그때 그 앞을 지나갔을까!

땀을 너무 흘려 속옷은 물론 침대 시트까지 흠뻑 젖어버렸다. 좀 나아졌다는 생각이 든 것은 동이 터서 창밖 하늘이 핑크빛으로 어슴푸레 밝아지기 시작할 무렵이었다.

명심하시라.

엄마 말 안 듣거나 가이드북 주의 사항을 어기면 그렇게 고생한다.

길을 걷던 내 눈에 악마의 수레바퀴처럼 생긴 요 물건이 포착된 것이 그날 밤 끔찍한 고통의 발단
이었다.

버마는 신도들의 신심이 이슬람적 열정에 도달한 유일한 불교 국가다.
어린 비구니들, 모울메인.

버마식
아침 식사

일본을 말하지 않고 한국의 근대, 나아가 한국의 현재를 설명하기 힘든 것처럼 영국을 빼놓고 버마를 이야기할 수는 없다.

영국은 18세기 후반에서 20세기 초반에 걸쳐 버마를 통치했다. 그 흔적은 랑군 등 도시의 거리에서 아직도 무너지지 않고 아슬아슬 버티고 있는 식민 시절 건물들에, 그리고 현지인들이 구사하는 영어 발음 속에 희미하게 남아 있다. 외국인인 나를 마담이라고 부른다.

여행자들이 느끼는 또 다른, 그리고 매우 강한 영국풍은 숙소에서 주는 아침 식사에 있다.

버마의 숙소들은 반드시라고 해도 좋을 만큼 아침밥을 제공한다. 버마를 여행하면서 아침을 주지 않는 곳은 여태 본 적이 없다. 1박에 4달러에서 5달러짜리 여인숙도 마찬가지다.

남부의 항구도시 모울메인^{Moulmain}.

침대 말고는 아무것도 없는, 구두 상자처럼 비좁은 방이 1박 3달러다. 주인은 중국계 노인이었는데 다음 날 아침이 되자 2층 베란다로 나를 안내했다. 바다가 한눈에 보이는 곳에 작은 식탁이 차려져있다.

"브렉퍼스트, 마담."

이 빠진 도자기 홀더에 세워놓은 삶은 달걀 한 개와 토스트 두 쪽, 마가린, 거멓게 시든 바나나 한 개, 그리고 홍차 한 잔.

이것이 버마의 저렴한 숙소에서 제공하는 전형적인 아침 식사다. 빵, 달걀, 홍차. 어떻게 변형되든 기본은 이 세 가지다. 단백질, 탄수화물, 그리고 명상 약간.

가난한 나라의 숙소에서 이런 단출한 식사나마 빠뜨리지 않고 내주다니. 영양가 이전에 감동으로 다가온다. 그러나 고급 호텔로 옮기지 않는 이상 메뉴가 변하는 법은 없기 때문에 결국 지겨워지게된다.

"버마식 아침 식사를 원해요? 버마 스타일?"

인레Inle 호숫가의 아쿠아리우스 인Aquarius Inn은 일대에서 가장 잘되는 숙소다. 주인 부부는 점잖고 친절한 호인들로 투숙객을 위해 뭐든 할 준비가 되어 있었다.

"버마식이에요."

주인이 내민 것은 국물이 자작한 국수다. 날마다 똑같은 아침밥에 싫증난 투숙객들을 위해 자전거를 타고 근처 시장에 가서 일부러 사온 것이다. 향신료를 듬뿍 넣어 얼큰한 생선국수 '모힝가'다. 외국인에게 가장 널리 알려진 버마 음식이기도 하다.

버마의 숙소에선 영국식 아침 식사가 기본으로 포함된다.

전통적인 아침 식사인 모힝가. 국수를 넣고 끓인 생선수프다.

평화로운 시골 인레 호숫가를 떠나 랑군으로 돌아왔다. 과거 한때 동남아시아에서 가장 부강한 국가였던 버마의 옛 수도. 그런 흔적은 이제 어디에서도 찾을 수 없다. 절망과 누추함, 그리고 혼란이 느껴질 뿐이다. 도시 전체가 보이지 않는 시간의 공격에 허물어지듯 서서히 썩어가고 있다. 회색빛 시내 곳곳에서 생뚱맞게 번쩍거리는 금빛 불탑들은 흡사 시체의 입에 박힌 금이빨처럼 느껴진다. 이 도시가 어쩌다 이렇게 되었을까.

"굿모닝, 마담!"

랑군 시내 복판에 있는 센트럴 호텔.

1박 30달러짜리 중급 호텔이다. 물론 브렉퍼스트 포함이다. 식사 장소는 어쩐지 좀 울적한 분위기가 감도는 널찍한 홀이다. 몇몇 외국인들과 현지인들이 적당히 섞인 채 조용히 밥을 먹고 있다.

뷔페식으로 10여 가지 음식을 차려놓았지만 자세히 들여다보면 대부분 두 가지 재료의 변형임을 알 수 있다. 쌀 아니면 달걀.

앞선 사람들이 박박 긁어간 자리는 어지간해서는 다시 채워지지 않는다. 언제쯤 새 음식을 가지고 올까. 인내 어린 기다림이 필요하다. 식당에 앉아 기다리는 모든 사람이 비슷한 정도로 불만에 차는 순간까지.

그때가 왔을 때, 마침내 현실에 대한 사람들의 분노가 오랜 인내심을 넘어섰을 때, 성난 시민들이 독재 군부의 압정에 항거하여 거리로 쏟아져 나왔다. 승려들이 앞장서서 반정부 시위에 나섰고 이를 진압하던 버마군의 무력에 일반 시민들까지 다수 학살되었다.

2007년 10월의 일이다. 수백 명의 사람들이 총탄에 맞았다. 버마

인디아-파키스탄 분리 당시 버마로 내려와 정착한 인디아계 주민이 많다.
버마 사회는 주류 민족인 바마르족, 인디아계, 그리고 다른 소수민족들이 뒤섞여 복잡한 양상을
보인다.

바깥의 세상에서 가장 눈길을 끈 것은 총알이 박힌 채 길거리에 나뒹군 어느 일본인 사진기자의 모습이다.

일본인 나가이 겐지. 그는 구석진 세상의 진실을 알리기 위해 순교한 저널리스트로 전 세계 미디어에 타전되었다. 버마에서 무슨 일이 일어나고 있는지, 근본적인 원인과 해결책에 대해서는 여전히 누구도 자세히 말하지 않는다. 본격적으로 논의하기에는 너무 복잡한 문제이기 때문이다. 버마란 나라 자체가 우리 삶 바깥에 놓여 있기 때문이다. 누가 남 일에 그렇게 신경을 쓰는가.

며칠 예정으로 머물다 떠나는 외국인인 나로서는 센트럴 호텔의 단조로운 아침밥에 별 불만이 없었다. 어차피 아침에는 거의 먹지 않는다. 먹는 둥 마는 둥 몇 술 뜨다가 자리에서 일어났다. 변변치 않은 식사를 마친 손님들보다 그들을 시중드는, 초라한 제복을 단정히 차려입은 호텔 직원들의 얼굴이 더욱 어두워 보인다. 굿바이, 마담….

언제든 어디로든 떠날 수 있는 나와는 달리 그들은 영원히 이곳에 남아야 한다.

모울메인의 퇴락하고 쓸쓸한 거리.
사실 버마의 모든 거리가 이런 분위기다.
폐허가 된 박물관을 거니는 느낌.

모올메인의 아이들.

30분 컵라면

선반 구석에서 먼지를 뒤집어쓴 통조림처럼, 바깥세상의 영향에서 밀폐된 채 오랜 기간 고립된 버마.

매사가 쉽지 않은 나라다. 컵라면 하나 먹는 것만 해도 그렇다. 3분이면 끝이 아니라 최소 30분은 기다려야 한다. 마침 뜨거운 물이 없다면.

미 미 카잉Mi Mi Khaing의 유명한 책 〈버마식으로 먹고 즐기기Cook and Entertain Burmese Way〉는 1978년 출간된 이후 지금도 꾸준히 팔리고 있다. 오래된 책임에도 불구하고 책 속에 묘사된 상황들이 여전히 유효하다는 것은 우습기도 하고 비극이기도 하다.

아니, 웃어서는 안 될 비극이다.

전기밥통이나 가스레인지를 가진 집은 거의 없고 요리를 하는 주된 수단은 숯불….

지금도 마찬가지다. 시간은 흘렀지만 버마 현지인들의 부엌은 변한 게 거의 없다.

펑우린의 숙소에 머물면서 나는 한국에서 가져간 컵라면을 먹고
싶었다. 버마에도 국수가 많지만, 그중 어떤 것은 꽤 먹을 만하지
만, 이 나라의 국수는 인디아의 영향으로 기름이나 뜻밖의 향신료
가 들어가 예상치 못한 맛이 날 때가 많다.

아껴두었던 한국 라면을 먹어야겠다. 뜨거운 물을 붓고 3분이면
오케이. 더운물만 한 컵 있으면 된다. 문제는 바로 그 더운물이다. 어
디서 구할까. 숙소에서 일하는 젊은 여자에게 부탁하니 흔쾌히 고개
를 끄덕인다. 너무나 상냥한 미소에 나도 모르게 따라 웃게 된다.

'말라'라는 이름의 그녀를 따라 숙소 부엌으로 향한다. 어둡고 소
박한 부엌은 아침 식사를 끝낸 후 반짝반짝 윤이 나도록 깨끗하게
치워진 상태다. 설거지를 마친 접시와 컵, 포크 등이 아직 물기가
마르지 않은 채로 가지런히 놓여 있다.

"더운물은 어디?"

보온병 속에 있든지 아니면 새로 끓여야 하리라. 말라는 웃는 얼
굴로 잠깐 기다려보라는 손짓을 한다.

물 끓이는 전기 포트 같은 것이 있으리라고 기대한 것은 아니다.
당치도 않다. 영국군이 남기고 간 100년도 더 된 기차가 만신창이가
된 쇳덩어리 몸을 이끌고 쥐어짜는 듯 비명을 질러가며 아직도 굴
러다니는 곳이 아닌가. 뜨거운 물이 없다면 아마 풍로에 불을 붙여
새로 끓여야 할 것이다.

"잠깐만요…."

말라는 미안한 얼굴로 말하고는 갑자기 바닥에 쪼그리고 앉는다.

뭘 하나 넘겨다보니 부지깽이로 화로를 뒤지고 있다. 검은 재 속에 새빨간 것이 보인다.

저게 바로 불씨로구나. 불을 피우기 위해 필요한 씨앗. 여태 글로 읽거나 말로만 들어본 그것. 딸깍 가스레인지 손잡이 돌려 불 켜는 것에만 익숙한 나에게는 신기할 만큼 지난한 과정이다.

라이터를 처음 본 원시 종족처럼, 그녀의 행동에서 도저히 눈을 뗄 수가 없다. 내가 속한 세상에서는 1초면 끝나는 일이 이쪽 세상에서는 그 몇 백 배의 시간이 걸린다는 것이 놀랍기만 하다. 그녀는 불씨를 이용, 조심조심 숯불에 불을 붙인다. 후후 불자 빨갛게 달아오른다. 이제 됐다.

냄비에 물을 담아 그 위에 올린다.

"5분만…."

말라는 다시 나를 향해 웃는다. 우리는 함께 기다린다. 껌이라도 있으면 함께 씹고 있으면 좋으련만 마주 보고 웃는 것 말고는 할 것이 없다. 뜨거워진 숯불이 무쇠로 된 주전자 바닥을 달구고, 그 열기가 다시 주전자 속 차가운 물을 덥힐 때까지 기다려야 한다.

버마에서 생활하는 것은 기다림의 연속이다. 이방인에게는 며칠 간의 기다림이지만 이들은 평생 기다린다. 그것이 이 나라 사람들의 생활 방식이다. 느리고, 불편하고, 어쩔 수 없다.

드디어 물이 끓는다. 하얀 김이 피어오르고, 곧 이어 부글거리는 소리가 들린다. 기다림이 기니 기쁨도 크다. 인생에 감사할 일이 없다고 생각하는 사람이라면 버마에 한번 가보는 것도 좋을 것 같다. 지금까지의 삶이 행운으로 가득 찼다는 것을 깨닫게 될 것이다.

냄비를 내리는 말라의 얼굴이 환하다. 냄비의 물이 황금을 녹인 액체라도 되는 양 한 방울도 흘리지 않으려고 주의를 기울이며 내가 들고 있던 컵라면에 붓는다. 손에 쥔 컵이 뜨끈뜨끈하다. 이제 3분 후면 라면을 먹을 수 있다.

그러니 버마에서 어느 순간 기다리게 되더라도 초조해하지 마시라. 아마 꽤 자주 기다려야 할 것이다. 오래 기다려야 할 것이다. 이글거리는 태양 아래 궁둥이에 멍이 들 정도로 울퉁불퉁 엉망진창인 길을 달려가는 찜통 버스, 그 속에서 스무 시간 넘게 갇혀 있어야 할지도 모른다.

다행히도 버마인들은 나란히 같이 기다리기에 아주 좋은 상대다. 그들의 순진함과 친절, 정직함은 이방인들 사이에서 가히 전설적이다. 기다림을 감수하며 함께 시간을 보내고 싶을 만큼 순수한 사람들. 전기 포트와 더불어 현대 문명이 고안해낸 수많은 종류의 타락 또한 이 나라의 국경선을 넘지 못한 것 같다.

손사래를 치며 극구 사양하는 여자에게 라면을 나누어주었다.

오래간만에 먹는 고향의 음식은 맛이 좋았다.

맛있어요.

라고 그녀도 말했다.

버마의 최대 매력은 돌무덤과 다를 바 없는 불교 유적지가 아니라 사람들이다.
고통을 모르는지 잊었는지 눈이 마주치면 웃는 사람들.

파간 지역에는 수천 개의 불교 유적이 흩어져 있다.

일식당 '후지'

파간^{Pagan}은 유적지다.

뜨겁고, 메마르고, 오래된 돌무더기가 주민 숫자보다 더 많은 지역이다. 동남아시아에서 보기 힘든 광활한 허허벌판에 자리 잡은 유적지. 버마에서, 아시아에서 내가 가장 사랑하는 곳이다. 몇 년 만에 다시 찾아갔다.

"재패니즈? 재패니즈 레스토랑?"

이미 어두워진 거리를 말이 끄는 마차를 타고 달리는데, 드라이버가 나를 돌아보며 손짓을 한다. 어느 식당을 가리킨다. 저기, 재패니즈 레스토랑이 있어요.

나를 일본인으로 안 것이다. 호기심에 그곳에서 내렸다. 파간에 일식당이 생길 줄은 생각도 하지 못했는데.

다른 동남아시아에서는 흔히 볼 수 있는 일식집이지만 버마, 그것도 이런 시골마을에서 일본 음식을 파는 식당을 보게 되리라고는

예상치 못했다. 랑군이나 만달레이도 아니고 하필 파간에 일식당이
라니.

파간, 바간, 버강이라고도 하는 이 지역은 사막에 가까운 기후다.
유적의 규모와 중요성 면에서 흔히 캄보디아 씨엠립의 앙코르와트
에 비교되지만 앙코르와트가 대대적인 개발이 진행되어 국제적인
호텔들이 많은 것에 비해 파간은 여전히 먼지투성이 시골 마을이
다. 어딜 가나 조용하다. 꾸준히 관광객들이 찾아들기는 하지만 북
적거리는 일은 결코 없다.

정말 거기 일식당이 있었다. '후지'라는 간판을 내걸고 있다. 인근
에 즐비한 다른 식당들과 마찬가지로 손님은 한 명도 없다. 너덧 개
의 둥근 나무 테이블 위에 먼지가 하얗게 쌓여 있고, 종업원의 모습
은 보이지 않는다.

파간의 불가사의 하나. 손님은 없고 식당은 많다. 단 몇 명만 손님
이 들어도 운영이 되니 너도나도 야심차게 식당을 차려보지만 이런
비수기에는 그 몇 명조차 오지 않는 것이다.

"이랏샤이마세!"

인기척을 느꼈는지 이렇게 외치며 어떤 소녀가 한 명 후다닥 튀어
나온다. 윤기 나는 동그란 갈색 얼굴에 속눈썹이 긴 커다란 눈동자.

큼직한 이목구비와 피부 색깔이 일본 아이로 보이지 않는다. 입
을 반쯤 벌리고 멍하니 나를 올려다보던 소녀, 정신을 차리더니 허
둥지둥 자리로 안내하고 작은 손으로 내 얼굴을 향해 마구 부채질
을 한다. 안채를 향해 바락 소리를 지른다.

"엄마!"

파간의 시장 앞에서 시클로 운전사들이 대기 중이다.

식당, 가게, 시장, 어디서나 아이들이 일하고 있다.

"이랏샤이마세!"

여인 한 명이 떼구루루 구르듯 뛰어나왔다. 허리를 굽실거려 더욱 더 굴러오는 것처럼 보였던 것 같다. 햇볕에 그을린 까무잡잡한 얼굴에 뚜렷한 생김새, 민첩한 태도. 그녀 또한 일본인은 아니었다. 숱 많은 머리를 억지로 빗어 올려 대충 쪽을 졌지만 한눈에도 현지 여자다.

"허즈번, 재패니즈!"

여자가 웃으면서 설명한다. 하이, 하이를 연발하며 잔걸음으로 동동거린다. 일본인 흉내를 내기 위해 최선을 다하는 사람처럼.

그녀의 말에 따르면 남편이자 이 식당의 주방장 겸 주인은 홋카이도 출신이라고 했다. 홋카이도에서 온 일본인이 버마 굴지의 유적지 파간에 정착, 일본 식당을 차리다.

"요리는 남편이 하나요?"

"하이! 하이!"

가끔 이렇게 외국인이 운영하는 외국 식당에서 식사할 때가 있다. 이미 본국으로 돌아가버렸거나 직접 요리하기엔 너무 나태해진 주인 대신 현지인 직원들이 주방을 맡아 본토의 맛과는 상당히 거리가 먼 음식을 내왔던 기억이 대부분이다. 열기와 먼지 가득한 버마 시골 한 모퉁이에서 일본인이 주인이자 주방장인 일본 식당이라.

정작 음식에 대한 기대를 갖게 된 것은 요리는 남편이 맡는다는 여자의 말 때문이 아니었다. 일본인이라고 모두 일본 요리를 잘한다고 생각하면 오산이다. 경쟁이 없는 외국에서는 더욱 그렇다. 언젠가 독일 쾰른의 중심가에서 들렀던 일식집 '블루마린'. 인테리어

부터 여종업원의 모습까지 쿨하고 힙하기 그지없던 그 식당의 스시 바에도 젊은 일본인이 세 명이나 나란히 서서 초밥을 쥐고 있었다. 서로 주고받는 일본어에서 정통 느낌이 물씬 풍겼지만 음식은 그렇지 않았다. 자국 요리에 별 관심도, 소질도 없는 아르바이트생들이었다. 초밥부터 우동에 이르기까지, 돈 주고 먹어본 일본 음식 중 최악이었다.

후지에 대한 생각이 바뀐 것은 여자가 종종걸음으로 가져다준 메뉴판을 받아 든 순간이다. 한눈에도 진짜 일본인이 만든 메뉴판이다.

표지를 넘겨 첫 페이지를 보는 순간 알았다. 일본인, 그것도 완벽주의자 기질이 매우 강한 인물이 아니라면 이런 물건은 도저히 만들지 못할 것임을.

여러분, 말인즉슨 그 메뉴판은 이렇게 생겼다. 하얀 종이에 볼펜으로 대충 끄적거려 만든, 동남아시아 길거리 싸구려 식당에서 흔히 보는 한 장짜리 메뉴가 아니다. 수십 페이지에 달하는, 흡사 앨범처럼 두껍고 묵직한 물건이다. 해당 음식을 하나하나 사진으로 찍어 컬러 복사를 해서 종이에 붙이고 그 아래에 영어와 일본어, 그리고 버마어 3개 국어로 꼼꼼히 설명을 곁들인 후 깔끔하게 코팅해서 구멍을 뚫어 묶어놓았다.

한 페이지당 메뉴가 서너 개 정도 들어가 있으니 대충 잡아도 50가지 이상의 요리가 가능하다. 정교함과 완벽함에서 편집증자의 걸작이라고 불러도 손색이 없는, 거칠고 황량한 이 허허벌판의 마을에서 보게 되리라고는 도저히 믿기지 않는 물건이다.

이런 메뉴판을 제작할 정성으로 요리를 한다면 맛도 뛰어날 것이

틀림없다. 사실적인 사진의 메뉴를 찬찬히 들여다보고 있으려니 먹어보고 싶은 음식이 한둘이 아니다. 한국 음식을 먹지 못할 때 일본 음식은 그에 가장 근접하는 대안이다. 중국풍 음식이 흔한 동남아시아에서는 특히 그렇다.

한참을 고심한 끝에 햄버거 스테이크를 주문했다. 음식이 등장한 것은 대략 15분쯤 지나서였다. 길지도, 짧지도 않은 시간이다.

옻칠이 군데군데 벗겨진 낡은 일본식 쟁반에 놓인 햄버거 스테이크. 잠시 바라보다 한입 먹어보았다.

아.

오랜 시간 유적지를 돌아다닌 후라 허기진 상태였음을 고려한다 하더라도 그 햄버거 스테이크는 정말 굉장한 맛이었다. 방금 불에서 내린 듯 뜨거워 후후거리며 우물거리니 혀에 닿는 즉시 진한 육즙이 침샘을 폭발시켰다. 작은 햄버거 위에 담뿍 뿌린 짙은 빛깔의 그레이비Gravy는 본토가 아닌 곳에서 영업하는 외국 음식의 식당들이 대개 그러하듯 대충 흉내만 낸 것이 절대 아니었다.

어쩌면 이 사람은 일본에서도 요리사였던 것일까?

20세기 초중반 영국에 이어 버마를 점령, 통치했던 일본은 오늘날까지 이 나라와 긴밀한 관계를 지속하고 있다. 파간 유적지 근처 호텔들 앞에는 버마 국기와 나란히 일장기가 꽂힌 채 먼지바람에 휘날린다. 모두 일본의 자본으로 지은 호텔들이다.

그날 이후 나는 후지의 단골이 되었다. 한국 음식점이 전무한 파간에서, 여기만큼 고향의 맛과 비슷한 음식을 제공할 수 있는 곳은 없다. 비교적 찰기가 느껴지는 하얀 쌀밥에 연하지만 구수한 미소시루. 메뉴판의 사진과 오차 없이 등장하는 갖가지 음식들.

하루에 한 번은 반드시 그 식당에서 밥을 먹었다.

"이랏샤이마세!"

텅 빈 식당 구석에 맥없이 앉아 있던 소녀는 내가 나타날 때마다 폭발적인 기쁨에 넘쳐 구르듯 달려 나왔다.

그 애는 너덜거리는 앞치마를 허리에 묶고 머리에는 단정하게 하얀 수건까지 썼다. 자리에 앉은 나에게 얼른 차가운 물을 가져다주고 종이 냅킨이 몇 장 꽂힌 컵을 놓아준다. 식당놀이를 심각하게 하는 것처럼.

오므라이스, 돈가츠, 돈부리, 벤또 세트….

어떤 음식을 시키든 준비 시간은 15분을 넘지 않았다. 대체 얼마나 다양한 재료를 어떤 방식으로 준비해놓았기에 이게 가능한지 주방에 들어가 냉장고를 한 번 열어보고 싶은 충동을 느꼈다. 주문한 음식이 담긴 접시가 무럭무럭 김을 내며 내 앞에 등장할 때마다 마술이 따로 없다는 생각이 들었다.

빨리 나오고, 친절하고, 값도 싸고, 무엇보다도 맛이 있었다. 집 근처에 꼭 하나쯤 있었으면 싶은 식당을 외국 여행 중에, 그것도 버마의 시골에서 만나게 되다니.

주인이자 요리사인 일본인과 마주친 것은 파간을 떠나기 전날 마지막으로 들렀을 때였다. 식사를 다 마치고 일어서려는데, 주방 쪽 문이 열리더니 한 남자가 나타났다.

일본인이다. 건장한 체구의 머리를 짧게 깎은 남자였다. 나를 못본 척 식당 구석에 세워둔 오토바이에 오르려 하고 있었다. 더 이상 손님도 없을 것 같으니 이쯤에서 가게 문을 닫고 어디론가 외출을 하려는 것이다.

"안녕하세요."

테이블에 앉아 있던 내가 말을 걸자 남자는 움찔했다. 사교적인 사람이 아닌 것 같았다.

아, 물론이다. 사교적인 사람이라면 버마, 그것도 하필 파간에서 이렇게 살아갈 이유가 없다. 이곳은 누렇고, 뜨겁고, 사람보다 버려진 옛 유적의 숫자가 더 많은 곳이다. 돌무더기가 몇 개라고 했더라. 2000 몇 백 개?

왜 하필 이런 곳에 정착했을까. 군인처럼 바짝 친 머리에 얼굴은 햇볕에 타서 완전한 갈색이다. 현지인처럼 빛바랜 룽기를 편안하게 두르고 있지만 한눈에도 여전히 일본인이었다.

"아리가토 고자이마스…."

음식이 훌륭하다고 내가 영어로 칭찬하자 남자는 별다른 감정이 섞이지 않은 목소리로 이렇게 대답했다. 상냥한 눈웃음을 지으며 굽실거리는 버마인 아내와 때 묻은 앞치마를 두르고 종업원 노릇을 하고 싶어 애가 타는 어린 딸 사이에 서서, 그는 낯선 눈동자로 나를 보았다.

왜 버마에 올 생각을 했는지, 이 나라의 어떤 점이 마음에 들어 정착할 마음을 먹었는지, 여기서의 생활은 어떤지, 내 입안에서 맴돌던 많은 질문들을 한순간에 흩어버리는 차가운 눈빛이었다.

나중에 들자니 그는 홋카이도의 북쪽 끝, 오호츠크해의 유빙을 볼 수 있는 마을에서 태어났다고 했다.

아바시리.

거기서 파간까지는 아득히 먼 길이었을 텐데.

파간의 어느 사원에 들어가려는데 마침 어떤 외국인이 나오고 있다.

"안에 뭐가 있지?"

"뭐가 있긴. 부처님밖에 더 있나. 그럼 무슨 보물이라도 숨겨져 있을 줄 알았나?"

사원이고 탑이고 간에 처음 몇 개는 신기해서 찬찬히 돌아보지만 나중에는 마지못해 고개만 넣었다 빼게 된다. 부처님이 얼마나 뚱뚱한가 약간 차이가 나긴 하지만.

버마.
어린아이가 살기 힘든 곳이다.
동자승도 마찬가지다.

세상에서 가장
아름다운 시장

　백화점이나 제대로 된 슈퍼마켓이 없는 이 나라에서 그 역할을 대신하는 것은 시장이다.

　시장. 인간적이고 소박한 냄새를 풍기는 단어. 물건을 사이에 두고 파는 자와 사는 자가 가장 격식 없는 형태로 만나는 공간.

　세상 어디를 가든 시장 없는 나라는 없겠지만 버마, 특히 이곳의 시골 장만큼 꾸밈없는 모습의 시장은 드물다. 지구상에 시장이 처음 생겨났을 때 바로 이런 모습이 아니었을까. 바닥은 콘크리트로 고르게 깔고 지붕은 빈틈없이 덮어 비가 오나 눈이 오나 문제없는 공간으로 변모해버린 한국의 요즘 재래시장과는 완전히 다르다.

　버마의 시장.

　어떻게 설명하면 좋을까.

　토속적이고 컬러풀한 시장은 세상에 많다. 버마 시골 장은 우리가 아는 보통 시장에서 시간을 족히 50년쯤 거꾸로 돌린 것 같다.

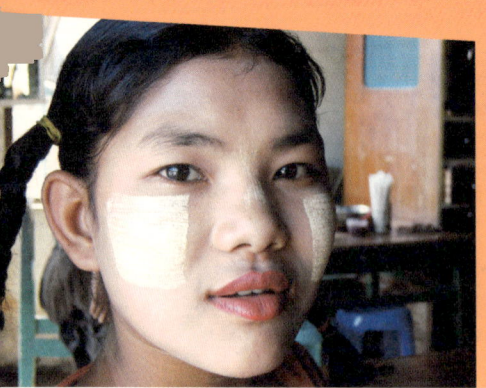

사실 이 나라 전체가 그 무렵에서 얼어붙은 듯한 느낌이 드니 시장 또한 그런 분위기인 것은 놀랄 일이 아닐 것이다.

아니, 50년이 아니다. 훨씬 이전의 분위기를 풍긴다. 매혹적인 것은 바로 그 점이다. 내가 사는 세상에서는 이제 없는 것, 저절로 사라진 것, 우리가 일부러 없애버린 것들이 이곳 시장에는 아직도 당연한 것처럼 살아 있다.

카메라를 총처럼 들고 어슬렁거리며 사냥감을 찾아 헤매는 외국인들 몇 명을 제외한다면 이 혼란스럽고도 서정적인 시장통이 21세기라는 증거는 어디에서도 찾을 수 없다. 1950년, 1930년, 심지어 19세기의 시장일 수도 있을 것 같다. 내 주머니에 든 스마트폰을 꺼낸다면 마치 우주선에서 떨어진 것처럼 보일 것 같다. 남녀노소 가리지 않고 서양식 복식 대신 헝겊 한 장으로 된 롱기를 걸친 채 밑창 얇은 슬리퍼를 신고 푸르고 붉은 야채들 사이를 돌아다닌다.

내가 가장 좋아하는 것은 파간의 시장이다. 뜨겁고 메마른 마을의 유일한 오아시스와도 같은 시장. 죽은 듯 고요한 벌판에서 유일

버마에 처음 갔을 때, 날씨는 섭씨 40도가 넘었고 버스는 툭하면 스무 시간도 더 타야 했다.
집에 돌아온 후 오랫동안 버마 꿈을 꾸었다.

하게 생기가 감도는 그곳.

어슴푸레 동이 터올 무렵 시장이 열린다. 그때가 그나마 시원하기 때문이다.

너른 터가 금세 사람들로 채워진다. 식사 준비를 위해, 반찬거리를 사기 위해 장에 나온 여자들, 그들을 위해 물건을 파는 상인들…. 먼지 피어오르는 넓은 공간에 모두들 한자리씩 차지하고 돗자리 깔고 앉아 손님을 맞는다. 반쯤 벌거벗은 어린 자식들을 옆에 앉히고 뒹굴며 놀게 하기도 한다.

내 카메라에 기쁜 듯 무조건적인 미소를 보내는 사람도 있지만 찍히는 것이 싫어 손이나 물건으로 얼굴을 가리거나 뒤돌아 앉는 사람도 있다. 화를 내는 사람은 아무도 없다. 1달러를 외치는 사람도 아직 없다.

그들이 팔고 있는 것은 언뜻 보아도 풀밭이다. 모두 야채들이다. 통통한 호박, 토마토, 감자, 양파, 배추, 무, 당근 등등 여기저기 한가득 쌓여 있다. 뭐가 뭔지 알 수 없는 허브도 많다.

자동저울은 어디에도 없다. 무쇠 추를 이용하여 구식으로 달아 판다. 아주 옛날에 그랬고 지금까지 바뀌지 않은 것이다. 버마는 그런 곳이다. 바깥세상과는 다른 종류의 시간이 흐르는 공간.

장바구니 들고 장을 보는 여인들 사이로 지게꾼이 산더미만 한 짐을 지고 분주하게 오간다. 꼬꼬댁거리는 닭을 겨드랑이에 낀 할아버지, 생선 아가미를 밀짚으로 꿰어 자랑스레 들고 가는 아저씨, "떡 사세요" 하며 열심히 장사하는 소녀, 시주를 받기 위해 불쑥 단지를 내미는 동자승…. 다른 나라라면 엄마 따라 시장에 온 아이들을 노리고 아이스크림 파는 장수들이 영업에 바빴겠지만 무더운 날씨에도 불구하고 버마의 시장에는 그런 것이 없다. 냉장고가 없기 때문이다.

생선이나 육고기도 얼음이라곤 없이 그냥 놓아두었다. 달려드는 파리나 부채로 슬슬 쫓고 있을 뿐이다. 경제적으로는 물론 위생적인 면에서 보아도 버마에서는 채식주의자가 되는 편이 속 편할 것 같다.

다른 나라 시장에서는 중요한 부분을 차지하는 음식 코너도 버마의 시장에서는 극히 빈약하다. 국수를 좀 팔고 밥도 팔지만 배를 채우기 위한 음식일 뿐 맛을 논할 상황은 아니다. 먹자마자 자리를 털고 일어나지만 사실 가게가 붐비는 것도 아니다. 시장통 가게치고는 놀랄 만큼 조용하다. 기다리는 사람이 없다.

유일하게 시끄러운 곳은 시장 어귀의 소위, 기념품 가게다.

"안뇽하세여!"

한국어 인사말도 들린다.

버마의 시장은 꿈이자 환상이다.
수십 년 전에 이미 사라져버린 것들이 어엿하게 존재한다.
그리고 꽃들. 향기롭고, 선명하게 빛나고, 아직 죽지 않은 것들.

조잡한 슬리퍼, 거무스름한 염주, 먼지 앉은 청동 불상, 칠기 공예품 등을 빽빽하게 진열해놓았다. 호객 행위가 적극적이다. 평화로운 얼굴로 손님 오기를 기다리며 앉아 있던 감자와 토마토 팔던 상인과는 눈빛부터 다르다. 싸다 싸! 불교 순례지인 파간에는 그동안 한국인들이 꽤 왔다 간 것 같다. 물건에 관심을 보이지 않자 내 등 뒤로 야유와도 같은 버마어가 들린다. 이 점잖고 소심한 나라에서는 흔치 않은 경험이다.

버마의 시장은 아름답다. 이상한 말이지만 정말 그렇다. 아름다운 풍경이나 정물에서 느낄 수 있는 부드럽고 애잔한 서정성이 깃들어 있다.

바쁜 사람들로 채워진 공간이지만 버마의 시장에는 오랫동안 변화 없음으로 인해 생겨난 무기력한 슬픔이 있다. 극도의 슬픔은 모든 극단적인 감정이 그러하듯 순정함, 그리고 아름다움을 느끼게 한다.

버마의 시장이 서정적으로 느껴지는 또 하나의 이유는 팔리는 물건의 성분 때문인지도 모르겠다. 플라스틱이나 기타 화학제품이 눈에 띄지 않는다. 멜라민 그릇 대신 토기가 쌓여 있다. 순자연산에 순식물성.

시장의 전반적인 색채 또한 그렇다. 부드러운 새벽 녘 빛에 베일처럼 감싸인 알록달록 빛깔 고운 야채들은 황톳빛 흙바닥을 배경으로 중화되어 파스텔 톤으로 보인다. 소리는 없되 빛으로 넘치는 그림을 보는 것 같다. 그 앞에 주부들은 허리를 굽힌 채 조금이라도 더 좋은 물건을 고르기 위해 손으로 무게를 달아보고, 가격을 흥정하고, 주머니나 다 떨어진 지갑 속에 손을 넣어 구겨진 지폐 몇 장을 건넨다. 물건을 받아 장바구니에 집어넣는다.

매일 하는 행위지만 파는 사람이나 사는 사람이나 옆에서 지켜보는 내가 신기하게 느낄 만큼 진지한 얼굴을 하고 있다. 이 엄숙함은 어디서 온 걸까.

생활에서 왔지, 생활에서! 잊고 있던 집 생각이 났다. 일용할 양식이 생활에 얼마나 소중한지, 살아 있는 한 반복되는 일상이지만 여전히 대충 해치워버리기에는 너무나 소중하다는 것, 날마다 해야만 하기 때문에 더 중요하다는 것을 이방인이 되어서야 깨닫는다.

버마의 시장에 마지막 색채를 더하는 것은 풍부한 꽃이다. 쌀, 소금, 고추, 마늘, 생필품 파는 곳을 돌아서자 갑자기 꽃향기, 그리고 꽃이 나타난다. 온통 꽃이다.

꽃 천지.

사원에 바치기 위한 목적일 것이다. 버마의 어느 시장을 가든 어느 구석은 반드시 이렇게 색깔 곱고 향기로운 꽃들로 넘쳐난다. 메마른 흙먼지로 더러워진 상인의 고단한 손발과 대조를 이루는 밝고 선명하고 부드러운 꽃잎….

몇 송이 사고 아주 적은 돈을 치른다.

숙소에 돌아와 유리병을 얻어 머리맡에 꽂아두었다.

그 향기를 타고 세상에서 가장 아름다운 시장을 거니는 꿈을 꾸고 싶었다.

십수 년 전 버마에 처음 갔을 때는 시골에 식당이 아예 없었다.
밥 먹으러 시장까지 가야만 했다.
집에서 해 먹을 수 있는 밥을 굳이 돈 주고 사 먹는 사람이
없기 때문이다.

손으로 밥을
먹여준 남자

만달레이의 길을 걷다가 우연히 어느 사무실 앞에서 현지인 한 명과 말을 나누게 되었다. '아웅 서'라는 이름의 서른 살쯤 된 남자다.

"나는 이 사무실의 책임자야. 우리 회사는 보안장치를 만드는 다국적 기업이지."

아웅산 수치 여사의 호소 덕분에 많은 나라들이 독재 군부가 지배하는 버마에 대해 경제 제재를 발동시켰다. 오늘날 버마의 고독은 상당 부분 이 조치 때문이다. 다국적 기업이 들어와 있을 줄은 미처 몰랐다.

마르고 훤칠한 몸에 맑은 눈. 명랑하고 총명한 인상의 청년이다. 수줍음이 많고 조심스러워서 외국인의 접근을 꺼리는 다른 버마인들과는 전혀 다르다. 유창한 영어로 외국인인 내게 호감을 표시했다. 덕분에 출장 가는 그의 오토바이를 얻어 타고 사가잉^{Sagaing} 지역을 돌아볼 기회를 얻게 되었다.

"몇 년 뒤에는 외국에 나가서 일해볼까 해. 그 편이 돈을 훨씬 더 많이 벌 수 있을 테니까."

만달레이 대학 경제학과를 졸업한 아웅 서는 엘리트다운 자신감이 넘쳤다. 현재에 대해 말하는 대신 미래에 대한 이야기가 끊이지 않았다.

"일본이나 싱가포르에서 일하고 싶어. 우선 여권부터 신청할 생각이야. 곧."

그는 그게 식은 죽 먹기라도 되는 양 술술 말한다. 이 나라 정부는 자국민에게 그렇게 쉽게 여권을 발급해주지 않는다. 초청장을 비롯해서 많은 서류가 필요할 것이다.

"한국은 어때?" 아웅 서가 묻는다.

"뭐가 어때?"

"난 한국에서 일할 생각도 있거든. 거기 물가는 어떻지? 서울에서 괜찮은 아파트를 빌리려면 한 달에 얼마쯤 내면 되지?"

"글쎄. 한… 30만 원쯤?"

청년의 자신만만한 얼굴을 보고 있자니 차마 그 이상의 금액을 말할 수가 없었다. 다국적 기업에 취직해서 버마인 평균보다 훨씬 많은 연봉을 받고 있다고 해도 극빈국 중 하나인 이 나라에서 한 달에 30만 원은 여전히 엄청난 액수일 것이다.

"생각보다 별로 안 비싼데."

아웅 서는 태연한 얼굴로 빙글거린다.

"그쯤은 얼마든지 낼 수 있지. 외국에서 일하면 지금보다 몇 배는 더 벌 수 있을 테니까. 그것보다 더 호화롭고 비싼 집은 없나? 더 좋은 아파트를 빌리려면, 최고로 좋은 곳을 빌리려면 한 달에 얼마나 들지?"

대답하기 어렵다. 이런 이야기는 하고 싶지 않다. 내 고향 서울에 대해서, 그곳이 아웅 서가 태어나고 자란 만달레이와 얼마나 다른 곳인지 말하고 싶지 않다.

"그런 집은 얼마면 되냐까?"

대화는 이미 농담 수준을 넘어섰다. 그는 더 이상 웃고 있지 않았다.

"더 좋은 집에서 살려면 돈이 얼마나 필요하냐까?"

"배고파."

내가 말을 돌렸다. 밥 먹고 합시다.

버마의 외식 산업은 아직 산업이라 부르기에 민망한 단계다. 사가잉 같은 시골의 경우 더욱 그렇다. 제대로 된 식당, 간판을 붙여 놓고 열린 문틈으로 테이블과 의자가 보이는 그런 식당은 찾기 어렵다. 돈 주고 사 먹는 대신 집에서 해 먹거나 도시락 싸서 다니면 되니까.

버마는 가난하다. 불교 사회주의라는 낯선 명칭의 이념하에 장기간 집권을 놓지 않고 있는 군부의 실정으로 아시아 어느 나라보다도 빈곤하게 살고 있다. 전 국토에 흩뿌려진 불교 유적지는 장엄하고 감동적이지만 곳곳에서 마주하게 되는 낙후된 생활상은 순수라는 이름으로 포장하기에는 너무나 고달파 보인다.

사가잉은 시골이니 사정이 더 나쁘다. 아웅 서가 나를 데리고 간 곳은 식당이라기보다는 다 쓰러져가는 가정집처럼 보였다. 어두침침한 공간에 사람들 몇 명이 옹기종기 어깨를 맞대고 소반 앞에 옹

크린 채 뭔가 먹고 있다.

깡마른 할머니가 음식을 들고 나타나 우리 앞에 내려놓는다. 쌀밥이 야박하게 담긴 밥공기 두 개, 그리고 반찬처럼 보이는 조그만 접시 몇 개다. 그게 전부다. 접시도 조그맣지만 거기 담긴 음식은 더 적은 양이다. 아주 조금씩이다. 소꿉장난이라도 하는 것처럼.

지금껏 빈한한 식사를 많이 했지만 양으로 보나 질로 보나 이렇게 보잘것없는 밥은 기억에 없다. 걸인의 밥에 걸인의 찬.

랑군으로 트랜싯을 위해 들른 방콕이 생각났다. 도시 곳곳에 즐비한 오만가지 식당들, 쇼핑몰의 드넓은 한 층을 몽땅 점령한 채 사람들과 음식들로 흥청망청 붐비던 푸드코트, 맛있는 냄새 풀풀 풍기며 길거리 어디나 널려 있던 싸고 맛있는 간식거리들….

태국에서 제일 못산다는 이산 지방의 가장 가난한 마을에 가도 시장에선 빠지직 요란한 소리와 함께 설설 끓는 기름 솥에서 닭 토막을 튀긴다. 끝내주는 냄새 풍기는 꼬치는 말할 것도 없고 새우와 버섯이 잔뜩 들어간 톰얌쿵, 메콩 강에서 잡아 올린 탄탄한 육질의 생선 요리….

옆 나라의 풍요로움과 대비되어 내 앞에 있는 밥상은 비현실적인 느낌이 들 정도로 초라하다. 또 다른 이웃인 인디아와 비교해도 오히려 더 빈약한 식사다. 이런 걸 돈을 받고 팔다니. 아프리카에서도 이렇게 가난한 식사는 해본 적이 없다.

"이거 먹어봐. 맛이 괜찮아."

아웅 서는 내가 무슨 생각을 하는지 알아차리지 못했다. 테이블 구석에 놓인 유일한 고기반찬-가늘게 썰어 말린 후 튀겨낸 정체불

명의 고기 몇 점-을 집어 들어 손가락으로 너욱 작게 뜯더니 내 밥
그릇 위에 올려놓아준다.

"어서 먹어봐. 맛있는 거야."

부드러운 그 목소리에 순간 그 자리에서 연기처럼 사라지고 싶었
다. 만달레이에서 살고 있는 엘리트 청년 아웅 서의 1년 연봉은 서
울의 최고급 아파트 한 달 월세에도 미치지 못할 것이다. 아마 서울
에 올 수도 없을 것이다. 혹시 온다면, 그가 바라는 멋진 아파트가
아니라 구두 상자처럼 비좁은 셋방에서 살아가야겠지.

우리는 다른 세계에 속해 있다. 두 사람 모두 이 사실을 잘 알고
있고, 상대가 알고 있다는 사실마저 잘 알고 있다. 최악은 그 상황
을 바꿀 수 있는 방법이 아무것도 없다는 것이다. 그의 삶을 더 낫
게 하기 위해 나는 무엇을 할 수 있을까.

메마른 밥알을, 그리고 너무 부족해서 무슨 맛인지조차 느끼기
어려운 반찬들을 열심히 씹어댔다. 할 줄 아는 일이라곤 그것밖에
없는 사람처럼.

버마인들 중에서 뚱뚱한 사람은 오직 두 부류, 군인들 또는 부패
한 승려들뿐이다.

작별의 시간이다. 아웅 서의 요구에 내 이메일 주소를 알려주었
다. 낡아빠진 수첩을 내미는 그나 볼펜을 찾아 주소를 적는 나나 별
로 열의가 없었다. 버마의 군부는 인터넷마저 통제하는 것으로 악
명이 자자하다. 야후를 막아놓아 야후 이메일은 사용할 수가 없다.

보고 싶은 친구에게.

뜻밖의 이메일을 받은 것은 서울로 돌아온 후 1년쯤 지나서였다.

발신인을 확인하고 놀랐다. 아웅 서가 보냈다. 버마에서 보낸 이메일이 무사히 도착하다니.

이메일은 짧았고 형식적이었다. 잘 있느냐. 보고 싶다. 버마에 다시 올 계획은 없나.

그 이상의 말은 적을 수 없었을 것이다. 정부의 검열에 걸리지 않으려면.

아웅 서는 버마에 살고 있고 앞으로도 그럴 것 같다. 우리는 만달레이에서 만났고 사가잉에 함께 갔다. 그가 모는 오토바이 뒷자리에 앉아 달리던 흙먼지 피어오르는 도로, 뜨거운 바람, 침침한 밥집…. 내 숟가락 위에 연신 반찬을 올려놓아주던 갈색 손가락이 떠올랐다.

버마에서의 기억이 한꺼번에 되살아났다. 서둘러 답장을 썼다. 여권은 만들었느냐, 한국에 올 계획은 아직 없느냐, 온다면 꼭 연락하라고 썼다.

발신 버튼을 누르기 전 문득 불안한 생각이 들었다. 쓴 것을 모조리 지우고 다시 이메일을 썼다. 안부 인사와 날씨 이야기, 덕담만으로 채웠다.

기다렸지만 답신은 오지 않았다. 동일한 내용을 한 번 더, 그리고 다시 한 번 더 보냈지만 몇 달이 지나도 답장은 오지 않았다.

아웅 서가 버마에서 보낸 이메일은 촘촘한 그물망의 몇 뚫려 있지 않은 구멍으로 용케 빠져나와 서울의 나에게 닿았지만 내가 보낸 답장은 그와 같은 경로를 거치지 못한 것 같다.

그는 유능한 사람이다. 영어가 유창하고 자신이 받은 교육의 질에 대해 자부심이 강했다. 젊지만 벌써 매니저였다. 반짝이는 눈이나 조리 있는 말솜씨만 봐도 총명한 것을 알고도 남았다.

미국에서 태어났더라면, 그는 월스트리트의 주식 중개인이나 맨해튼을 무대로 활동하는 변호사가 될 수 있었을지도 모른다. 영국에서 태어나 저명한 동물학자가, 프랑스에서 태어나서 훌륭한 철학자나 예술가가 되었을 수도 있다.

한국에서 태어나는 것도 괜찮겠다. 이 땅에서 무럭무럭 자라나 강남역 어디쯤에 있는 직장에 다니면서 버는 족족 저금하고 내 집 마련의 꿈을 꾸며 활기차게 살아가는 것도 좋겠다. 해외여행에 흥미를 느낀다면 언젠가는 태국의 방콕을 경유, 동남아시아의 오지인 버마를 방문해 깊은 인상을 받을 수도 있을 것이다.

많고 많은 나라들 중 아웅 서는 하필 버마에서 태어났다. 이 나라에서 친구를 사귀는 것은, 누군가를 알게 되고, 이해하게 되고, 마침내 좋아하게 되는 것은 기쁨 이전에 고통이다. 나는 버마에 갈 수 있지만 그는 내가 사는 곳에 올 수가 없다.

하얀 쌀밥을 씹다가 버마에서 만난 사람이 떠오를 때가 있다. 피아니스트의 그것처럼 길고 가느다란 손가락, 어서 먹으라고 권하던 착한 목소리.

버마는 세상의 많은 곳에서 이미 잊혀졌거나 왜곡된, 먹는다는 행위의 원초적인 의미를 되새길 수 있는 보기 드문 여행지다. 식사의 진정한 기쁨에 대해 생각해보게 된다.

옳지 않다. 어느 곳에는 너무 많은 무언가가, 콸콸 넘쳐나다 못해 쓰레기처럼 마구 버려지는 그것이 이곳에선 찾아보려고 애를 써도 없다는 것이.

버마의 상황이 나아지길 바란다. 그 땅에 살고 있는 죄 없는 사람들이 지금보다 조금이라도 더 풍요로운 밥상을 받을 수 있었으면 좋겠다. 그곳에서 내가 만난, 그리고 앞으로 만나게 될 사람들이 살기 위해 먹는 것이 아니라 맛을 위해 뭔가를 먹을 수 있는 시간이어서 오기를 바란다.

문득 눈을 뜨자 버스, 또는 기차가 멈춰 있다.

휴식 시간이다. 바깥은 컴컴하고, 지금 몇 시인지 알 수가 없다.

배가 고프다. 어쩌면 좋을까. 나는 먹을 것도 마실 것도 준비하지 않았는데….

아무 걱정하지 않아도 된다. 중국의 남쪽, 인디아의 동쪽. 당신이 동남아시아에 있는 한 그런 건 근심할 필요가 없다. 무덥고, 조촐하고, 너그러운 땅이다.

항상 여름. 그게 내 마음을 편하게 한다. 어딜 가도 얼어 죽을 걱정은 할 필요가 없고 굶을 염려를 하지 않아도 괜찮다. 사람들은 다정하고 먹을 것은 흔하다. 언제나 여름. 바깥세상에 얼음 같은 눈보라가 몰아친다고 해도.

헬로, 마이 프렌드 또는 마담.

뭔가를 손에 들고 다가와 희망에 찬 눈빛으로 나를 바라보는 사람들. 맛있는 냄새가 코끝을 스치고 내 손에 쥐어지는 것은 기분 좋을 만큼 차갑거나 아직도 열이 식지 않아 따뜻한 음식들이다. 과일, 물, 볶음밥, 찰밥, 덮밥, 삶은 달걀….

버마의 거리 곳곳에 붙은 외국 스타들의 포스터는 일종의 창문이다.
풍요롭고 자유로운 멋진 신세계로 향하는 창문.

소나 돼지처럼 트럭에 가득 타고 먼 길을 가는 사람들.
환한 표정을 보자 가엾다고 생각한 것 자체가 무례하게 느껴졌다.
내 기준을 잣대로 그들을 판단하는 것은 폭력이다.

버스나 기차가 그곳에 멈추기 한참 전부터 그들은 거기 서서 누군가의 배를 채울 음식을 손에 든 채 기다리고 또 기다리고, 기대에 부풀어 피곤한 줄도 모르고 그렇게 한참 전부터 아직 오지 않은 누군가를 끈기있게 기다린다.

그래서 집 아닌 곳, 낯선 곳, 어두운 곳에 멈춰 선 채 꼼짝도 하지 않는 버스나 기차 속에서 유일한 이방인인 나는 불안하지 않고 배고프거나 목마를 걱정도 없이, 몇 푼의 대가로 선선히 그들이 내준 먹을 것을 씹으면서 집으로부터 그새 얼마나 멀리 왔는지, 나를 두렵거나 걱정스럽게 할 다음 목적지까지 닿으려면 앞으로 얼마나 시간이 걸릴지 생각해보다가 그런 가능성은 영영 없으리라는 것, 이 소박하고 관대한 땅에 대한 내 사랑을 잃을 날 또한 결코 오지 않으리라는 것을 확신하고 차창의 검은 유리창에 비친 내 모습을 보며 이 착한 나라에 처음 도착한 그날을 떠올리고 술이 있다면 누군가와 건배라도 하고 싶어지곤 한다.

고통.
버마는 종교가 발달할 수 있는 최적의 조건을 충실히 갖추고 있다.
그들의 기도가 이루어지기를 바란다.

파간은 캄보디아 앙코르와트와 더불어 세계 2대 불교유적지다.
뜨겁고 메마른 허허벌판, 초월적인 것을 믿지 않고서는 살아갈 수 없는 불모지.

불교사회주의라는 낯선 이념하에 파탄지경에 빠졌던 버마의 경제는 최근 정치상황이 변하면서 희망이 생겨났다.

랑군 거리에서 미니 풀빵과 흡사한 스낵을 만들어 파는 커플. 맛없다.

버마의 도시는 오염과 방관, 중국풍 콘크리트 건물들로 추하다.
시골은 평화롭다. 햇살을 받아 언뜻 천국처럼 보일 때도 있다.

이름이 뭐니.
소녀는 그 말을 알아듣지 못했다.
대신 찐 땅콩을 집어 내 손에 올려놓았다.

열대식당

2012년 2월 27일 초판 1쇄 발행
2013년 4월 30일 초판 2쇄 발행

지은이 | 박정석
발행인 | 전재국

발행처 (주)시공사
출판등록 1989년 5월 10일(제3-248호)

주소 | 서울특별시 서초구 서초동 1628-1(우편번호 137-879)
전화 | 편집(02)2046-2863 · 영업(02)2046-2800
팩스 | 편집(02)585-1755 · 영업(02)588-0835
홈페이지 www.sigongsa.com

ISBN 978-89-527-6465-2 13810